dtv
premium

Theodor Kallifatides

Der kalte Blick

Roman

Aus dem Schwedischen von
Kristina Maidt-Zinke

Deutscher Taschenbuch Verlag

Von Theodor Kallifatides
ist im Deutschen Taschenbuch Verlag erschienen:
Der sechste Passagier (20871)

FSC
Mix
Produktgruppe aus vorbildlich bewirtschafteten Wäldern und anderen kontrollierten Herkünften

Zert.-Nr. GFA-COC-1298
www.fsc.org
© 1996 Forest Stewardship Council

Der Inhalt dieses Buches wurde auf einem nach den Richtlinien des Forest Stewardship Council zertifizierten Papier der Papierfabrik Munkedal gedruckt.

Deutsche Erstausgabe
April 2007
Deutscher Taschenbuch Verlag GmbH & Co. KG,
München
www.dtv.de
Lizenzausgabe mit Genehmigung des
Paul Zsolnay Verlags, Wien

Titel der schwedischen Originalausgabe:
›I hennes blick‹
(Albert Bonniers Förlag, Stockholm 2004)

Umschlagkonzept: Balk & Brumshagen
Umschlaggestaltung: Stephanie Weischer unter Verwendung
eines Details des Gemäldes ›La Mort de Sardanapale‹ (1827)
von Eugène Delacroix
Satz: Satz für Satz. Barbara Reischmann, Leutkirch
Gesetzt aus der Imprint MT 10,5/13˙
Druck und Bindung: Kösel, Krugzell
Gedruckt auf säurefreiem, chlorfrei gebleichtem Papier
Printed in Germany · ISBN 978-3-423-24599-9

»Wer sich das Paradies wünscht,
muß die Schlange
mit in Kauf nehmen.«

Pater Theodoricus Ravenna, 1438–1471

1

Samstag, 1. Dezember

Der Tatort war ihr Körper.

Das Foto, das sie hinterlassen hatten, lag noch in ihrer Handtasche. Ein verblichener Polaroid-Schnappschuß, der sie nackt zeigte, in einer Körperhaltung, die, poetisch umschrieben, an eine weit geöffnete Pfingstrosenblüte im Juli erinnerte.

Vier Monate zuvor war sie auf der Jagd nach dem Menschenhändler Jonathan Hagen gewesen. Als sie ihn endlich aufgespürt hatte, war der Tod ihr zuvorgekommen. Den Krebs im fortgeschrittenen Stadium hatten seine drei Schläger nicht aufhalten können. Aber bei ihr hatten sie es versucht. Vier Stunden war sie in deren Gewalt gewesen, sie hatten ihr die Kleider aufgeschlitzt, ihre Brust entblößt, ihre Beine gespreizt und sie an einen Stuhl gefesselt, ohne daß ein einziges Wort gefallen wäre.

Geredet hatte nur Jonathan Hagen. Er hatte ihr Fragen gestellt und ihr gedroht, sie mit bloßen Händen zu erwürgen. Daran konnte sie sich erinnern. Aber dann war sie betäubt worden. Und sie hatte keine Ahnung, was geschehen war, nachdem sie das Bewußtsein verloren hatte. Sie war in ihrem Bett aufgewacht, allein, benommen und wie zerschlagen. Auf dem Kopfkissen lag das Polaroidfoto, als Dokument ihrer Erniedrigung.

Sie hatte mit niemandem darüber gesprochen. Sie hatte das getan, was viele Frauen in solchen Fällen tun – den Gewaltakt verheimlicht und gehofft, daß das Schweigen und die Zeit alles heilen würden. Aber eine seelische Verletzung hört nicht auf zu brennen, wenn man sie zudeckt. Sie eitert sozusagen nach innen, sie wird am Leben erhalten wie ein unterirdischer See, der von unsichtbaren Wasserläufen gespeist wird. Früher oder später bricht das Geschwür auf, und das Gift verteilt sich in den Adern, in den Gedanken und Gefühlen, bis es einen womöglich umbringt.

Scham ist juristisch nicht verhandelbar. Das einzige, was hilft, ist Rache. Manchmal verbrachte sie Stunden damit, sich genußvoll alle möglichen Foltermethoden auszudenken für den Fall, daß sie die drei Männer irgendwann in die Finger bekommen würde. Das tröstete sie ein wenig.

Um ein Haar wäre sie über ein kleines Mädchen gestolpert, das sich von seiner Mutter losgerissen hatte. An diesem Samstagnachmittag herrschte in der großen Eisenwarenhandlung im Einkaufszentrum Kungens Kurva großes Gedränge.

Die Schweden sind geborene Bastler. Sie lieben es, Dinge selbst zu bauen, Autos zu reparieren, Boote anzustreichen, Hausdächer zu erneuern. Vermutlich ist Schweden das einzige Land der Welt, in dem man einen Erzbischof im Blaumann antreffen kann. Auf dem tiefsten Grund der schwedischen Seele liegt ein verstellbarer Schraubenschlüssel, übrigens eine schwedische Erfindung.

Sie selbst war ja genauso. Es machte sie glücklich, in der Erde zu wühlen, Blumen und Sträucher zum Gedeihen zu bringen. Nach ihrer Scheidung waren die Freuden der Heimwerkerei hinzugekommen. Früher war ihr Mann für diese Dinge zuständig gewesen, jetzt mußte sie bei kleinen Schäden im Haus selbst Hand anlegen.

So hatte sie an diesem Samstag mit ganz friedlichen Absichten das Einkaufszentrum aufgesucht, um ein Spalier für ihr Geißblatt zu kaufen, dessen Duft ihr an langen, warmen Sommerabenden eine Ahnung von Glück schenkte. Sie genoß es, mit einer Tasse Tee neben dem blühenden Strauch zu sitzen und im Licht der hellen Nächte zu lesen. Manchmal kamen ihr dann Erinnerungen an die Zeit, als ihr Ehemann noch ihr Ehemann war. Damals war es ein gutes Gefühl gewesen, ihn in der Nähe zu wissen, auch wenn sie ihn nicht brauchte. Er war so etwas wie der »verborgene Text« im Computer. Unsichtbar, aber vorhanden.

Plötzlich sah sie die Äxte. Große und kleine. Blinkend, scharf und schön. Von einem international führenden Hersteller. Sie konnte nicht widerstehen. Sie ging auf sie zu, befühlte sie, wog sie in der Hand. Ihr Blick war verdunkelt von Bildern, die nur sie allein sah. Rachephantasien.

Sie hatte keine einzige Spur, die sie verfolgen konnte. Die Männer waren maskiert gewesen. Auch ihre Stimmen hatte sie nicht gehört, denn sie hatten ja keinen Laut von sich gegeben, was ihre Angst noch verstärkt hatte.

Es waren Handlanger gewesen, keine hochkarätigen Verbrecher. Verlierer im Alltag, nicht besonders intelligent. Vermutlich saßen sie schon wieder hinter Schloß und Riegel. Wenn sie einander zufällig begegneten, würden sie sich über sie lustig machen, über eine ihrer gemeinsamen Heldentaten. Sie wußten etwas von ihr, was sie nicht wußte. Sie wußten, was während jener Stunden geschehen war, die sie im Tiefschlaf verbracht hatte.

Früher oder später würde man sie erwischen. Im Eßraum des Gefängnisses oder beim Sport würde eine Bemerkung fallen, einer von ihnen würde damit angeben, und ein anderer würde die Information an die Polizei verkaufen.

Sie brauchte nur zu warten. Unterdessen würde sie mit niemandem darüber reden. Und ihre Rachephantasien würde sie in der Dunkelkammer ihres Gehirns aufbewahren. Ihre Rachegefühle waren wie ein Jahrgangswein, sie brauchten Ruhe und konstante Kellertemperatur.

War sie vergewaltigt worden, während sie bewußtlos war? Sie wußte es nicht. Sie hatte keine Spermaspuren an oder in ihrem Körper gefunden, auch nicht am Bettzeug, die Männer waren professionell genug gewesen, kein Material für eine DNA-Analyse zu hinterlassen. Und natürlich konnten sie Kondome benutzt haben.

Aber vielleicht war auch gar nichts passiert. Sicher sein konnte sie erst, wenn sie sie erwischt hatte. Und das würde sie. Sie hatten sie geschändet, als menschliches Wesen, als Frau und als Polizistin. Sie würde sie erwischen. Sie kannte immerhin den Tatort. Ihren eigenen Körper.

»Kann ich ihnen behilflich sein?«

Ein älterer Verkäufer hatte sie aus ihren Gedanken gerissen, sein Blick war gutmütig.

»Ich ... ich schaue mich nur um«, sagte sie und wurde rot, als sei sie enttarnt worden.

»Das sind sehr schöne Äxte. Besonders diese hier.«

Er nahm die kleinste Axt auf.

»Leicht wie ein Schmetterling, scharf wie ein Rasiermesser. Damit kann man alles spalten. Vom Feuerholz bis zum Holzkopf!«

Er wog sie in der Hand, streichelte vorsichtig die Klinge. Er wußte, daß er sie praktisch schon verkauft hatte, aber er konnte es nicht lassen, sie noch ein wenig anzupreisen.

»In Finnland hergestellt. Keiner macht Äxte wie die Finnen!«

»Ist sie teuer?«

»Und ob!« entgegnete der Verkäufer mit Nachdruck. Ihm war klar, daß sie nichts Billiges kaufen würde.

»Ich weiß Ihre Aufrichtigkeit zu schätzen.«

»Aber ich bitte Sie! Soll es ein Geschenk sein?«

»Sozusagen«, lautete ihre mehrdeutige Antwort.

Er verpackte die Axt sorgfältig.

»Seien Sie bloß vorsichtig damit!« warnte er.

Die Schlange an der Kasse war lang. Es dauerte zwanzig Minuten, bis sie an der Reihe war. Sie zahlte siebenhundertneunundneunzig Kronen. Keine Kleinigkeit, aber Rache ist nun einmal kostspielig.

Sie stieg ins Auto und legte die Axt auf den Beifahrersitz. Allmählich wurde es Abend. Es war die erste Dezemberwoche. Am Himmel hing ein Mond, der in dem stürmischen Wind dort oben fast zu schwanken schien. Es wurde Zeit, daß der Winter seine Absichten offenbarte. Sie hoffte auf eine Menge Schnee und mindestens fünf Grad minus, so daß der Schnee liegen blieb. Dann konnte man die Skier unterschnallen und sich auf den Weg machen, mit einer Thermosflasche voll Kaffee, einer Apfelsine und einer Banane im Rucksack. Wenn man allein im Wald war, wenn kein Laut mehr zu hören war außer dem Geräusch der Skier, wurde die Welt wirklicher, sie rückte näher, und man bekam wieder Lust, sich auf sie einzulassen.

Leben und lieben wollte sie, aber zuerst mußte sie sich rächen. Es war Samstag, sie war einsam und traurig. Vierunddreißig Jahre alt. Heirat aus Liebe, Scheidung aus Liebe. Sie hatte einen Mann geheiratet, weil sie ihn liebte. Er hatte sie verlassen, weil er plötzlich eine andere liebte. Sie hatte keine Kinder, aber sie war eine erfolgreiche Polizeikommissarin. Auch wenn in diesem Augenblick eine scharfe Axt ihr einziger Trost war.

Sie spürte keine Neigung, in ihr großes leeres Haus zurückzukehren, und fuhr eine Stunde auf Nebenstraßen in Richtung Södertälje. Sie liebte die alten Arbeitervorstädte: Rönninge, Salem, Tullinge, die Metropolen der kleinen Leute. Kinder spielten in den Gärten, Hunde kläfften, Jugendliche hingen träge im Café am Pendlerbahnhof herum. Eine Art Reserviertheit lag in der Luft, aber keine Aggression wie in den reichen nördlichen Vororten, wo es aus den prächtigen Villen herauszuschallen schien: »Das hier habe ich von meinem eigenen Geld gebaut!« Hier verkündeten die Häuser ruhig und ein wenig schwerfällig: »Das hier habe ich mit meinen eigenen Händen geschaffen.«

Am Imbißstand im Zentrum von Tumba kaufte sie sich

eine heiße Wurst. Die Verkäuferin war ungefähr in ihrem Alter, aber aus einem anderen Land, und sie erkundigte sich, ob sie Kristina eine Frage stellen dürfe.

»Bitte sehr!« antwortete Kristina mit vollem Mund.

»Wissen Sie, was ›förutskicka‹* bedeutet?«

»Ja.«

»Phantastisch! Sie sind die erste!«

»Wieso fragen Sie?«

»Die Frage kam im Sprachtest vor, als ich mich um eine Stelle als Krankenschwester beworben habe. Ich bin abgelehnt worden, weil ich die falsche Antwort gab. Seitdem frage ich alle Schweden, die ich treffe, ob sie wissen, was ›förutskicka‹ bedeutet.«

Kristina schluckte hastig den Bissen herunter.

»Das kann doch nicht wahr sein!«

»Ist es aber!«

Darauf fiel Kristina nichts mehr ein. Es klang wie ein Lügenmärchen, aber auch die sind ja meist nichts anderes als potenzierte Wirklichkeit.

Sie bedankte sich für die Wurst, eine scharfe Chorizo, und fuhr weiter. Sie hielt vor einer Videothek in der Nähe ihres Hauses, wanderte von Regal zu Regal und fand keinen Film, den sie sich gern angeschaut hätte. Was vor allem daran lag, daß sie gar nicht wußte, was sie sehen wollte.

Der Briefkasten war voller Werbung, obwohl ein Zettel daran klebte, auf dem in großen Buchstaben »KEINE REKLAME!« stand.

Sie legte die neue Axt neben sich auf das Sofa und mußte plötzlich an die alte Dame denken, die vor einigen Tagen im Konsumladen ihren Krückstock verloren hatte. Kristina hatte ihn aufgehoben. »Das ist mein Verlobter«, hatte die alte Dame gesagt.

* Schwed. »vorausschicken«.

»Das ist mein Verlobter«, murmelte Kristina, griff nach der Axt und schwang sie durch die Luft.

Das hier war ihr Zuhause. Aber nicht mehr so wie früher. »Früher«: das hieß, bevor sie erniedrigt worden war. Nie zuvor hatte sie sich so ohnmächtig gefühlt, es war, als hätte man ihr den Körper geraubt. Dadurch war ihr Zuhause auch das jener Männer geworden, ihre Spuren würden sich nicht wegwischen lassen, solange sie ihr nicht zitternd vor Angst gegenüberstanden. Hier war es geschehen, in diesem Zimmer war sie ihre Gefangene gewesen.

Um der Gedankenmühle zu entkommen, schenkte sie sich ein Glas Rotwein ein und legte eine CD mit Haydns Cellokonzerten auf. Sofort spürte sie die Entspannung im ganzen Körper. Zuerst kamen die Tränen. Dann klingelte das Telefon.

2

Mikal Gospodin war bekannt unter dem Namen »Mikal der Schreckliche«. Er wohnte erst seit drei Jahren in Schweden. Während dieser Zeit hatte er es geschafft, sich einen furchterregenden Ruf als »Super-Torpedo« zu erwerben. Er brach Arme und Beine, wie andere Zahnstocher knicken, und er verkaufte seine Dienste immer an den, der am meisten zahlte. Noch nie war es jemandem gelungen, ihm im Zweikampf den ersten Schlag zu versetzen, denn Mikal zögerte niemals, und außerdem war er ein durchtrainierter Soldat, der während seiner sechzehn Monate in Tschetschenien fünfmal dekoriert und zum Leutnant befördert worden war, bevor man ihn in Unehren aus der russischen Armee entlassen hatte. Während einer nächtlichen Patrouille in einem Dorf südlich von Grosny war seine Abteilung beschossen worden. Zwei Männer starben. Das war zuviel für Mikal. Er ließ das ganze Dorf niederbrennen. Danach war er erledigt.

Es stellte sich heraus, daß nur noch Frauen, Kinder und alte Leute dort gewohnt hatten. Nicht einmal im Krieg ist es erlaubt, dreihundert wehrlose Menschen in lebende Fackeln zu verwandeln.

Das Militärgericht konnte ihn nicht erschießen lassen wie einen tollwütigen Hund. Mikal war immerhin ein Held, und so ließ man ihn gehen, aber er hatte seine Pension, seinen Dienstgrad und seine Ehre eingebüßt. Es gibt Leute, die aus weniger triftigen Gründen ihr Vaterland verlassen.

In Schweden hatte er einen Verwandten, der ihm die notwendigen Papiere besorgte. Mikal reiste über Finnland ein und verschaffte sich einen großartigen Einstieg in sein neues Leben, indem er im Auftrag eines Italieners das Restaurant eines anderen Italieners anzündete. Die junge und sehr ehrgeizige Kriminalkommissarin Kristina Vendel setzte sich auf seine Spur. Sie schaffte es nicht, ihn mit der Tat in Verbindung zu bringen. Dafür gelang es ihr, ihn an sich zu binden.

Er verliebte sich auf seine mürrische Art in sie und ging davon aus, daß seine Gefühle erwidert wurden, ohne daß er jemals versucht hätte, es herauszufinden. Seine Sehnsucht nach der Heimat wurde ersetzt durch die Sehnsucht nach Kristina. Das war ein guter Tausch. Ein paarmal im Jahr lud er sie zum Abendessen ein, was sie jedesmal ablehnte. Aber sie fand nichts dabei, hin und wieder in einer unauffälligen Konditorei eine Tasse Kaffee mit ihm zu trinken.

Er, der Held von einst, schien völlig zufrieden damit, ihr gegenüberzusitzen und ihren Duft einzuatmen, während ihr Lächeln seine Schwermut aufhellte. Sonst nichts. Nach ungefähr einer Stunde pflegten sie sich zu trennen, und ein paar Monate später trafen sie sich wieder.

Kristina hatte ihn noch nie um etwas gebeten, aber er wußte, der Tag würde kommen. Das hatte das Leben ihn gelehrt: Früher oder später brauchten alle jemanden wie Mikal. Seine Mutter, die von ihrem trunksüchtigen Liebhaber mißhandelt wurde, hatte ihn gebraucht, genau wie sein jüngerer Bruder, als er Prügel von älteren Jungen bezog, und seine Schwester, als ihr Trainer sie vergewaltigt hatte. Und, last not least, das heilige Rußland, als es von wildgewordenen muslimischen Rebellen geschändet wurde. Er stand immer zur Verfügung. Groß, stark und schnell, bereit zu töten und zu sterben.

Und jetzt war Kristina an der Reihe. Er saß mit seinen Kumpanen beim Wodka in seiner Stammkneipe in der Folkungagata, bei Björn, wo alle ihn kannten. Diverse Gäste, mehr oder weniger kriminell, kamen an seinen Tisch, um ihn zu begrüßen. Sie wollten sich gut mit ihm stellen. Sie wollten seine Freunde sein.

Einer von ihnen war Antonio Salieri. Er zeigte ein Foto herum, um anzugeben und um die Bande zu amüsieren. Alle amüsierten sich, außer Mikal, der vor Wut raste, ohne sich etwas anmerken zu lassen. Das war das Eigenartige an ihm: Sein Zorn war eiskalt, und seine Kälte brannte wie Feuer.

»Ich brauche etwas frische Luft«, sagte er ruhig und verließ den Raum.

Draußen stürmte es heftig. Die alten Bäume in Björns Garten schwankten. Ein Penner, der dort lag, streckte die Hand aus und bettelte um Geld. Mikal gab ihm einen Fünfzigkronenschein und einen Tritt in den Hintern.

»Hoch mit dir, du Stück Katzenscheiße!« herrschte er ihn an.

Es war noch vor zehn, also nicht zu spät. Sollte er sie anrufen? Er wollte sie informieren, sie schützen. Sie brauchte ihn. Alles in ihm sträubte sich dagegen, sie im Stich zu lassen. Lieber einmal zuviel den Helden spielen als einmal zuwenig.

Er wußte ihre Telefonnummer auswendig.

»Wissen Sie, daß ein Aktfoto von Ihnen in der Stadt kursiert?« fragte er, als sie sich gemeldet hatte.

An seiner Stimme hörte sie, daß er zu allem fähig war.

»Unternehmen Sie nichts!« bat sie ihn. Dann wollte sie Näheres wissen.

Er schnitt ihr das Wort ab: »Nicht am Telefon!«

Sie verabredeten sich für den nächsten Tag, spät am Abend. Tagsüber war er beschäftigt. Sie wußte, womit.

»Wetten Sie immer noch auf Pferde? Ist es nicht lukrativer, Kneipen abzufackeln?« neckte sie ihn.

Mikal lachte, er war erleichtert. Sie ließ sich nicht so schnell Angst einjagen. Er mochte es, wenn sie sich über ihn lustig machte. Das war wie eine versteckte erotische Aufforderung, unwiderstehlich.

Er kehrte zu seiner Tischrunde zurück. Zwei Stunden später war Aufbruch angesagt. Mikal richtete es so ein, daß er mit Antonio ging, dem billigen kleinen Gauner, den alle verachteten und vor dem niemand Angst hatte.

Sie spazierten zum Hammarbyhafen hinunter, wo es einen luxuriösen Striptease-Club für prominente Kunden gab. Mikal hatte das Lokal unter seinen Schutz genommen und war nach einiger Zeit Teilhaber geworden. In dieser Eigenschaft bot er Antonio kostenloses Frauenfleisch an. Er wollte nur vorher noch etwas wissen.

»Woher hast du das Bild?«

»Von einem Typen im Knast, der dabeigewesen ist.«

»Bei was?«

Antonio versuchte auszuweichen; er fand außerdem, daß eine Kleinigkeit dabei herausspringen müßte.

»Na ja ... sie haben sie betäubt ... und dann gebumst.«

Mikal tobte innerlich, aber seine Stimme blieb ruhig.

»Du weißt, wer sie ist.«

Antonio zuckte die Achseln.

»Alle wissen das.«

»Wie heißt der Typ, der dabei war?«

»Weiß ich nicht. Ich kannte nur seinen Spitznamen.«

»Wie nannten sie ihn?«

»Warum stellst du diese Scheißfragen?«

»Willst du vögeln oder nicht?«

Sie saßen schon in der Bar des Clubs. Auf der engen Bühne räkelte sich ein Mädchen aus Thailand zu den Klängen von ›When a man loves a woman‹.

Antonio atmete schwer.

»Zu so einer kann man nicht nein sagen.«

»Also?«

»Sie nannten ihn das Pferd.«

»Warum?«

»Vermutlich, weil er den kleinsten Pimmel der Welt hatte. Oder was glaubst du?«

Der Gauner lachte kurz und selbstgefällig. Mikals Vergnügen hielt sich in Grenzen.

»Ist er das auf dem Bild?«

»Klar ist er das. Er lief rum, hielt allen das Foto hin, zeigte auf den Schwanz und sagte: ›Das bin ich!‹ Stolz wie ein Hahn war er.«

»Wo ist er jetzt?«

»Der ist wohl noch im Knast.«

»Bestimmt?«

»Das läßt sich rausfinden. Darf man jetzt mal einen wegstecken?«

»Klar. Aber erst gibst du mir das Foto.«

»Wieso denn, verdammt?«

»Und zwar gleich.«

Es war besser, klein beizugeben. Mikal nahm das Bild und steckte es in seine Brieftasche.

»Und du verlierst kein Wort mehr über diese Sache«, sagte er.

Kristina würde ihm sehr dankbar sein. Er war mit sich selbst zufrieden. Der thailändischen Tänzerin, die sich Patricia nannte, weil das für die Kunden einfacher war als ihr richtiger Name, gab er ein Zeichen. Sie wußte, was es bedeutete.

3

Sonntag, 2. Dezember

Manchmal nahm Karl Vendel seine Tochter sonntags mit in die »Kirche«, die gar keine war. Gläubig waren sie beide nicht, obwohl sie sich als Christen betrachteten und gerade wieder die erste Adventskerze angezündet hatten. »Wir sind vom Christentum durchtränkt wie von einer Marinade«, pflegte Karl zu sagen.

Sein Tempel war der große, stille Spielsaal des Schachverbands in einem Gebäude aus dem achtzehnten Jahrhundert, das in der Hornsgata lag und im Volksmund »Bysis« hieß. Einst hatte man dort Menschen eingesperrt, die ihre Schulden nicht bezahlen konnten. Auch wenn die Vergangenheit uns Heutigen so unwirklich erscheint wie ein Traum: Etwas bleibt immer hängen. Das Licht fiel im selben Winkel auf das Haus wie früher. Im Innenhof wuchs weder Baum noch Strauch. Kein Ornament, kein Dekor. Der Bau atmete Sachlichkeit. Das wußten die Mitglieder des Schachverbands zu schätzen. Schach ist ein sachliches Spiel. Wer die wenigsten Fehler macht, gewinnt. Mehr gibt es nicht zu sagen. Karl Vendel hatte eine Schwäche für Lebenssituationen, in denen es nichts mehr zu sagen gibt.

Dieser Sonntag war ein besonderer Tag. Der Großmeister Alain Karpin war in der Stadt. Ein gewöhnlicher Mensch für alle, die nicht Schach spielten, aber ein Gott für jeden, der es tat.

Die Gewalt, die Rücksichtslosigkeit und die fiebrige Sucht nach Schönheit, die er beim Spielen an den Tag legte, ließen Eingeweihte vor Wollust erschauern, wenn sie nur seinen Namen hörten. Bei Karl Vendel war es mehr als das. Er liebte das junge Genie mit der milden Traurigkeit eines alternden

Mannes, der zuschaut, wie seine eigenen Träume von einem anderen verwirklicht werden.

Kristina nahm an der Schachleidenschaft ihres Vaters eher aus Solidarität als aus Überzeugung teil. Eigentlich verstand sie nicht, wie erwachsene Männer – Frauen übrigens auch – ihre ganze geistige Energie für eine Sache mobilisieren konnten, die beim besten Willen nicht mehr war als ein Spiel und von der die Welt weder besser noch schlechter wurde. Sie hütete sich, diese ketzerischen Gedanken zu äußern, aber ein bißchen provozieren mußte sie doch.

»Was ist denn dieser Karpin für ein Spinner?« fragte sie lässig.

Karl Vendel ließ sich einen erfrischenden Streit mit seiner Tochter nie entgehen. Das war ihr ganz normaler Umgangston. Auch wenn er auf Schwedisch nicht so gut austeilen konnte. Nach über vierzig Jahren in Schweden war er seiner Muttersprache in mancher Hinsicht treu geblieben: Streiten, Rechnen, die Erinnerung an historische Daten, Gefühle wie tiefe Traurigkeit oder innige Freude fanden im deutschen Teil seiner Seele statt.

Deshalb wechselte er ins Deutsche, um Kristina zu erklären, wer Alain Karpin war: der Sohn eines russischen Mathematikers, der in Frankreich um Asyl nachgesucht hatte, und einer französischen Lehrerin, die bei ihm Zuflucht vor den Männern ihres Landes fand. Als Siebenjähriger war Alain von Boris Spasskij entdeckt worden, dem russischen Ex-Weltmeister, der seine Frustration mit Frankreichs Frauen, Weinen und Käsesorten zu betäuben versuchte, nachdem er den Titel an den genialen, auf der Grenze zum Irrsinn balancierenden Bobby Fischer verloren hatte. Der erbitterte Kampf zwischen den beiden hatte ebensoviel von ihrer Persönlichkeit wie von ihrer Spieltechnik ans Licht gebracht: Spasskij war gutmütig und edel, Fischer gierig und ungehobelt.

»Du hörst ja gar nicht zu!« sagte Karl plötzlich beleidigt.

Er hatte recht. Sie war zerstreut. Nach Mikals Anruf erschien ihr dieser Sonntag nur noch wie eine Warteschleife, in der sie die Zeit bis zum Treffen mit ihm überbrücken mußte. Ein Aktfoto, hatte er gesagt. Sonst nichts. War es das gleiche Bild, das sie besaß? Oder gab es weitere, noch kompromittierendere Aufnahmen? Im Grunde spielte es keine Rolle. Wichtig war nur, daß sie jetzt eine Spur hatte, der sie nachgehen konnte. Mikal würde ihr sofort helfen. Wenn ein Torpedo und eine Polizeikommissarin zusammenarbeiteten, war das eine Kombination, die viele Schweigsame zum Reden bringen würde.

»Doch, doch. Russischer Mathematiker, französische Lehrerin, sieben Jahre, unglücklicher Spasskij!« resümierte sie Karls Erzählung. Nach all den Jahren auf lärmerfüllten Polizeiwachen hatte sie die Fähigkeit entwickelt, jemandem zuhören, während sie gleichzeitig jemand anderem antwortete und darüber nachdachte, was sie zu einer dritten Person sagen würde.

Karl konnte sie damit nicht imponieren.

»Der verrückte Fischer! Du hast den verrückten Fischer vergessen. Sonst stimmt es.«

»Das nennt man Simultanvermögen!« erklärte sie stolz.

»Das Evangelium der Oberflächlichkeit! Alle, die nicht imstande sind, sich auf eine Sache zu konzentrieren, prahlen damit, daß sie sich auf mehrere Sachen gleichzeitig konzentrieren können«, schnaubte er. Aber leise, denn sie betraten gerade den Spielsaal.

Dreißig Tische waren im Halbkreis aufgebaut. Alle bis auf einen waren besetzt. Die Hälfte der Spieler hatte die weißen, die andere die schwarzen Figuren. Alain Karpin würde gegen alle gleichzeitig spielen. Niemand sagte etwas. Die Glücklichen, die auf den Giganten treffen würden, waren versunken in ihrer eigenen Welt. Die Zuschauer betrachteten sie neidisch und furchtsam.

Kurz vor elf hatte die Sonne sich durch die dunklen Dezemberwolken gearbeitet und kam genau in dem Moment zum Vorschein, als eine junge Frau im Rollstuhl in den Saal gefahren wurde.

Sie hatte eigenartige Gesichtszüge. Ihre großen dunklen Augen, die ein wenig zu nahe beieinanderstanden, und die hochgewölbten Augenbrauen erinnerten Kristina an ein Mosaik, das sie vor einigen Jahren in einer verfallenen Kirche auf Zypern gesehen hatte. Ein Blick, der intensiv, fast streng wirkte. Ihr kohlrabenschwarzes Haar war zu einem mehr als taillenlangen Zopf geflochten, der auf seltsame Weise ein Eigenleben zu führen schien und sich sacht bewegte wie eine träge, glänzende Schlange.

»Wer ist das?«

Karl schüttelte den Kopf. Er wußte es nicht. Er war offensichtlich genauso überwältigt wie alle anderen. Ein Engel war erschienen. Ein Engel im Rollstuhl.

Der Mann, der sie schob, war etwas älter, um die Dreißig, korrekt in graue Flanellhosen und einen dunkelblauen Blazer gekleidet – vermutlich nicht irgendein Betreuer, sondern ein Verwandter oder Freund. Er lenkte den Rollstuhl zu dem freien Tisch, ohne der Versammlung einen einzigen Blick zu schenken.

Sie nahm die weißen Figuren. Ihr Begleiter flüsterte ihr etwas zu, und sie antwortete ebenfalls im Flüsterton. Die Sprache konnte Kristina nicht verstehen.

Genau um elf Uhr begann die Partie. Die Spieler, die Weiß hatten, machten den Eröffnungszug und drückten die Schachuhr. Die Schwarzen drückten nur die Uhr. Die junge Frau aber tat gar nichts. Sie wartete.

Von Karpin war noch nichts zu sehen, doch in diesen Kreisen wußte man, daß er immer einige Minuten zu spät kam. Das gehörte zu der psychologischen Kriegführung, mit der er seine Gegner unter Druck setzte, noch bevor die Partie angefangen hatte. Fischer hatte das oft mit Spasskij gemacht. Es war eine furchtbare Beleidigung, dem Widersacher Zeit zu schenken, als sei er wegen eines schweren Handikaps darauf angewiesen.

Minutenlang herrschte Stille, man hörte nur das Geräusch der Uhren. Dann erschien er plötzlich, zwei Funktionäre folgten ihm in respektvollem Abstand. Ohne ein Wort der Entschuldigung ging er rasch von Tisch zu Tisch. Sehr schnell, ohne jedes Zögern machte er seine Gegenzüge in Schwarz und seine Eröffnungszüge in Weiß. Seine langen Finger bewegten sich wie Flügel über den Figuren.

Auch für jemanden, der sich so wenig aus Schach machte wie Kristina, war es unmöglich, von der magischen Ausstrahlung Alain Karpins nicht berührt zu werden. Er war mittelgroß, hatte breite Schultern und schmale Hüften. Sein volles Haar, hellblond mit dunklen, kastanienbraunen Strähnen, war glatt zurückgekämmt, so daß die fast manische Energie seiner Gesichtszüge um so stärker hervortrat. Wäre er Schauspieler gewesen, hätte er große Rollen als romantischer Liebhaber spielen können. Seine blaugrünen Augen erforschten den Blick des Gegners, als suchten sie nach einer Wasserquelle in der Wüste, und ließen ihn dann nicht mehr los. Als er bei der jungen Frau angekommen war, geschah etwas. Kannten sie einander? Er nickte wie zum Gruß, mied aber ihren Blick.

Sie zog den Bauern von e2 nach e4, was ihr sichtlich Mühe bereitete. Ein Schweißtropfen war auf ihre Stirn getreten.

Kristina mußte schlucken. Es tat fast weh, mit anzusehen, wie eine solche Schönheit zur Unbeweglichkeit verurteilt war.

Es sah aus, als ob Karpin eine Sekunde zögerte, dann konterte er, indem er seinen Bauern von e7 nach e5 verschob, und ging zum nächsten Tisch.

Die junge Frau folgte ihm mit ihren Blicken, während sie

gleichzeitig den nächsten Zug machte, und die ruhige Geste versetzte ihren Zopf in Bewegung.

Die nächsten Runden gingen reibungslos über die Bühne. Karpin blieb an keinem Tisch länger als ein paar Sekunden. Zuerst fixierte er den Blick des Gegners, dann schaute er auf das Brett, irgendwo in seinem Gehirn schien ein Lächeln aufzukeimen, und er führte seinen Zug aus, entschlossen und rasch. Nur bei der jungen Frau brauchte er regelmäßig mehr Zeit, so daß Kristina ihren Vater flüsternd fragte, was das wohl zu bedeuten habe.

»Sie hat eine sehr aggressive Eröffnung gewählt«, flüsterte Karl zurück. »Man nennt das Lettisches Gambit. Sie hat bestimmt eine Variante vorbereitet, und Karpin muß am Brett einen Haufen Probleme lösen. Es ist nicht einfach für ihn.«

Sie verstand kein Wort.

Nach weiteren zwei Stunden hatte Karpin fünfundzwanzig Spieler besiegt und von vieren Remis akzeptiert. Nur die junge Frau war noch übrig. Alle hatten sich um ihren Tisch versammelt. Sie hatte soeben einen Turm geopfert. Ein Zug, der offenbar völlig überraschend gekommen war.

Karpin wurde blaß. Er erkannte seinen Fehler sofort. Er starrte abwechselnd auf das Brett und auf die Spielerin. Einem Uneingeweihten mochte sein Vorteil überwältigend erscheinen, nachdem die junge Frau zunächst zwei Springer, dann einen Läufer und nun den Turm geopfert hatte.

Karpin sah, was die Uneingeweihten nicht sahen. Sein König war ungeschützt wie ein rohes Ei. Wenn er den Turm nahm, würde er nach vier Zügen matt sein. Nahm er ihn nicht, würde sie sehr leicht ein Remis mit Dauerschach erzwingen können.

Karl war den Tränen nahe.

»So schöne Opfer habe ich noch nie gesehen!« sagte er ehrfürchtig.

»Darin waren Frauen schon immer gut«, entgegnete Kristina, ohne dabei an Schach zu denken.

Die Atmosphäre war zum Zerreißen gespannt.

Wer weiß schon, was im Kopf eines Schachgroßmeisters vorgeht? Karpin zögerte. Daß er das Opfer nicht annehmen konnte, brachte ihn in eine zutiefst beschämende Lage. Es war ein Affront gegen seine ganze Person. Als ob sie ihn vor aller Augen kastrierte. Es war leichter, eine Niederlage zu akzeptieren. Man konnte dann immer ein Versehen vorschieben. Aber ein Opfer nicht annehmen zu können!

Das war zuviel.

Dann geschah etwas Unerhörtes. Karpin machte auf dem Absatz kehrt und ging einfach weg, mit großen Schritten. Die junge Frau senkte den Kopf und schloß die Augen. Unter ihren langen Wimpern quollen Tränen hervor.

Der Mann, der hinter ihr stand, küßte sie auf die Wange.

Karl konnte nicht mehr an sich halten und fing an zu applaudieren. Die anderen folgten seinem Beispiel. Die junge Frau im Rollstuhl sagte etwas zu ihrem Begleiter, und sogleich schob er sie hinaus, es war wie eine Flucht. Niemand kam auf den Gedanken, eine Frage zu stellen. Wer war sie? Wie konnte jemand so Schach spielen und trotzdem völlig unbekannt sein?

»Mit Engeln ist das eben so. Man fragt sie nicht nach ihrem Namen«, sagte Karl. Er sehnte sich jetzt nach einem kühlen Bier.

4

Haus des Pferdes« stand mit großen roten Leuchtbuchstaben an dem aufwendig gestalteten Gebäude, das Herz und Hirn der Trabrennbahn von Solvalla bildete. Wer es betrat, kam entweder ärmer oder reicher wieder heraus, auf alle Fälle heiserer. Nur die ganz großen Zocker saßen dort, und Mikal war einer von ihnen.

An diesem Sonntag begannen die Rennen erst abends um halb sieben, aber viele trafen schon lange vorher ein. Es waren ja auch noch etliche andere Geschäfte zu tätigen. Will man von der Ökonomie eines Landes einen ersten Eindruck gewinnen, sollte man sich anschauen, wie viele Glücksspiele und Lotterien es dort gibt. Je mehr es sind, desto schlechter ist die wirtschaftliche Lage.

Schweden war da keine Ausnahme. In den Jahren, als die schwedische Industrie ihre soliden, zum Teil weltmarktführenden Unternehmen aufbaute, als die Wohlstandsgesellschaft und ihre Politiker noch mehr Geld ausgeben konnten, als ihnen oder ihren Wählern guttat, fristete die Trabrennbahn von Solvalla ein Dasein im Verborgenen. Der bloße Gedanke, auf Pferde zu wetten, wirkte wie ein Anachronismus in einem vernunftgesteuerten Land, in dem man die höchsten Gewinne dadurch erzielte, daß man sich weiterbildete.

Diese Zeiten waren vorbei. Die großen Industriezweige schrumpften unaufhaltsam, die Löhne waren praktisch eingefroren, die Steuern stiegen und stiegen. Immer größere Bevölkerungsgruppen lebten an der Armutsgrenze und hatten nicht die geringste Ahnung, wie man mit diesem Zustand umgeht. Wenn die Chance schwindet, das Einkommen auf berechenbarem Weg zu verbessern, wird der Zufall zu einer echten Alternative. Die Schweden spielten wie nie zuvor. Einwanderer und Asylanten hatten es schon immer getan.

Mikal kam wie gewöhnlich früh, setzte sich an seinen Fenstertisch und schaute hinaus auf die Bahn, wo die Pferde zu ihren Startpositionen für den ersten Lauf geführt wurden. Normalerweise hatte er eine größere Gesellschaft um sich. Männer, die ungefähr in der gleichen Lage waren wie er. Manchmal auch irgendeine Frau, um die Stimmung zu heben, wenn es schlecht lief.

An diesem Sonntag war er allein. Nach dem Rennen würde »seine Kommissarin« auf ihn warten, vermutlich in Jeans und wattierter Jacke. Aber jetzt wußte er, wie sie darunter aussah. Einer plötzlichen Eingebung folgend, warf er noch einmal einen raschen Blick auf das Foto. Sein Mund wurde trocken.

Man weiß nie, wann man zum letzten Mal in seinem Leben Champagner bestellt, dachte er und winkte dem Kellner.

Das erste Glas leerte er schnell. Es genügte ihm nicht. Deshalb trank er das zweite ebenso gierig. Champagner soll man nicht herunterkippen wie Wodka, aber wer hätte ihm das beibringen sollen? In seinem Innern summte er lautlos das Lied von der Wolga, dem großen Strom, der durch jedes russische Herz fließt. Dorthin wollte er zurück. Jetzt konnte er sich ganz seinem wütenden Heimweh überlassen, während er gleichzeitig seine ökonomischen Interessen wahrnahm, und nichts von alledem war in seinen schweren, unbeweglichen Gesichtszügen zu lesen. Mit der linken Hand streichelte er bedächtig die Innenseite seines linken Oberschenkels, nicht aus Wollust, sondern weil eine tschetschenische Kugel ihn dort getroffen hatte.

Immer mehr Leute sammelten sich um ihn herum. Der Raum hatte sich gefüllt, es herrschte ein ziemliches Gedränge. Kommentare, geflüsterte Unterhaltungen waren zu hören, eine Frau lachte laut. Sie trug einen roten Turban, der ihr das Aussehen eines transsexuellen Hahns verlieh.

Mikal fand, daß das Ganze einem Familientreffen ähnelte. Und dennoch: Zwischen ihm und den anderen blieb viel Luft, gleich einer unsichtbaren Mauer. Die Furcht, die er um sich herum verbreitete, gab ihm ein Gefühl von Sicherheit. Das war sein Irrtum.

Das dritte Glas Champagner weckte seine Sehnsucht nach Kristina. In ein paar Stunden würden sie einander gegenübersitzen, und sie würde ihn als ihren Retter in der Not betrachten. Bei diesem Gedanken mußte er die Lippen zusammenpressen, um nicht wie ein Idiot vor sich hinzugrinsen.

Sein träger Blick registrierte nicht die junge Frau mit den kurzen, struppigen und ziemlich amateurhaft gebleichten Haaren, die dann und wann wie zufällig zu ihm herüberschaute.

Als die Pferde zum dritten Rennen aufliefen und die Aufregung am größten war, überschritt diese junge Frau die unsichtbare Grenze, die ihn von den anderen trennte, und stand mit einer Pistole in der Hand hinter ihm, nur zwei Meter von seinem breiten Rücken entfernt.

Sie feuerte drei Schüsse ab. Sie trafen alle. Einer in den Hinterkopf, einer in die linke Flanke, einer mitten ins Rückgrat.

Napoleon hatte recht: Es genügt nicht, einen russischen Krieger zu töten, man muß ihn außerdem noch niederschlagen.

Nachdem Mikals massiger Körper die drei Schüsse in sich aufgenommen hatte, blieb er unbeweglich sitzen.

Panik brach aus. Die Frau, die vorhin laut gelacht hatte, schrie jetzt noch lauter. Die Leute rannten zu den Ausgängen. Die Frau mit der Pistole war stehengeblieben, als ginge die Sache sie nichts an.

Es war wohl eher so, daß sie ihren Augen nicht traute. Er war noch nicht tot. Und sie wollte ganze Arbeit leisten. Wer weiß, in wessen Auftrag sie handelte.

Sie ging noch näher an ihn heran, diesmal von vorn. Mikal sah sie mit unverhohlenem Staunen an. Eine kleine, dumme Gans hatte ihn umgelegt. Einen Moment lang hatte er sich der Sehnsucht nach einem anderen Leben hingegeben, und das hatte ihn das einzige Leben gekostet, das er besaß. Er war nicht traurig. Auch nicht wütend. Aber er mußte noch etwas erledigen.

Seine Henkerin hatte schon den Arm gehoben, um von neuem zu schießen, als Mikal sie zu sich winkte, ganz nahe, so daß er ihr etwas ins Ohr flüstern konnte. Zu mehr reichte seine Kraft nicht. Sein Mund war verzerrt, ein dünner Blutfaden rann heraus.

»Rufen Sie Kommissarin Kristina Vendel an«, stieß er röchelnd hervor.

»Und was soll ich ihr sagen?« fragte die Frau mit heiserer Stimme.

»Sagen Sie ihr, daß ich mich ein wenig verspäten werde.«

Niemand sonst hörte seine letzten Worte. Nur die Frau, die jetzt noch einmal schoß, um diese Stimme zum Schweigen zu bringen, um das Licht in diesen schwermütigen Augen zu löschen. Danach ging sie ruhig in den langen Korridor hinaus. Niemand kam auf den Gedanken, sie daran zu hindern.

Sie wählte den Notausgang, der in einen Hinterhof führte. Dort wartete ein schwarzer Mercedes mit laufendem Motor. Er fuhr los und nahm Kurs auf die E 18.

Als das Sicherheitspersonal endlich eintraf, war Mikal Gospodin tot. Er war siebenunddreißig Jahre alt geworden. Sein Pferd hatte das Rennen gewonnen.

5

Kemal Fahed hatte seine blonde Perücke aufbehalten, aber die hochhackigen Schuhe abgestreift. Er streckte sich im Sitz aus und wölbte die Hand über seinem Glied, als wollte er es vor der Schlechtigkeit der Welt beschützen. In Wirklichkeit hatte er eine Erektion. Wie immer, wenn er jemanden umgebracht hatte.

Die Fahrerin, eine junge Frau in den Zwanzigern, bog nach Kista ab und folgte der E 4 in Richtung Stockholm. Es war still im Wagen. Nur das Radio, das auf die Frequenz des Polizeifunks eingestellt war, knisterte dann und wann. Seit dem Mord waren zehn Minuten vergangen, und die Polizei war offenbar noch nicht am Tatort. Damit hatte Kemal gerechnet. An einem Sonntagabend, noch dazu am ersten Advent, braucht man in Stockholms Vororten die Polizei nicht zu fürchten.

Sie fuhren weiter nach Süden. Die junge Chauffeurin lenkte das Auto mit leichter Hand. Woran mochte sie denken? Ein amüsiertes Lächeln huschte über ihr Gesicht, als Kemal seine Hand auf ihren schlanken Oberschenkel legte. Sie brauchte keine Anweisungen, was den Weg betraf, sie wußte, wohin es ging.

Sie nahmen die Abzweigung nach Huddinge, und nachdem sie in die alte Landstraße nach Södertälje eingebogen waren, hielten sie, weil Kemal dringend mußte. In Wirklichkeit ging er ein Stück in den Wald hinein, bis zu der Stelle, wo er vorher ein Loch in die Erde gegraben hatte. Er steckte die Pistole in eine stabile Plastiktüte, legte sie in die Grube und deckte sie mit Erde und Steinen zu. Falls die Leute in dieser Gegend nicht mit Metalldetektoren herumliefen, würde niemand die Waffe finden.

Sie fuhren auf derselben Straße weiter, bis sie in die Nähe

des Gömmarsees kamen. Dort gab es viele ältere Sommervillen, von denen die meisten zu ganzjährig bewohnbaren Häusern umgebaut worden waren. Einige standen noch leer und warteten auf Käufer.

Ein Abend im Dezember. In den Fenstern leuchteten Adventskerzen, aber keine Menschenseele war draußen. Die Leute hockten vor dem Fernseher, sofern sie nicht in die Kirche gegangen waren, um Musik zu hören.

Das Auto hielt vor einem größeren Sommerhaus, das ein wenig abseits lag. Es sah unbewohnt aus. Keine Gardinen, keine Blumentöpfe hinter den Fenstern. Um den Garten hatte sich seit langem niemand gekümmert, der Boden war mit schwärzlichen Falläpfeln bedeckt.

Es war unheimlich, aber die junge Frau dachte an den Film ›Der letzte Tango in Paris‹, den sie vor kurzem in ihrem Filmclub gesehen hatte. Die beiden Liebenden, von denen jeder für den anderen praktisch anonym war, trafen sich in einer ebenso anonymen, unmöblierten Wohnung mitten in Paris und gaben sich dort waghalsigen erotischen Spielen hin, wie sie nur Menschen spielen können, die einander kaum kennen.

Der Mann neben ihr war anders als alle, denen sie bisher begegnet war. Was hatte er auf der Rennbahn von Solvalla gemacht? Warum hatte er sich als Frau verkleidet? Sie wußte es nicht. Es sollte ein Scherz sein, hatte er gesagt. Der Scherz schien gelungen zu sein, denn jetzt war er ruhig und zärtlich. Während der ganzen Fahrt hatte er seine Hand auf ihrem Schenkel liegen lassen, die Stelle fühlte sich an wie ein Stempelabdruck. Sie wußte nicht, warum er sie in diese verlassene Gegend geführt hatte, aber sie hatte keine Angst. Sie liebte gefährliche Spiele.

Kemal öffnete die Tür des hölzernen Schuppens neben dem Sommerhaus. Drinnen stand ein funkelnagelneuer Wagen, eine Verlockung für jeden Autofahrer. Sie klatschte entzückt in die Hände und dachte dabei an die anderen Freuden, die sie noch erwarteten. Ihre Lippen kräuselten sich zu einem trägen Lächeln, das an eine schlafende Katze erinnerte.

Draußen rührte sich nichts. Die Luft war rauh, vom Ufer des Sees wehte der Geruch verrottender Wasserpflanzen herüber. Ganz selbstverständlich suchte sie die Umarmung des Mannes. Sie gehörte nicht zu den Frauen, die warten, bis sie geküßt werden.

Sie zog ihn an sich und drückte ihre Lippen auf seinen Mund. Er beantwortete den Kuß und ließ die Hand unter ihre Bluse gleiten. Sie trug keinen BH, ihre Brüste waren klein, oval und fest, wie Vogeleier. Mit einer einzigen Bewegung öffnete sie den Reißverschluß seiner Hose und ließ sich auf die Knie nieder. Er lehnte sich an die Wand des Schuppens und brauchte nichts zu tun, als ihr Haar zu streicheln und ihren Kopf sanft nach unten zu drücken.

Um so einfacher war es, sie zu töten. Genau in dem Augenblick, als es ihm kam, brach er ihr das Genick.

Nur keine Zeugen. Das wußte er seit seiner frühesten Jugend. Keine Mitarbeiter. Man kann niemandem trauen. Auf diese Weise hatte er sich lange genug durchgeschlagen. Er traf sich niemals mit seinen Auftraggebern. Niemand wußte, wie er aussah. Die Geschäfte wurden am Telefon getätigt oder über verschlüsselte E-Mails. Keiner seiner Mitarbeiter hatte den jeweiligen Auftrag überlebt. Er bevorzugte Frauen. Sie konnten ihm einen letzten Dienst erweisen, bevor er ihnen den Hals umdrehte.

Inzwischen war es halb neun. Er atmete tief durch, dann trug er die tote Frau zu dem draußen geparkten Mercedes und hob sie auf den Fahrersitz. Er sah sich um. Nichts Beunruhigendes war zu sehen. Er fuhr das neue Auto aus dem Garagenschuppen heraus, lenkte den Mercedes hinein, holte einen Kanister aus dem Kofferraum und schüttete einen Teil des Inhalts über die Karosserie und das Wageninnere, über die Sitze und über den Körper der Toten. Den Rest vergoß er ringsum im Schuppen. Er mußte niesen, als er die scharfen Benzindämpfe einatmete.

Dann zündete er ein Streichholz an. Das Feuer breitete sich blitzschnell aus. Er stieg in das neue Auto und fuhr los. Es würde nur wenige Minuten dauern, bis der ganze Schuppen in Flammen stand und der Brand zu sehen war. Aber er hatte genug Zeit. Wenn jemand etwas bemerkte und die Feuerwehr anrief, würde sie frühestens in einer Viertelstunde eintreffen. Und dann würde nichts mehr zu retten sein. In einiger Entfernung hielt er an, um zu pinkeln, und während er dort stand, hatte er das Gefühl, daß jemand ihn beobachtete. Aber er sah niemanden.

In aller Ruhe fuhr er ins Zentrum von Huddinge, geradewegs in das Parkhaus mit dem ziemlich merkwürdigen Namen »Die Forelle«.

Etwas verwirrte ihn: Wer war diese Kommissarin, die auf Mikal Gospodin wartete, und warum war sie mit ihm verabredet? Er hatte sich den Namen gemerkt. Kristina Vendel. Das sagte ihm nichts. Aber es würde nicht schwer sein, sie ausfindig zu machen. Der Letzte Wille eines Sterbenden ist Gesetz. Seine letzten Worte dürfen nicht mit ihm untergehen. Außerdem war es ratsam, in Erfahrung zu bringen, wer in nächster Zukunft seine gefährlichste Gegnerin sein würde. Denn soviel stand fest: Diese Kommissarin Kristina Vendel würde Gospodins Mörder jagen.

Bei dem Gedanken an einen Zweikampf, »Mann gegen Mann«, lächelte Kemal zufrieden, auch wenn es sich in diesem Fall um eine Frau handelte. Er hatte noch nie verloren, und er hatte nicht vor, jetzt damit anzufangen.

In der verschlafenen Einkaufsmeile von Huddinge hatte nur der Konsumladen geöffnet. Einzelne Kunden – es sind meist alleinstehende Männer, die an einem Sonntagabend einkaufen – standen vor den Regalen, die von Familien mit

Kindern fast leergeräumt worden waren. Kemal fand nichts, was seinen Appetit anregte, obwohl er allmählich Hunger bekam.

Die Kassiererin warf ihm einen mißtrauischen Blick zu, als er mit leeren Händen ihre Festung passierte.

Als nächstes hielt er vor einem türkischen Restaurant. Auch dort waren nicht viele Leute. Ein paar ältere Männer hockten eng beieinander und schauten sich ein Fußballspiel aus ihrer Heimat an.

Er gab seine Bestellung auf und wartete auf das Essen, um es mit nach Hause zu nehmen.

6

An jenem Sonntag besuchten Kristina und ihr Vater nachmittags »die Mama«. Oder vielmehr: ihr Grab auf dem Waldfriedhof. Es gab eine stille Übereinkunft zwischen ihnen, von ihr nicht wie von einer Toten zu sprechen, sondern so zu tun, als sei sie aus irgendeinem unbegreiflichen Grund dort hingeraten und könne sich nun nicht mehr losreißen.

Karl hatte einen Strauß gelbe Rosen mitgebracht, den er mit einer leichten Verneigung auf den Grabstein legte. Wie immer konnte Kristina die Tränen kaum zurückhalten, weniger aus Trauer um ihre Mutter – sie war gestorben, als Kristina noch klein war – als aus Rührung über die Liebe dieses alten Mannes, der ihr Vater war und der sozusagen auf Überstunden lebte. Jederzeit konnte er das Opfer seines Herzfehlers werden.

Hatte er nach dem Tod ihrer Mutter je wieder eine Beziehung gehabt?

Sie wußte es nicht und hatte manchmal Lust, ihn danach zu fragen, tat es dann aber doch nicht. Karl gehörte nicht zu der Generation, die ihre Eingeweide im Internet ausbreitete. Sein Schlafzimmer war seine Privatangelegenheit.

»Ich möchte dir gern jemanden vorstellen«, sagte Karl, als habe er ihre Gedanken erraten, und ihr Herz machte ein paar Sprünge, denn ihr war sofort klar, worum es ging. Seine leichte Verneigung vor Mamas Grab erhielt einen neuen Sinn, sie war nicht nur ein Liebesgruß, vielmehr eine Entschuldigung dafür, daß er weiterlebte und nun eine andere Frau kennengelernt hatte.

»Wie heißt sie?«

Ihre Stimme gehorchte ihr kaum, obwohl sie versuchte, so desinteressiert wie möglich zu wirken.

Karl, der seine Tochter kannte, ließ sich nicht täuschen.

Wenn sie ihm eine Frage stellte, ohne ihn anzusehen, war sie innerlich aufgewühlt.

»Ich dachte, du würdest dich freuen«, sagte er ein wenig enttäuscht.

Da verlor sie die Beherrschung.

»Ich freue mich. Verdammt noch mal, ich freue mich sehr für dich. Dein Herz braucht neue Klappen, und du legst dir statt dessen eine Geliebte zu. Wo hast du sie aufgetrieben?«

Mehr brachte sie nicht heraus. Einerseits hatte sie sich so etwas für ihn gewünscht, andererseits graute ihr davor, ihren Vater mit einem alten Weib teilen zu müssen.

»Du brauchst sie nicht zu treffen, wenn du nicht willst«, sagte Karl ernst, aber er war dabei nicht ganz aufrichtig. Ihm lag so viel daran, daß Kristina seine neue Partnerin kennenlernte. Tief in seinem Innern war er überzeugt, daß sie ihr gefallen würde.

Kristina hatte sich schon wieder beruhigt.

»Entschuldige! Ich habe kein Recht, dich mit Beschlag zu belegen.«

Karl packte sie hart am Arm.

»Du hast jedes Recht der Welt. Du bist meine Tochter!«

Sie erkannten ungefähr gleichzeitig, daß sie gerade einen Rückfall in die Zeit erlebten, als sie ein kleines Mädchen gewesen war und er ein junger Mann, der für seine Prinzessin alles getan hätte. Sie begriffen auch, daß diese Zeit vorbei war. Die Prinzessin war jetzt eine erwachsene Frau und der junge Ritter ein alter Mann mit Herzproblemen.

Der Friedhof ist einer jener Orte, an denen die Vergangenheit weiterlebt. Und an denen man sich dessen bewußt wird, daß das Leben so lange weitergehen muß, bis es seinerseits Vergangenheit geworden ist.

Kristina hakte sich bei ihrem Vater ein.

»Wohin hast du denn den alten Drachen zum Abendessen eingeladen?« fragte sie fröhlich. Auch sie kannte ihn nur zu gut.

Es war beinahe halb fünf. Der Dezemberhimmel hielt den Lichtern der Stadt seine andere Wange hin, und Kristina hatte das Gefühl, es könne ein guter Abend werden.

»Sie heißt Angelika Mahler«, sagte Karl ruhig. »Aber sie wird Angie genannt.«

Seine Stimme hatte einen bittenden Unterton, der sie verlegen machte. Sie nahm sich vor, so freundlich wie möglich zu sein.

7

Zwei Stunden später saß Kristina allein in einem Café in der Folkungagata in Södermalm. Außer ihr waren nur wenige Gäste da. Der eine oder andere Taxifahrer saß vor einem Sandwich, ein paar Studenten, die sich kein Restaurant leisten konnten. Kleine Leute. Hier mußte sie nicht befürchten, von irgend jemandem erkannt zu werden.

Der Autoverkehr war spärlich geworden. Es hatte angefangen zu schneien. Sie war in guter Stimmung. Angelika oder Angie Mahler hatte ihr auf Anhieb gefallen. Groß, schlank, blondiert, Ende Fünfzig. Bestimmt eine der Frauen, die beim Liebesakt manchmal einen Lachanfall bekommen, dachte Kristina.

Angelika besaß eine eigene Firma, die Naturheilmittel und Kosmetika importierte. Sie war fünfunddreißig Jahre verheiratet gewesen, als ihr Mann neben ihr im Schlaf gestorben war, ohne daß sie etwas davon mitbekommen hatte.

»Er war immer sehr diskret«, sagte sie. Und gleich darauf fiel sie in ihren süddeutschen Dialekt. Sie stammte aus Freiburg. Dort hatte sie damals den Schweden kennengelernt, der als Stipendiat Deutsch lernte. Sie war ihm in seine Heimat gefolgt, nach Hägersten. »Fünfunddreißig Jahre waren wir glücklich miteinander«, sagte sie und aß ein Stückchen Apfelkuchen.

»Wo seid ihr euch denn begegnet, Papa und du?« fragte Kristina, wie um sich zu vergewissern, daß es immer noch Wunder gab. »Beim Nordic Walking«, lachte Angelika. Das war derzeit sehr beliebt unter Rentnern. Beim Gehen mit zwei Stöcken verbrauchte man angeblich doppelt so viele Kalorien wie ohne; es sah allerdings aus, als würde man sich auf das Laufen an Krücken vorbereiten.

Karl sagte nicht viel. Ihm genügte es schon, die beiden reden zu hören, und er genoß den Klang seiner Muttersprache. Sein schwaches Herz hatte er in diesem Augenblick vergessen. An Angelikas Seite fühlte er sich stark und voller Freude. Wenn es dem Tod jetzt einfallen sollte, ihn zu holen, könnte er sich auf einen zähen Kampf gefaßt machen.

Die Zeit vergeht so schnell. Die Zeit, die man hat, aber auch die, die einem fehlt. Er hatte lange getrauert. Angelika war keine Rivalin, keine Bedrohung für seine verstorbene Frau. Sie war überhaupt nicht bedrohlich, das lag nicht in ihrer Natur. Wenn sie redete, hatte sie immer ein Lächeln auf den Lippen, als sei ihr nie etwas anderes widerfahren als Glück.

Was natürlich nicht stimmte. Auch sie hatte ihre Erfahrungen mit dem Unglück, mit der Ungerechtigkeit des Lebens, mit Krankheit und Tod. Aber sie war einfach eine Frau, die gern lächelte, gern lachte. Das war es, was er am meisten vermißt hatte. Ein Lachen in seinen vier Wänden.

Er hatte seit über fünfundzwanzig Jahren keine Frau mehr berührt. Seine ganze Zeit hatte er seiner Tochter gewidmet, seinen ganzen Liebeshunger auf sie gerichtet. Er hatte sich bemüht, so zu leben, daß er eines Tages in der Lage sein würde, auf jede ihrer Fragen wahrheitsgemäß zu antworten. »Du bist die Wahrheit«, sagte er manchmal zu ihr, und wenn sie auch nie verstanden hatte, was er meinte, so begriff sie doch genug, um nicht weiterzufragen.

So hatten sie fünfundzwanzig Jahre gelebt, und nun war es Zeit, sich voneinander zu lösen. Sie mußte ihren Weg gehen, und er auch. Genau in diesem Moment hatte er Angelika getroffen. Es ist schon merkwürdig, daß die Menschen, die wir brauchen, immer dann auftauchen, wenn wir sie am nötigsten haben.

Er lauschte dem Gespräch der Frauen, ohne richtig hinzuhören, und doch entging ihm kein Wort, nicht einmal von dem, was unausgesprochen blieb. Auf Schwedisch wäre das nicht möglich gewesen, da mußte er sich vollkommen konzentrieren, um auch nur der einfachsten Unterhaltung zu folgen. Und nun war der Entschluß gefaßt, mit dem er seit vielen Jahren gerungen hatte. Nach Deutschland zurückzukehren. Oder vielmehr: zur deutschen Sprache.

Kristina hatte die beiden zu Angies Wohnung in der Atlasgata gefahren, war aber nicht mit hinaufgegangen. Denn jetzt war sie mit Mikal verabredet.

Dem alten Griechen, der das Café führte, tat sie leid. Nachdem sie über eine Stunde gewartet hatte, nahm er seinen Mut zusammen, trocknete sich die Hände besonders sorgfältig an der Schürze ab und ging zu ihr hinüber. Er hinkte leicht, seine Verwundung aus dem griechischen Bürgerkrieg machte sich alljährlich mit der ersten Herbstkälte wieder bemerkbar.

»Ich hoffe, daß er diese ganze Warterei wert ist«, sagte er mit einem Lächeln, das herzlich war und zugleich voll versteckter Andeutungen. Die Fortsetzung des Gesprächs hatte er schon im Kopf, aber Kristinas ehrliche Antwort brachte ihn aus dem Konzept.

»Er hat etwas, das ich haben will.«

Der alte Grieche wäre kein alter Grieche gewesen, hätte er daraus nicht gleich wieder etwas machen können.

»Haben wir das nicht fast alle, meine Liebe?« fragte er ruhig.

Es dauerte eine Sekunde zu lange, bis Kristina verstand, was er meinte. Als sie begriff, war es zum Lachen zu spät. Ihr Mobiltelefon rettete sie. Sie war sicher, daß es Mikal sein würde.

Aber er war es nicht.

Es war Kommissar Arne Svedling, im Dienst auf Stockholms Hauptwache. Sie hatte schon von ihm gehört, im Zusammenhang mit dem Mord an Olof Palme, und einmal war sie ihm flüchtig begegnet, in einem Seminar über die russische Mafia. Sein Spezialgebiet.

»Ich muß Sie bitten, sofort ins Haus zu kommen«, sagte er.

Mit dem »Haus« war das Hauptquartier der schwedischen Reichspolizei gemeint.

Formell war er nicht ihr Vorgesetzter und damit auch nicht weisungsbefugt. Aber er hatte den höheren Dienstgrad, er besaß langjährige Berufserfahrung, und er hätte sie bestimmt nicht angerufen, wenn es nicht wichtig gewesen wäre.

»Jetzt gleich?«

»Am besten wären Sie schon hier.«

In seiner Stimme war ein Ton, der nicht zum Diskutieren einlud.

»Okay.«

Arne Svedling haßte Leute, die »Okay« sagten. Er haßte auch Leute, die das Rauchen aufgegeben hatten, die zu Hause barfuß herumliefen, die Fahrradferien buchten. Man kann sagen, daß er verschiedene Sorten von Menschen aus unterschiedlichen Gründen haßte. Das war sein Problem, und er fühlte sich wohl damit.

Kristina wandte sich dem alten Griechen zu, der sie mitfühlend anschaute.

»Man kann sich auf niemanden mehr verlassen!« sagte er.

»Darf ich Sie um einen Gefallen bitten?« fragte sie.

»Sie dürfen mich um den Mond bitten, und Sie kriegen ihn ohne Mehrwertsteuer!«

Sie belohnte ihn mit einem kleinen Lachen.

»Ja also, es kann sein, daß derjenige, auf den ich warte, hier herkommt, wenn ich weg bin.«

»Und wie soll ich wissen, wer das ist?«

»Wenn Sie ihn sehen, wissen Sie's«, gab sie zurück. »Sagen Sie einfach, es sei was dazwischengekommen.«

»Wem ist was dazwischengekommen?«

»Na, mir natürlich.«

»Klar, aber wer sind Sie?«

»Das spielt keine Rolle. Können Sie mir den Gefallen tun?«

Der Grieche warf ihr einen bewundernden Blick zu.

»Das ist nicht schwer. Ich soll jemandem, von dem ich nicht weiß, wer es ist, ausrichten, daß jemandem, von dem ich auch nicht weiß, wer es ist, etwas dazwischengekommen ist. Hab ich was vergessen?«

»Nein«, antwortete sie lächelnd und ließ einen Extraschein auf dem Tisch liegen. Der alte Grieche tat, als hätte er ihn nicht gesehen. Sie wiederum tat so, als hätte sie ihn nicht hingelegt.

»Kratz mir den Rücken, dann kratz ich dir den Po«, murmelte der alte Grieche und steckte den Hunderter in die Tasche.

8

Arne Svedling erwartete sie in seinem Büro. Es war nicht groß, und es lag unterhalb der schmalen Terrasse, auf der die Untersuchungshäftlinge ihren täglichen Spaziergang machen durften. Wenn sie weit spuckten und der Wind aus der richtigen Richtung kam, landete der Rotz an seinem Fenster, aber er beklagte sich nicht darüber. Er gab den Möwen die Schuld, die der Hunger zuweilen in die Innenstadt trieb.

Er war einer jener Polizeibeamten, deren Karriere im Zusammenhang mit dem Mord an Ministerpräsident Olof Palme ruiniert worden war. Die Ereignisse lagen jetzt fünfzehn Jahre zurück, und trotzdem gab es im ganzen Land immer noch Leute, deren Leben auf die eine oder andere Art davon beeinflußt wurde. Arne Svedling gehörte dazu. Aus unerfindlichen Gründen hatte man ihn beschuldigt, gewisse Informationen weitergegeben zu haben. Die meisten Kollegen wußten, daß er nicht dafür verantwortlich war, aber sie wußten auch, daß irgend jemand geopfert werden mußte.

Genauso kam es. Auf der offziellen Ebene blieb alles ruhig. Man überging ihn einfach. Und er ließ es geschehen, wie von dem perversen Wunsch getrieben, mit seiner misanthropischen Weltanschauung recht zu behalten. Vielleicht glaubte er auch, daß ohnehin nichts mehr zu ändern sei. Aber seine Verbitterung wuchs mit jedem Jahr. Seine Frau hielt es schließlich nicht mehr aus. Nach zwanzigjähriger Ehe, aus der drei Kinder hervorgegangen waren, verließ sie ihn wegen eines anderen Mannes. Svedling wehrte sich nicht, er gab kampflos auf. Er wurde dadurch noch verbitterter, aber er wußte, daß nichts sie umstimmen würde. Während ihrer ganzen gemeinsamen Zeit hatte er nie erlebt, daß sie eine Entscheidung widerrufen hätte. Das war ihre Stärke. Ein fester Standpunkt, und zwar für immer.

Nach angemessener Frist empfing er den Lohn für seine Fügsamkeit. Man beförderte ihn zum Kommissar und wies ihm ein kleines Büro ohne Sofa zu. Er konnte sich nicht beklagen. Auch lockte die Rente, die sich mit einem Nebenjob als Sicherheitsberater hübsch aufstocken ließ. Aber Typen wie Kristina Vendel konnte er nicht ausstehen. Smarte junge Frauen mit akademischen Abschlüssen, die heute Berufsanfängerin sind und morgen schon Dezernatschefin. Er verspürte nicht die geringste Neigung, es ihr leichtzumachen.

Als sie bei ihm im Zimmer war, stand sein Entschluß sofort fest: Er würde es ihr noch schwerer machen, als er vorgehabt hatte. Er fühlte sich von ihr provoziert. Wofür hielt sie sich denn, mit ihrem geschlitzten Rock und ihren langen Beinen, die sie so unbekümmert übereinanderschlug, daß er einen Blick auf ihren schwarzen Slip erhaschte. Glaubte sie etwa, sie sei zu Hause?

Und vor allem – wofür hielt sie ihn? Er war seit fünfunddreißig Jahren in diesem Beruf, und er hatte schon tausend Kilometer auf den Straßen Stockholms zurückgelegt, als sie noch nicht einmal geplant gewesen war. Ihm war danach, sie ordentlich abzukanzeln, aber er beherrschte sich. Sie tat ihm nämlich auch ein bißchen leid, und das sollte sich noch verstärken. Sie war nicht so, wie der erste Eindruck vermuten ließ. Etwas wie Traurigkeit und Unsicherheit lag in ihrem Blick. Als ob etwas in ihr zerstört worden sei. Was das war, hätte Svedling gern gewußt.

»Verzeihen Sie, daß ich Sie ausgerechnet am ersten Advent belästigen muß. Sie hatten vielleicht Besuch.«

Er konnte ja nicht wissen, daß sie in einem Café gesessen hatte, als er ihre mobile Nummer anrief.

Kristina war sofort auf der Hut. Wenn ein Polizist Konversation macht, bedeutet das nichts Gutes. Je weniger man sagt, desto besser, aber gar nichts zu sagen, ist auch nicht ratsam.

»Ich war nicht zu Hause.«

»Wenn es nicht wichtig wäre, hätte ich nicht angerufen.«

»Das ist mir klar.«

Sie hatte das Gefühl, daß Svedling mit ihr Katz und Maus spielte. Um ihr Unbehagen zu kaschieren, schlug sie die Beine umgekehrt übereinander und setzte sich bequemer hin. Er mißdeutete das als Zeichen der Entspannung. Jetzt war der Augenblick gekommen.

»Kennen Sie einen gewissen Mikal Gospodin?«

Plötzlich wurde es ernst.

»Ich war mal hinter ihm her, im Zusammenhang mit einem Fall von Brandstiftung in einem Restaurant.«

»Ja. Jetzt erinnere ich mich. Damals konnte ihm nichts nachgewiesen werden.«

»Nein.«

»Aber danach sind Sie ihm nie wieder begegnet?«

Nun hatte sie die Wahl. Entweder die Wahrheit sagen oder lügen. Die Entscheidung war nicht leicht. Sie versuchte Zeit zu gewinnen.

»Dürfte ich wissen, worauf Sie hinauswollen?«

Arne Svedling hatte Mühe, seine Zufriedenheit zu verbergen. Wenn jemand eine Frage mit einer Gegenfrage beantwortet, bedeutet es immer dasselbe: daß er den Boden unter den Füßen verliert.

»Ich bin nur neugierig.«

Was wußte er? Sie hätte viel dafür gegeben, in seinem zugeknöpften Gesicht lesen zu können. Da ihr nichts anderes einfiel, blieb sie auf der formellen Schiene.

»Ich sehe keinen Grund, warum ich Ihre Neugier befriedigen sollte.«

Er sah sie an, als wolle er herausfinden, ob sie eßbar sei.

»Heißt das, Sie verweigern die Antwort?«

»Es heißt nur, daß Sie nicht das geringste Recht haben, mir irgendwelche Fragen zu stellen.«

Er seufzte. Ihr Ton erinnerte sie an seine Exfrau.

»Gut. Keine weiteren Fragen.«

Mit ausgesucht langsamen Bewegungen holte er ein Foto aus einer Schreibtischschublade und schob es ihr hin, wortlos. Er legte die Handflächen gegeneinander und stützte das Kinn auf die Hände.

Kristina brauchte sich das Foto nicht anzuschauen. Sie wußte, wer darauf zu sehen war. Trotzdem quälte sie die Neugier. War es dasselbe Bild, das sie ihr hinterlassen hatten? Für den Bruchteil einer Sekunde kam die Erinnerung an jene Schreckensnacht zurück. Nackt, gefesselt, hilflos. Aus Gründen, die sie nicht verstand, fühlte sie sich jetzt genauso. Ihr gegenüber saß ein Kollege, jemand, der auf ihrer Seite sein sollte. Aber ihr Instinkt warnte sie vor ihm.

»Wollen Sie sich das Bild nicht ansehen?« fragte Svedling mit neutraler Stimme.

Sie warf einen raschen Blick darauf. Es war eine andere Aufnahme als die, die sie besaß. Hier lag sie auf den Knien, die Hände hinter dem Rücken gefesselt, und ein Mann, dessen Gesicht nicht zu sehen war, hielt sein Glied in ihren halbgeöffneten Mund. Man hatte als Betrachter den Eindruck, daß sie es unbeschreiblich genoß. Niemand wäre auf den Gedanken gekommen, daß sie unter Drogen stand und bewußtlos war.

»Nicht schlecht, das Bild«, sagte Svedling, ohne näher zu erläutern, worauf sich sein Lob bezog. Gleichzeitig stupste er das Foto mit einem Bleistift näher zu ihr hin, als ekle er sich davor, es anzufassen. Kristina sah, daß der Stift Bißspuren hatte. Er kaute also auf Bleistiften, der liebe Arne. Kein gutes Zeichen.

Sie konnte sich noch immer nicht entscheiden. Sollte sie die demütigenden Stufen der Wahrheit abschreiten oder sollte sie so lange lügen, bis von der Wahrheit nichts mehr übrigblieb als ihre Verfälschung?

Sie versuchte es auf die offensive Tour.

»Ich verstehe das nicht. Wo haben Sie das her? Das sind absolut private Aufnahmen! Wenn Sie noch mehr davon haben, verlange ich, daß Sie sie mir sofort aushändigen!«

»Meine Kleine, da gibt es nichts zu verlangen. Dieses Foto haben wir bei einem Mann gefunden, dem vor dreieinhalb Stunden, genauer: vor drei Stunden und dreiunddreißig Minuten, ein Unfall zugestoßen ist.«

»Bei wem? Und was für ein Unfall?«

»Mikal Gospodin. Er hatte eine Karambolage mit vier Revolverkugeln.«

Er machte eine Pause, weil er ihr Zeit geben wollte, das Gehörte zu verarbeiten. Aber Kristina saß da wie versteinert, was er als Kaltblütigkeit mißdeutete. Deshalb fuhr er in noch gereizterem Ton fort:

»Und wenn hier jemand etwas verlangt, dann bin ich es. Nämlich daß Sie mir erklären, wie er an dieses Bild gekommen ist. Ist er das auf dem Foto? Oder ist es jemand anders? Wollte er Sie damit erpressen? Das sind ganz einfache Fragen, viel zu leicht für jemanden mit einem Abschluß in Philosophie.«

Er fand sich richtig gut. Aber seltsamerweise sah er noch bekümmerter aus als vorher. Das lag an den Ekelgefühlen, die ihn überkamen, wenn er sie anschaute und dabei an die Fotografie dachte, auf der sie den groben sibirischen Schwanz so lustvoll mit ihren Lippen umschloß.

»Mikal wäre nie auf die Idee gekommen, mich auszunützen!«

Sie war selbst überrascht, sich das sagen zu hören. Etwas in ihr hatte eine Entscheidung getroffen, ohne daß sie sich dessen bewußt geworden war. Jetzt gab es kein Zurück mehr. Jetzt mußte sie weiterlügen.

Svedling dagegen war keineswegs erstaunt.

»Es freut mich, daß Sie Vernunft annehmen«, sagte er mit

der Andeutung eines Lächelns. »Und ich hoffe sehr, daß Sie einen guten Anwalt kennen.«

»Wie darf ich das verstehen?«

»Mikal, wie Sie ihn nennen, ist tot. Seine Mörderin war eine junge Frau, die Ihnen laut Zeugenaussagen ziemlich ähnlich sah. Blond, kurze Haare, gute Schützin. Kühl und abgebrüht. Verließ den Tatort, als hätte sie nur eben ein paar Schuhe gekauft.«

Kristina konnte nicht länger an sich halten.

»Das ist das Lächerlichste, was ich je gehört habe. Ich war die ganze Zeit mit meinem Vater und seiner – neuen Frau zusammen.«

»Ja, ja ... Es hätte mich auch gewundert, wenn Sie kein Alibi hätten.«

Er seufzte müde.

»Ihr Vater wird uns das sicher bestätigen, aber gibt es noch jemand Objektives, der das könnte?«

»Fragen Sie in dem Lokal nach, in dem wir zu Abend gegessen haben.«

»Welches Lokal war das?«

»›La Famiglia‹.«

»Das werde ich tun. Und was haben Sie vor dem Essen gemacht?«

»Da waren wir auf dem Friedhof – am Grab meiner Mutter.«

»Kann das jemand bezeugen?«

»Mein Vater.«

»Wieder der Vater. Sonst noch jemand?«

Ihr platzte der Kragen.

»Wenn Sie gute Kontakte zum Jenseits haben, können Sie auch meine Mutter fragen!« sagte sie.

Svedling ließ sich nicht provozieren.

»Wie sind Sie zum Friedhof gefahren?«

»Mit meinem Auto.«

»Waren noch andere Leute dort?«

»Jede Menge. Aber niemand, den wir kannten.«

»Haben Sie Blumen gekauft?«

»Mein Vater, ja. Gelbe Rosen.«

»Wo? Am Friedhofseingang?«

»Ja.«

»Gut. Das läßt sich nachprüfen. Um wieviel Uhr sind Sie dort angekommen?«

»Gegen vier.«

»Und wann waren Sie beim Essen?«

»Gegen halb sieben.«

»Mit anderen Worten: Sie hätten reichlich Zeit gehabt, nach Solvalla zu fahren, diesen Gospodin oder Mikal, wie Sie ihn nennen, umzubringen und dann mit Ihrem Vater zu Abend zu essen.«

Sie spürte, wie ihr der Schweiß ausbrach. Die Umstände waren ganz offenbar gegen sie.

»Sie haben keinerlei Beweise«, sagte sie – und biß sich auf die Lippen. Jetzt redete sie schon wie eine Angeklagte. Sein Blick verriet ihr, daß er dasselbe dachte.

»Nein. Aber ich habe einen Toten und ein – ein ziemlich instruktives Foto!« schloß er, sehr zufrieden mit sich selbst.

Ein instruktives Foto! Woher hatte er denn den Ausdruck? Wahrscheinlich löste er im Dienst zu viele Kreuzworträtsel.

Es ging schon auf Mitternacht zu. Er war müde. Sie war müde. Im Augenblick ließ sich nichts mehr machen. Wegen eines Blowjobs bei einem toten Russen konnte er sie schlecht verhaften. Alles in allem war es ein erfolgreicher Arbeitstag gewesen. Er hatte eine gute Chance, diese kleine Sternschnuppe auf ihrem Flug zu bremsen. Aber er mußte »by the book« vorgehen, nach Dienstvorschrift, wie es im Fernsehen immer hieß. Andererseits gab es keinen Grund zur Eile. Im Grunde seines Herzens war er ohnehin der Meinung, daß ein Dreckskerl wie Mikal Gospodin es nicht besser verdient hatte.

»Sie können jetzt gehen. Aber an Ihrer Stelle würde ich heute nacht nicht besonders gut schlafen.«

»Und das Foto? Wollen Sie es behalten?« Die Frage war ihr wider Willen entschlüpft.

»Selbstverständlich. Es gehört zum Beweismaterial. Außerdem habe ich sicherheitshalber ein paar Abzüge machen lassen«, entgegnete er und lächelte dabei zum ersten Mal.

Sie ging rasch in den langen Korridor hinaus, flüchtete in die nächstbeste Toilette und konnte sich gerade noch über die Schüssel beugen, bevor sie alles von sich gab, was ihr im Magen lag. Nur nicht das Foto auf Svedlings Schreibtisch, das sie nackt und gefesselt zeigte. Und auch nicht jene Nacht vor zwei Monaten, in der ihr offenbar einiges angetan worden war, wovon sie keine Ahnung hatte. Würde sie es jemals erfahren?

9

Im Radio lief eine orientalische Melodie, monoton und ein wenig schwermütig. Der Motor summte weich, die Klimaanlage gab ein leichtes Rauschen von sich. Der Verkehr war ruhig. Kemal lehnte sich im Sitz zurück und schwamm einfach mit. Nur jetzt keinen Fehler machen, auch wenn die Versuchung groß war, die sechs Gänge und 260 PS des Wagens auszutesten. Wegen Geschwindigkeitsübertretung angehalten zu werden, kann man sich nur als unbescholtener Staatsbürger leisten. Und er war weder das eine noch das andere.

Am Rosenhill in Huddinge hatte die Gemeinde neue Reihenhäuser und sogar ein paar Wohnungen für Schwerbehinderte bauen lassen. Aus einiger Entfernung hätte man das Ganze für eine militärische Anlage halten können; die architektonische Monotonie wurde durch die kahlen Äcker ringsum noch unterstrichen. Nur der kleine, kiefernbewachsene Hügel in der Mitte weigerte sich, in Reih und Glied zu stehen. Ansonsten waren alle Unterschiede eingeebnet.

Er parkte das Auto in einem Querweg. Er blieb einen Moment sitzen und betrachtete die Häuser, wie um sich zu versichern, daß dies die richtige Adresse sei. In Wirklichkeit mußte er versuchen, die Ereignisse des Tages abzustreifen, wieder er selbst zu werden.

Er holte einen Kamm hervor und zog ihn langsam durch sein volles Haar, mit einem Wohlbehagen, das eher zu einer Frau gepaßt hätte. Man konnte ihn nicht ohne weiteres einen schönen Mann nennen. Er war ein wenig zu klein und hatte die angestrengt aufrechte Haltung eines Tänzers, aber sein Körper war schlank und stark, im Nahkampf trainiert, scharf wie das Rasiermesser, das der Friseur in seinem Heimatdorf blank zu halten pflegte, indem er es an einem schwarzen Lederriemen wetzte.

Sein Haar war rabenschwarz, die Nase ein wenig zu groß, aber sie paßte zu ihm und ließ ihn aussehen wie ein Jagdfalke. Schnell, gefährlich, treu.

Er atmete durch die Nase ein und drückte gleichzeitig die Zunge gegen den Gaumen. Ein alter Kämpfer hatte ihn diesen Trick gelehrt. Der Atem wird dadurch tiefer, man entspannt sich.

Es war Zeit, dort hinzugehen, wo er erwartet wurde.

Die junge Frau im Rollstuhl war seine Schwester Assine. Charles, der junge Schwarze, der zu ihren Füßen saß und ihr vorlas, war ihr Betreuer, der sich tagsüber um sie kümmerte.

Assine strahlte, als sie Kemal sah, und machte eine Bewegung, als ob sie ihm entgegenlaufen wollte. Aber das konnte sie nicht. So legte sie alles, was ihr Körper nicht vermochte, in ihre Stimme und in ihren Blick.

»Endlich bist du da!«

Kemal kniete sich neben sie und küßte sie mehrmals auf die Stirn, während sie ihn mit geschlossenen Augen umarmte, so fest sie konnte.

»Du duftest so gut!« sagte er und stand auf.

Und wieder überschüttete sie ihn mit ihrer unbefangenen Freude:

»Hast du das Buch gekauft, um das ich dich gebeten hatte?«

Er schlug die Hände an die Wangen, eine Spur theatralisch, und sah ganz verzweifelt aus, was sie in Gelächter ausbrechen ließ.

»Das ist doch kein Drama, es hat Zeit bis morgen.«

Charles, der schon Überstunden machte, erhob sich.

»Ich gehe dann. Bis morgen, Assine.«

Er beugte sich über sie und küßte ihre Wange.

»Danke für heute, mein tapferer Krieger!« sagte sie mit einem Lächeln, das ihr Gesicht aufhellte wie ein Leuchtfeuer die nächtliche Dunkelheit.

Charles wäre gern für den Rest seines Lebens zu ihren Füßen sitzen geblieben, wenn man ihn nur gelassen hätte. Auch wenn sie niemals nebeneinander gehen konnten, auch wenn ihre Beine für immer steif bleiben würden. Einfach um morgens ihre Stimme zu hören und abends ihr Lächeln zu sehen, wenn sie sagte: »Danke für heute, mein tapferer Krieger.«

Kemal begleitete ihn zur Tür.

»Hatte sie einen ruhigen Tag?« fragte er.

»Wie immer.«

»Charles, ich weiß nicht, wie ich dir danken soll …«

»Du brauchst mir nicht zu danken. Ich mache meine Arbeit.«

»Du tust viel mehr als das. Du heiterst sie auf.«

Charles genierte sich, als sei er entlarvt worden.

»Ich mache meine Arbeit«, wiederholte er mechanisch.

»Hier, nimm das, Charles! Ein kleines Geschenk«, sagte Kemal und drückte ihm einen Fünfhunderter in die Hand. Er wußte, daß Charles in Kenia eine große Familie hatte, die von den Schecks aus Schweden lebte. Um ihm die Sache zu erleichtern, schnitt er ein ganz anderes Thema an.

»Wie kommt es eigentlich, daß du Charles heißt? Hast du keinen afrikanischen Namen?«

»Ich bin getaufter Christ! In der anglikanisch reformierten Kirche.«

»Unsere Unterdrücker haben sich eine Menge Freiheiten herausgenommen. Euch haben sie zu Sklaven gemacht und uns zu Flüchtlingen, zu einem Volk ohne Land, schlimmer dran als die Juden. Wir müssen alle zusammenhalten. Jetzt nimm schon.«

»Das ist viel zuviel!«

»Für meine Schwester ist nichts zuviel.«

»Danke.«

Sie tauschten einen Händedruck, und Charles ging mit langen, federnden Schritten zum Vorortzug. Sein Lauftraining war heute ausgefallen. Deshalb begann er zu joggen und steigerte das Tempo, bis er richtig schnell lief. In einem halben Jahr sollte in Stockholm ein Marathonlauf stattfinden. Charles trainierte eisern, nicht nur, um daran teilzunehmen, sondern um zu gewinnen. Das konnte ihm Türen öffnen, ihm die Rückkehr in wärmere Klimazonen ermöglichen. Einer seiner Freunde war Mitglied der Boxmannschaft und lebte wie ein Prinz. Charles war fest überzeugt, daß er gewinnen würde. Niemand läuft schneller und ausdauernder als ein Jäger, der gejagt wird.

Nun waren die beiden Geschwister allein. Es war kurz vor neun.

»Was habt ihr gelesen?« fragte Kemal.

»Schwedische Gedichte.«

»Können diese kalten Ärsche überhaupt Gedichte schreiben?«

»Sehr gute sogar. Die Schweden sind verkappte Romantiker. Das mag ich an ihnen. Hier ganz in der Nähe wohnte übrigens eine große Dichterin, sie hieß Karin Boye. Sie hat sich das Leben genommen. In der Bibliothek gibt es einen Museumsraum für sie. Den mußt du dir irgendwann mal anschauen.«

»Ich wußte gar nicht, daß Charles Gedichte mag.«

Assine machte ein spöttisches Gesicht.

»Charles mag alles, was ich mag.«

Kemal hatte keine Lust mehr, über Charles zu reden.

»Du darfst dich nicht überanstrengen«, sagte er und ging in die Küche. Er wärmte das Essen, das er aus dem türkischen Restaurant mitgebracht hatte, in der Mikrowelle auf. Die Mutter hatte dieses Gericht oft zubereitet, und nichts konnte an den Geschmack von damals heranreichen.

Die Mutter war tot, der Großvater auch, von Kemals Familie war kaum noch jemand am Leben. Manche seiner Verwandten waren eines natürlichen Todes gestorben, andere auf weniger natürliche Weise, einige unter furchtbaren Qualen. Jetzt hatte er nur noch Assine.

Er verteilte das Essen auf zwei Teller, schnitt ein paar dünne Scheiben Brot – Assine wollte immer dünne Scheiben, genau wie ihr Vater –, legte ein Stück Schafskäse dazu, schenkte Rotwein ein.

»Was machst du so lange?« hörte er sie ungeduldig rufen.

Wenn er nicht in Sichtweite war, wurde sie immer unruhig. Mit dieser Vorstellung waren sie beide aufgewachsen: Ein Mensch ist da, solange man ihn sehen kann.

Er trug das Tablett zu ihr hinüber, und sie rief entzückt: »Imam baildi! Das hab ich schon ewig nicht mehr gegessen!«

Sie wußte, daß er es genoß, sie glücklich zu sehen. Sie hätte vor Freude getanzt, wenn sie nur gekonnt hätte. Das, was vor vier Jahren geschehen war, hinderte sie daran.

Wie sehr sie jene Nacht bereute. Sie war aus einem Fenster im fünften Stock gesprungen, aus Verzweiflung darüber, daß ihr erster und einziger Liebhaber sie verlassen hatte. Sie wollte sterben, aber sie blieb am Leben. Nur als Frau war sie gestorben, gelähmt von der Taille abwärts. Ihre Hände konnte sie nur mit großer Mühe bewegen, aber Herz und Hirn hatten keinen Schaden genommen. Ihre Gedanken waren klarer und ihre Gefühle tiefer als je zuvor.

Kemal saß zu ihren Füßen, wo zuvor Charles gesessen hatte. Mit verhaltenen, präzisen Bewegungen fütterte er sie, Bissen für Bissen, Schluck für Schluck.

»Du bist heute abend sehr schweigsam.«

Er hätte viel zu erzählen gehabt, aber nichts davon hätte sie hören dürfen.

»Sollen wir eine Partie spielen?« fragte er, als sie die Mahlzeit beendet hatten. »Oder spielst du nur mit Großmeistern?«

Plötzlich liefen Tränen über ihre Wangen. Er trocknete sie.

»Ich finde, du solltest froh sein. Du hast ihm eine Lektion erteilt, die er so schnell nicht vergessen wird.«

»Die Lektion vergißt er nicht, aber mich hat er vergessen. Er hat mich nicht mal erkannt.«

Kemal lächelte bitter.

»Du hast dich sehr verändert. Damals warst du ja noch ein kleines Mädchen. Außerdem glaube ich, er hat dich sehr wohl erkannt, er wollte es nur nicht zeigen. Er ist ein gemeiner Hund. Vergiß ihn!«

Sie sah ihn mit ihren großen Augen an und schüttelte den Kopf. Es gab viel zu sagen, aber das hätte zu nichts geführt. Karpin hatte sie zur Frau gemacht, hatte die Glut in ihrem Körper entfacht und sie dann zurückgelassen wie eine brennende Fackel. Das war ihr Schicksal, ihr Kismet.

»Wie sollte ich ihn je vergessen können?«

Kemal legte seine Hand auf ihren Mund.

»Denk nicht mehr an ihn!«

Sie küßte seine Handfläche mit trockenen Lippen und setzte ein schelmisches Lächeln auf.

»So. Jetzt spielen wir Schach!«

Assine spielte blind. Kemal führte abwechselnd ihre und seine Züge aus. Das Brett stand neben dem Rollstuhl. Sie hätte es nicht ertragen, auch nur einen Blick darauf zu werfen. Sie hielt die Augen fest geschlossen. Sie sah das Brett im Geiste vor sich, deutlicher fast als in der Realität.

Nach fünfzehn Zügen gab Kemal lachend auf. Er hatte sie noch nie besiegt, schon als Sechsjährige hatte sie alle Familienmitglieder geschlagen. Mit zwölf gewann sie regelmäßig gegen die Männer im Dorf. Ihr Ruf verbreitete sich. Die Leute aus den umliegenden Dörfern kamen, um gegen sie zu spielen.

Eines Tages hatte ein alter Mann an die Tür ihres Hauses geklopft. Er stellte sich als Lehrer vor und überreichte ihr ein kleines, zerfleddertes Schachbuch. Wenn sie es gelesen hätte, würde er mit dem nächsten Buch vorbeikommen, versprach er und ging seines Weges.

Es handelte sich um die fünfzig besten Partien von Tigran Petrosian. Der armenische Tiger, das Superhirn der Verteidigungstaktik. Assine konnte viel aus dem Buch lernen, aber es beeindruckte sie nicht.

»Er gewinnt ja gar nicht. Er läßt nur die anderen verlieren!« erklärte sie dem alten Mann. Einen klügeren Kommentar hätte er sich nicht wünschen können. Deshalb brachte er ihr als nächstes ein Buch mit, das die fünfzig besten Partien von Michail Tal behandelte. Er war der Erzengel der Attacke, der jüngste Weltmeister in der Geschichte des Schachspiels.

Assine hatte gefunden, was sie suchte: eine Spieltaktik für Gewinner statt für Nicht-Verlierer. Der alte Mann nahm sie als Schülerin an. Es dauerte ein paar Monate, bis sie ihn besiegte, aber als es ihr zum ersten Mal gelungen war, wußten beide, daß sie nie mehr gegen ihn verlieren würde.

»Du bist mir über den Kopf gewachsen«, sagte er. »Ich kann dir nichts mehr beibringen, aber wenn deine Eltern einverstanden sind, werde ich dafür sorgen, daß du auf die Schachakademie nach Jerevan kommst.«

Das war die nächstgelegene Stadt. Sie gehörte zwar zu Rußland, während ihr Dorf auf türkischem Gebiet lag, aber die kurdische Widerstandsbewegung unterhielt enge Kontakte zu den Russen. Sie bekam von ihnen Waffen und Berater, ärztlichen Beistand für Verletzte, Medikamente und Nahrungsmittel. Aber die Kurden waren deshalb noch lange nicht zu russischen Vasallen geworden. Sie verfolgten ihre eigenen Pläne. Sie forderten die Selbständigkeit, ein eigenes Land. Doch weder die Türkei, weder der Iran noch der Irak wollten ihnen auch nur einen einzigen Felsen überlassen. Also kämpften die Kurden weiter, auch wenn sie mit ihrem jahrelangen Kampf nichts anderes erreicht hatten, als daß man sie für skrupellose Terroristen hielt.

Mit dreizehn kam Assine auf die Schachakademie in Jerevan und teilte im schuleigenen Wohnheim das Zimmer mit der fünfzehnjährigen Tatjana Josefskaja, die einige Jahre später um die Weltmeisterschaft kämpfen sollte.

Assine wurde eine noch glänzendere Zukunft vorausgesagt. Gemeinsam mit Tatjana vertrat sie die Schule bei zahlreichen nationalen Wettbewerben. Die beiden gewannen alles, was es zu gewinnen gab, und je weiter sich ihr Ruf verbreitete, desto enger wurde ihre Freundschaft. Nach drei Jahren war es Zeit für die erste Auslandsreise. Tatjana, achtzehn, und Assine, sechzehn, fuhren nach Paris. Die Schachliebhaber der Stadt waren wie geblendet von diesen jungen, begabten und schönen Mädchen, die sich ihrerseits von Paris betören ließen, von der Freiheit und vom unermüdlichen Werben der Männer. In einem Lehrwettkampf begegnete Assine dem aufgehenden Stern Alain Karpin und verliebte sich in ihn.

Schon damals brachte sie ihr erstes Opfer ins Spiel. Nach dreiunddreißig Zügen lag sie klar in Führung. Karpin sah sehr unglücklich aus. Eine Sensation bahnte sich an. Das Mädchen mit den langen dunklen Haaren und dem glühenden Blick war auf dem besten Weg, dem Kronprinzen seinen Mantel abzunehmen.

Sie schaffte es nicht. Zu ihrem Schrecken wurde ihr bewußt, daß sie ihn gar nicht besiegen wollte. Nicht ihn. So etwas hatte sie noch nie erlebt. Hin und wieder schaute sie ihn verstohlen an, als ob sie nach einer Erklärung suchte. Die gab es auch, und zwar eine sehr einfache. Sie hatte sich bis über beide Ohren verliebt. Ein »coup de foudre«, wie die Franzosen sagen. Es war passiert, während sie an ganz andere Dinge dachte. Und während sie in Gedanken woanders war, veränderte sich ihr Leben. Sie ließ das Spiel mit Remis enden, was Karpin nur zu gern akzeptierte. Es war seine Rettung. Als sie einander die Hände schüttelten, flüsterte er auf russisch: »Spassibo«, was »danke« bedeutet, und lud sie zum Abendessen ein.

Karpin, schon routiniert in diesen Dingen, führte sie nicht in ein schickes Restaurant, wo sie vor Scheu im Erdboden versunken wäre, sondern ins »Chez Victor« in einer kleinen Seitenstraße hinter dem großen Friedhof von Montparnasse.

Victor war ein griesgrämiger alter Russe und unumschränkter Herrscher seines Lokals. Es gab dort nur wenige Tische und keinen Kellner. Victor kochte und servierte das Essen. Als Gast hatte man die Wahl zwischen dem Fisch- und dem Fleischgericht des Tages. Alles übrige bestimmte Victor eigenmächtig. Die Vorspeise, die Nachspeise, die Weine. Noch nie hatte sich jemand beklagt.

Assine wurde behandelt wie eine Königin. Victor erkundigte sich unablässig, ob sie zufrieden sei, ob es ihr mundete, und mit einer für sein Alter erstaunlich eleganten Geste schenkte er ihr jedesmal Wein nach, den sie rasch austrank, obwohl Tatjana sie davor gewarnt hatte.

Alles, was sie an jenem Abend tat, hätte sie nicht tun sollen. Und doch konnte sie es nicht lassen. Wenn das Leben und die Liebe rufen, muß man aufstehen und laut »Hier!« schreien, sonst wird man es ewig bereuen. Sie war gerade sechzehn geworden, und kein Mann hatte sie bislang berührt.

Sie ging mit ihm in seine Pariser Wohnung in der kurvigen Rue Mouffetard mit ihren kleinen Cafés, Buchläden, Bistros und Musikclubs. Er hatte den Arm um ihre Schultern gelegt, und sie hatte ihre linke Hand in die Gesäßtasche seiner Jeans geschoben. Alles war längst entschieden, und er wußte es. Er hatte diesen Spaziergang schon einige Male mit jungen Mädchen und Frauen gemacht, die er dann auf altmodische und zielstrebige Weise verführt hatte.

Genauso machte er es mit Assine.

Er fiel keineswegs über sie her, kaum daß sie zur Tür hereingekommen waren. Sie hörten zunächst Musik, tanzten, redeten lange über ihr Leben, ihre Herkunft. Er überwand mit seinen Liebkosungen alle Hindernisse, die ihr Mangel an

Erfahrung ihm in den Weg stellte. Sie war natürlich unschuldig. Das altmodische Wort »entjungfern« kam ihm in den Sinn. Als er sie entjungferte, erfüllte ihn eine unbändige Lust, sie für ihr Talent zu bestrafen. Er vergewaltigte sie nicht, aber er wollte ihrer Intelligenz Gewalt antun.

Seine Phantasie reichte nicht aus, um sich die Folgen auszumalen. Assine mißverstand seine Bemühungen. Sie hielt für leidenschaftliches Begehren, was in Wirklichkeit einer Bestrafung gleichkam, sie glaubte an Verliebtheit, wo Haß war. Und er hatte kein Gespür dafür, wie tief es eine Sechzehnjährige verletzen muß, wenn ihre erste große Liebe einfach zum nächsten Spielzeug übergeht. In diesem Fall zu Tatjana.

Betrogen vom ersten Liebhaber, verraten von der besten Freundin. Sechzehn Jahre alt. Allein in einem Zimmer im fünften Stock. Dort unten spielte sich das Leben der Stadt ab. Ihr eigenes war gerade zu Ende gegangen. So fühlte es sich für sie jedenfalls an. So empfindet man es mit sechzehn. Sie öffnete das Fenster und sprang, hinunter in den ohrenbetäubenden Lärm der Straße.

Sie wurde gerettet. Aber sie würde nie mehr gehen können. Ihre kräftigen Beine waren gelähmt, sie spürte nicht einmal mehr, daß sie welche hatte.

Ein Onkel mütterlicherseits war einige Jahre zuvor nach Schweden gezogen. Er holte sie zu sich, in das vermutlich behindertenfreundlichste Land der Welt, wo es außerdem hervorragende Ärzte, Krankengymnasten, Masseure und Chiropraktiker gab. Mit den Händen waren die Schweden schon immer geschickt gewesen.

Seitdem waren vier Jahre vergangen. Seit vier Jahren steckte sie nun in ihrem Rollstuhl wie eine Blume in einer Vase.

»Zeit fürs Bett«, sagte Kemal.

Es war schon kurz vor elf. Etwas mußte noch erledigt werden. Er zog sie aus und zog ihr ein weißes Nachthemd an. Dann half er ihr auf den Toilettenstuhl.

Sie überließ sich ihm mit geschlossenen Augen. Das war ihre letzte Zuflucht. Wenn sie die Augen schloß, war die Welt verschwunden. Es gab nur noch Kemals warme, trockene Hände, die mit zärtlicher Sorgfalt alles Notwendige verrichteten.

Empfand sie Scham? Am Anfang war es so gewesen. Jetzt nicht mehr. Inzwischen beneidete sie nur noch die Frau, die ihren Bruder eines Tages bekommen würde.

Bevor er sie ins Bett trug, nahm er ihr noch den langen, lose am Kopf befestigten Zopf ab. Es waren ihre eigenen Haare. Als sie wegen ihrer Schädelverletzung operiert werden mußte, hatte man ihr den Kopf kahlgeschoren. Sie hatte darum gebeten, ihr das Haar aufzubewahren. Eine Tante hatte es für sie geflochten.

Kemal hängte den Zopf draußen auf dem Balkon über einen Haken, um ihn auslüften zu lassen. Er wog ihn in der Hand. Er war schwer und geschmeidig, fühlte sich fast lebendig an.

Kemal legte sich neben seine Schwester auf die Bettdecke. Nun hieß es Wache halten, um sie vor den Ängsten der Nacht zu beschützen, vor den bösen Träumen, die sie so oft quälten.

Hin und wieder hörte man ein Auto vorbeifahren, das Öffnen oder Schließen einer Tür. Sonst war es still. Wenn auch nicht so still wie in ihrem Heimatdorf, und auch nicht so dunkel. Würden sie je wieder so tief schlafen können wie damals?

»Ist das Leben nur ein Traum?« fragte Assine, halb im Schlaf.

Darauf wußte Kemal keine Antwort. Ob das Leben nun ein Traum war oder nicht, es tat auf jeden Fall weh. Er drückte nur ihre Hand.

»Schlaf jetzt.«

Ein paar Minuten später schlief sie, die Lippen leicht geöffnet, als warte sie darauf, geküßt zu werden.

Genau das tat Kemal. Sein Kuß war leicht und schnell, wie die Berührung eines Schmetterlings.

10

Das warme Wasser stieg langsam bis zu seinen Schultern. Er lag mit halb geschlossenen Augen in der Badewanne. Er hatte einen langen Tag hinter sich, der noch nicht zu Ende war.

Knapp zwölf war er gewesen, als er mit der PKK, der kurdischen Arbeiterpartei, ins Gebirge gegangen war. Einen Monat später hatte er den ersten Türken getötet. Einen Zuhälter, der in einem alten VW-Bus die Dörfer abklapperte, um Mädchen aufzutreiben, die er an Bordelle in Istanbul und Ankara verkaufte. Er ließ es sich nicht nehmen, die Ware vor der Auslieferung selbst zu testen. Verzweifelte Väter, Brüder, Cousins und Verlobte hatten wiederholt versucht, ihn aus dem Weg zu räumen. Man hatte auf ihn geschossen, ihn mit dem Messer angegriffen und ihm Gift verabreicht, aber er hatte alles überlebt. Am Ende ging das Gerücht um, er sei unsterblich.

Kemal glaubte nicht daran.

Er verkleidete sich als Mädchen, lockte den Zuhälter an und tötete ihn mit einem einzigen Schuß zwischen die Augen. Er hatte die Methode gefunden, die er von nun an immer wieder anwenden würde. In den Augen der Dorfbewohner war er ein Held, in den Augen der Türken ein wildes Tier.

Er hatte nie sein Ziel verfehlt und nie eine Spur hinterlassen. In jener Zeit pflegte man zu sagen, ein kurdischer Partisan könne im Gebirge höchstens sechs Monate überleben. Die türkische Armee war ständig auf der Jagd nach den Widerstandskämpfern. Manchmal konnten Wochen vergehen, bevor sie etwas zu essen bekamen. In eiskalten Nächten wagten sie kein Feuer anzuzünden, um ihr Versteck nicht preiszugeben.

Sie froren, sie hungerten, und sie wurden gejagt wie tollwütige Hunde. Sie hatten keine Chance gegen die brutale türkische Armee. Sie wußten, daß der Traum von einem selbständigen Kurdenstaat eine Utopie bleiben würde. Und doch blieb ihnen nichts anderes übrig, als zu kämpfen und zu sterben. Die Welt scherte sich nicht um sie. So wie sie sich zuvor nicht um die Armenier geschert hatte, die abgeschlachtet worden waren wie Ziegen. Nirgendwo auf Erden hatte eine derart systematische ethnische Säuberung stattgefunden wie in der Türkei, und in Europa hatte man kaum eine protestierende Stimme vernommen. Die Armenier sollten vollständig verschwinden, mit Hilfe der Kurden machten die Türken deren Kirchen und Schulen dem Erdboden gleich, ihre Dörfer wurden verwüstet, ihre Frauen vergewaltigt, ihre Männer geköpft, Mädchen und Jungen wurden als Sklaven verkauft. Die Kurden hatten mit den Türken gemeinsame Sache gemacht, weil sie glaubten, daß sie dann endlich als Volk anerkannt würden, wie man es ihnen versprochen hatte. Aber als der Vernichtungsfeldzug gegen die Armenier beendet war, hatten die Türken ihr Versprechen vergessen, und sie nannten die Kurden weiterhin »Bergtürken«. Als solche hätten sie nicht den geringsten Anspruch auf einen eigenen Staat.

Kemal hatte das alles schon mit der Muttermilch eingesogen. Seine Großmutter, eine tiefgläubige Frau, hatte den Kurden ihre Verbrechen an den Armeniern niemals verziehen. Sie hatte mit eigenen Augen gesehen, wie ihre Nachbarn eine junge Armenierin vergewaltigten, sie danach zerstückelten und den Hunden vorwarfen. Das hatte sie nie vergessen, und manchmal weinte sie aus Scham und ohnmächtiger Wut leise vor sich hin.

»Wir haben zwei Feinde«, pflegte die alte Frau zu sagen. Sie deutete mit der Hand auf das Gebirge, hinter dem Ankara lag. »Der eine Feind sind die da drüben.« Dann zeigte sie auf ihr eigenes Herz. »Und der andere sitzt hier.«

So war Kemal aufgewachsen, ständig begleitet von der

Hoffnungslosigkeit, die er dadurch bekämpfte, daß er immer größere Risiken einging. Als er dreiundzwanzig war, hatte er schon etliche Menschenleben auf dem Gewissen – sofern man den schwarzen Stein in seiner Brust »Gewissen« nennen konnte.

Bei allem, was er sich vornahm, ging er kalt und methodisch vor wie ein Henker. Im Krieg wie in der Liebe. Männer und Frauen fühlten sich gleichermaßen zu ihm hingezogen, ohne recht zu wissen, warum. Aber Henker sind immer attraktiv. Kemal wechselte unbekümmert zwischen männlichen und weiblichen Sexualpartnern. Beim Genießen kannte er keine Grenzen. Nehmen und genommen zu werden waren für ihn zwei Seiten derselben Medaille.

Das war seine Rettung. Er begegnete Jean-Pierre Bonelli, einem französischen Journalisten, der bei ›Libération‹ arbeitete und eine Reportage über die kurdische Widerstandsbewegung schrieb. Zum ersten Mal in seinem Leben war Kemal verliebt, und in diesem kopflosen Zustand wurde ihm bewußt, daß er gern noch etwas länger leben wollte. Als Jean-Pierre nach Paris zurückkehrte, ging er mit ihm.

Einen Monat später wurde Kemals Rebellengruppe in einer Schlucht im Ararat-Gebirge aus dem Hinterhalt überfallen. Man brachte alle Männer um und schnitt ihnen die Penisse ab.

Sogar im heißen Wasser lief ihm jetzt noch bei dem Gedanken daran ein kalter Schauer über den Rücken. Er strich mit der Hand über sein wohlgeformtes Glied, das Jean-Pierre am Anfang vergöttert hatte.

Kemal hatte schnell Französisch gelernt, sie lebten ein sorgloses Leben in der umtriebigen Pariser Intellektuellenszene, besuchten Premieren und Vernissagen, machten Urlaub auf Mykonos. Aber dann hatte Jean-Pierre diesen Lebensstil satt. Er wollte sich austoben, nach Lust und Laune herumvögeln, wo und mit wem auch immer. Sein junger Liebhaber konnte das nicht begreifen, auch nicht nach zahllosen Besuchen in Bars und Clubs, in denen Partnertausch an der Tagesordnung war. Kemal war viel zu verliebt, um bei so etwas mitzumachen, und ihm wurde übel bei dem Gedanken, daß ein anderer Mann Jean-Pierre berührte.

Dann kam die Nacht der Entscheidung. Jean-Pierre war in den frühen Morgenstunden nach Hause getaumelt, betrunken und mit blutigem Gesicht. Eine kurdische Bande hatte ihn schwer mißhandelt. Er sagte, er hasse die Kurden, und die Türken täten gut daran, sie umzubringen. Auf seiner Reportagereise habe er die türkische Redensart gehört: »Ein Kurde ist wie eine Gurke. Heute in der Hand, morgen im Arsch.«

Das war zuviel. Kemal kannte mindestens zehn verschiedene Arten, einen Menschen mit bloßen Händen zu töten. Er wählte die einfachste: Er erwürgte Jean-Pierre. Noch am selben Morgen setzte er sich nach Schweden ab, wo seine Schwester lebte. Er hatte seinen Geliebten ermordet, sie war von ihrem Geliebten fast umgebracht worden. Sie brauchten einander.

Er stieg aus der Wanne und betrachtete sich mit kritischem Blick im Spiegel. Er mußte sich jetzt damit befassen, wie er bei seinem nächtlichen Auftritt aussehen wollte.

11

Trotz der späten Stunde war die Bar des »Grand Hôtel« gut besucht: Geschäftsleute und ihre kostspieligen Begleiterinnen, cine Rockband samt Entourage und eine lärmende Gesellschaft, die irgendeinen Preis feierte, den einer von ihnen bekommen hatte oder bekommen sollte.

Alain Karpin verachtete sie alle. Sie hatten nichts begriffen. Großartig war heutzutage nicht, wer einen Preis bekam, sondern wer einen zu vergeben hatte. Er kümmerte sich nicht um sie. Und, um die Wahrheit zu sagen, sie kümmerten sich auch nicht um ihn. Sie hatten keine Ahnung, wer er war. Es gab hier allerdings jemanden, der es wußte. Das war einer der Kellner, der große Whisky-Experte des Hauses, um drei Ecken verwandt mit der berühmten russischen Revolutionärin und späteren Diplomatin Alexandra Kollontaj, die eine Zeitlang in Schweden ihr Amt versehen hatte.

Er machte sich ein wenig Sorgen um Karpin, der ganz allein dasaß und schon zuviel getrunken hatte. Vier »Jack Daniels«, in der vergeblichen Hoffnung, daß die quälende Erinnerung an die Partie vom Vormittag verschwinden würde. Es war nicht nur das. Auch das Gesicht des Mädchens quälte ihn. Er hatte sie sofort wiedererkannt. Sie hatte mit dem Lettischen Gambit eröffnet, genau wie bei ihrer ersten Begegnung in Paris. Auch damals war er nicht hinter ihre Spieltaktik gekommen.

Beide Male hätte sie gewinnen können, und beide Male hatte sie ihn zum Remis gezwungen, was in gewisser Weise noch schlimmer war. Es war quälend, sich darüber klarzuwerden, daß sie besser strategisch denken konnte als er. Das hatte ihn in Paris nicht daran gehindert, sie noch am selben Abend zu verführen. Nicht nur um sich zu rächen, wie man hätte meinen können, sondern auch aus dem narzistischen

Drang heraus, sich ihrer Gedanken zu bemächtigen. Narziß war nicht deshalb gestorben, weil er sich im Wasser gespiegelt hatte. Er starb, als er erkannte, daß das Wasser sich nicht in ihm spiegelte.

Karpin hatte sich wie ein Einbrecher verhalten. Er hatte das Mädchen geküßt, weil er in den Geist der Schachspielerin eindringen wollte. Und dann war er mit einer Frau konfrontiert worden, die er nicht verstand.

Er hatte sie nie im Krankenhaus besucht, aus Angst, daß es zum Skandal kommen würde, wenn seine Rolle in dieser Angelegenheit offenbar wurde. Zum Glück hatte das Mädchen genug Grips, um den Mund zu halten, sie erwähnte seinen Namen nicht ein einziges Mal, und niemand stellte ihm irgendwelche Fragen. Man entschied sich dafür, das Ganze als Unfall zu betrachten, aber Karpin wußte es besser. Er konnte nicht vergessen, wie verzweifelt sie ausgesehen hatte, als sie zufällig in Tatjanas Zimmer kam und ihn dort überraschte. Unglücklicherweise nicht beim Teetrinken. Weder schlug sie vor Entsetzen die Tür zu, noch brach sie in Tränen aus. Sie sagte nichts. Sie stand nur da und schaute sie beide an, mit halbgeschlossenen Augen, als sei sie plötzlich aus einem dunklen Raum in die Sonne getreten. Sie ließ das Bild ihres ersten Liebhabers, der in den Armen ihrer besten Freundin lag, langsam in ihr Bewußtsein sinken, wie ein Schiff, das den Anker herunterläßt.

Erst nach einer ganzen Weile war sie gegangen. Die Tür hatte sie offen gelassen, wie eine stumme Einladung an ihn, hinter ihr herzulaufen.

Er hatte es nicht getan. Zwei Stunden später hatte sie sich aus dem Fenster gestürzt. Es ließ sich nicht leugnen, daß er peinlich berührt war, aber verantwortlich fühlte er sich nicht. Wer sich aus dem fünften Stock stürzt, muß entweder hysterisch sein oder die Gesetze der Schwerkraft mißverstanden haben.

Er hatte sie ganz einfach vergessen. Bis heute. Sie war noch immer eine furchterregend starke Spielerin. Das quälte ihn. Es machte ihn unsicher, daß es irgendwo ein junges Mädchen gab, das ihn zweimal hätte besiegen können. Er war auf dem Weg zur Weltmeisterschaft, und dann das. Auch wenn er Weltmeister wurde, würde er wissen, daß da irgendwo jemand war, der ihn schlagen konnte. Ein unerträglicher Gedanke.

Außerdem fragte er sich, wer der Mann an ihrer Seite gewesen war. Er war ihm irgendwie bekannt vorgekommen, aber er begegnete so vielen Menschen, vielleicht sah der Mann einfach nur jemandem ähnlich. Vielleicht war er auch einer jener Gangster, die versuchten, die Weltmeisterschaft zu sabotieren. Aber das spielte keine Rolle. Karpin wollte die Welt nicht verbessern, er wollte nur Weltmeister werden.

Er bestellte sich noch einen Whisky und gelobte sich gleichzeitig, daß es der letzte des Abends sein sollte. Als der Kellner zurückkam, hatte er zwei Whiskys auf dem Tablett.

»Sind das zwei, oder sehe ich doppelt?«

»Die Dame hinter mir, zwei Tische weiter links, bittet Sie, diese bescheidene Huldigung an Ihr Genie entgegenzunehmen«, flüsterte der Kellner diskret.

Karpin lachte höhnisch.

»Du redest wie ein russischer Lakai!«

Der Kellner war nicht beleidigt.

»Das stimmt leider. Ich bin Russe, und ich bin Lakai. Ich glaube sogar, ich bin als Lakai geboren und erst mit der Zeit Russe geworden.«

Die Antwort gefiel Karpin, und doch mußte er widersprechen.

»Normalerweise kommen die Leute als Russen zur Welt und werden mit der Zeit zu Lakaien. Wie auch immer, geh mal beiseite, damit ich gucken kann, wie die Dame aussieht.«

»Viel Vergnügen«, wünschte der Kellner und zog sich zurück.

Er sah sie sofort. Wie lange hatte sie schon dort gesessen? Kurzes, helles Haar, das nach allen Seiten abstand. Lange Beine in schwarzen Strümpfen. Schmale Hüften. Warum nicht, dachte er. Vermutlich eine Professionelle. Aber was machte das schon?

Morgen würde er zum Halbfinale der Weltmeisterschaft nach Singapur weiterfliegen. Nichts würde ihm jetzt so guttun wie eine Frau im Bett.

Er hob das Glas in ihre Richtung, lächelte und kippte den Whisky in einem Zug herunter, während er gleichzeitig dem Kellner zuzwinkerte, der sofort mit der Rechnung kam. Karpin unterschrieb und gab ein großzügiges Trinkgeld. Der Russe verneigte sich so tief, als wäre er plötzlich vom Hexenschuß befallen.

Die Frau sah alles amüsiert mit an.

Karpin ging langsam an ihr vorbei.

»Zimmer 433«, flüsterte er auf englisch.

»In zehn Minuten«, antwortete sie auf französisch. Ihre Stimme klang heiser und ein wenig gewöhnlich. Aber er wußte es zu schätzen, daß sie diskret genug war, ihm nicht gleich vor aller Augen zu folgen.

»Eine Hure mit Feingefühl«, dachte er.

12

Maria Valetieri, vor kurzem zur Kriminalkommissarin befördert, hatte Dienst auf dem Polizeirevier von Huddinge. Ihre Schicht hatte um acht Uhr abends begonnen. Es war, wie gesagt, der erste Advent, und es war ruhig. Nichts war passiert. Normale Menschen beklagen sich, wenn nichts los ist. Für eine Polizistin ist das ein Segen. Sie hatte ohnehin genug Grund, sich Sorgen zu machen.

Sie war siebenundzwanzig, die Ehe mit ihrer Jugendliebe hatte in einem erniedrigenden Scheidungsprozeß ihr Ende gefunden. Und das war nichts Ungewöhnliches. Alle, die sie kannte, waren entweder geschieden oder standen kurz davor. Kinder hatte sie nicht. Die Männer, die sie nach der Scheidung kennengelernt hatte, waren nicht einmal Schufte, sie waren Nieten – mit einer Ausnahme: ihr holländischer Kollege Alberto Huis, an den sie manchmal noch denken mußte. Sie überlegte, ob sie ihm einen kleinen Brief schreiben sollte, um ihm zu erklären, warum die einzige Nacht, die sie miteinander verbracht hatten, ein solches Fiasko gewesen war. Vielleicht würde sie heute abend die Zeit dafür finden, wenn es so ruhig blieb.

Auch um ihre Chefin machte sie sich Sorgen. Kristina hatte sich verändert, sie war nicht mehr die Kristina, die sie so sehr gemocht hatte. Sie zog sich immer mehr zurück, etwas quälte sie, aber sie verlor kein Wort darüber. Sie hatte abgenommen, und sie lachte so gut wie nie mehr.

Ebenso sorgte sie sich um ihre Kollegen Thomas Roth und Östen Nilsson. Mit ihnen war das Leben hart umgesprungen. Thomas mußte sich um seinen geistig behinderten Sohn kümmern. Seine Frau ging fast kaputt daran, auf einen Zwanzigjährigen aufzupassen, der bei jeder Gelegenheit furchtbare Wutausbrüche bekam. Zwischendurch hatte die Situation sich verbessert, jetzt war es wieder wie vorher.

Östen Nilsson hatte andere Probleme. Drei Jahre lang hatte er ein Verhältnis mit einer verheirateten Frau gehabt, die schließlich Mann und Kinder verlassen hatte, um mit ihm zu leben. Aber wenige Monate später war ihr klargeworden, daß die Familie ihr fehlte, daß sie ohne sie nicht leben konnte, und sie hatte sich für die Rückkehr entschieden. Östen versuchte sie zu vergessen, aber das glückte ihm nicht besonders. Er hatte angefangen zu trinken.

Maria hätte so gern allen geholfen, aber sie wußte nicht wie. »Ein kurzer Anruf kann nicht schaden«, dachte sie. Am Sonntagabend saß Östen bestimmt einsam vor dem Fernseher und ließ sich vollaufen.

Er meldete sich sofort, seine Stimme klang munter. So munter, daß sie es kommentieren mußte.

»Klinge ich munter? Ich bin überhaupt nicht munter, ich bin unheimlich deprimiert. Aber ich bin froh, daß du anrufst.«

Machte er sich über sie lustig? War ihm endlich aufgegangen, daß sie eine Schwäche für ihn hatte? Eine Zeitlang hatte sie Sehnsucht danach gehabt, sich in seine Arme zu flüchten. Aber das war vorbei. Ihre Verliebtheit war an Unterernährung gestorben. Obwohl sie sich noch daran erinnern konnte. So wie man sich an einen schönen Tag im vergangenen Sommer erinnert.

Jetzt war es zu spät. Zu spät für sie beide. Man begegnet einander entweder zu früh oder zu spät im Leben.

Sie plauderten eine Weile, und ihre Unruhe wuchs. Östen wirkte fröhlicher als je zuvor. Wie jemand, der eine endgültige Entscheidung getroffen und alle Sorgen hinter sich gelassen hat. Sie kannte die Symptome genau. Sie treten kurz vor dem totalen Zusammenbruch auf.

Mit einem unguten Gefühl beendete sie das Gespräch.

Vielleicht sollte sie jetzt endlich den Brief an Alberto schreiben. Sie holte Papier und Kugelschreiber hervor. Alberto stammte aus einer italienischen Immigrantenfamilie, genau wie sie.

»Caro Alberto«, schrieb sie, und dann hielt sie inne. Wieso »caro«? Damals, in seinem Bett, hatte sie ihm seine Lust vorenthalten. Er hatte sich unverrichteter Dinge zurückziehen müssen, er war als Mann für ungültig erklärt worden. Obwohl sie sich ihm im Grunde nicht verweigert hatte. Sie hatte einfach nicht gekonnt, was in gewisser Weise noch schlimmer war.

Was sollte sie schreiben? Mit »Armer Alberto!« konnte sie ja wohl schlecht anfangen.

Aber sie konnte ihn kurz und bündig mit »Alberto!« anreden. Als sie es hingeschrieben hatte, sah es aus, als riefe sie auf einem Marktplatz laut seinen Namen. Es war zu heftig.

Warum mußte sie überhaupt immer den ersten Schritt tun? Auch der gute Alberto besaß Papier und Kugelschreiber. Und Telefon. Und E-Mail.

Aus dem Brief wurde nichts. Sie warf das Papier weg und setzte ihre Kopfhörer auf. Als Andrea Bocelli ›Con te partiró‹ anstimmte, kamen ihr die Tränen. Seit Homers Zeiten haben blinde Sänger die Menschen zum Weinen gebracht.

Das Stück war noch nicht zu Ende, als das Telefon klingelte. Automatisch schaute sie auf die Uhr. Zehn vor elf.

Es war der Chef der Feuerwehr, Laszlo Hindeguti, genannt »Puskas«, Sohn ungarischer Einwanderer.

»Es gibt Probleme«, sagte er.

13

Es war warm im Hotelzimmer. Alain Karpin öffnete das Fenster. Die kalte Dezemberluft tat ihm gut. Er blieb eine Weile stehen, um die Aussicht zu betrachten. Das wuchtige Schloß, das nach Aussage des städtischen Amtes für Geologie in Gefahr war, im Wasser zu versinken; die Brücke Strömbron, über die es in einer Broschüre hieß, sie sei von Kriegsgefangenen erbaut worden; die flachen Boote, die gestrandeten Walen ähnelten; vereinzelte Nachtwanderer, deren grotesk verlängerte Silhouetten sich im Wasser spiegelten.

»Stockholm ist ein hübsches kleines Dorf, das gern eine Stadt sein möchte«, dachte er mit der überheblichen Ironie, die er der Welt, den Menschen und seltsamerweise auch sich selbst entgegenbrachte. Mit dieser Haltung konnte er sich alles erlauben.

Zum Beispiel jetzt die Schuhe auszuziehen, sich auf das Bett zu setzen und auf eine Frau zu warten, der er nicht mehr bedeutete als sie ihm. Es handelte sich bloß um eine schäbige Transaktion. Er knipste eine Lampe am Bett an und warf gleichzeitig einen Blick auf die Uhr, nicht aus Ungeduld, sondern aus alter Gewohnheit. Sein ganzes Erwachsenenleben hatte er damit verbracht, auf die Züge des Gegners zu warten.

Er hatte sich selten verschätzt. Nur wenigen Gegnern war es gelungen, ihn zu überraschen, so wie Assine es heute vormittag getan hatte. Seine Reaktion war die eines Kleinkindes gewesen. Er war weggelaufen, statt ganz ruhig in die Remis-Schiene einzuschwenken, die sie ihm offengelassen hatte. Plötzlich kam ihm das Wortspiel in den Sinn, zu dem ihr Name ihn gereizt hatte, als er in sie eindrang. »Assine, mon assassine!«, hatte er geflüstert, und das bedeutete: »Assine, meine Mörderin!«

Aber die Frau, die gleich in sein Zimmer kommen sollte, durfte ihn nicht überraschen. In zehn Minuten, hatte sie gesagt. Er hatte mit fünfzehn gerechnet, das gehörte zu der Liebespantomime, die sie gemeinsam aufführen würden. Doch jetzt waren die fünfzehn Minuten um, und von ihr war nichts zu sehen. Die Spannung, in die der Klang ihrer Stimme ihn versetzt hatte, ebbte allmählich ab. Die Müdigkeit drohte ihn zu überwältigen. Ein rascher Griff an sein Geschlecht bestätigte die Ahnung. »Niemand zu Hause«, stellte er fest.

An der Tür hörte man diskretes Klopfen.

»Es ist offen«, rief er auf französisch. Er wußte, daß es ein wenig unhöflich war, ihr nicht zu öffnen, aber er war jetzt einfach nicht in der Stimmung für Galanterien. Allerdings hatte die Tür, wie in den meisten Hotels, eine Schließautomatik, also mußte er sich doch noch aufraffen und diverse Entschuldigungen murmeln.

Sie trat ein, ohne zu zögern, und schloß als erstes das Fenster.

»Wir wollen uns doch wohl nicht erkälten!«

Er widersprach nicht. Seine Gedanken waren bei ihrem Parfüm. Es war weder schwer noch leicht. Er hielt sich für einen erfahrenen Parfümkenner. Seine erste Geliebte, eine Französin mittleren Alters, hatte ihm beigebracht, daß Frauen gerührt sind, wenn man ihren Duft erkennt.

»Nicht ›Giorgio‹, aber etwas in der Richtung«, sagte er versuchsweise. Ihre Antwort war ein Achselzucken.

Das machte ihn mißtrauisch. Warum war sie gekommen? Was für eine Art Frau war sie? Er beschloß, sie zu testen.

»Wieviel?« fragte er ohne Umschweife.

Sie lachte, unbeeindruckt von seiner Grobheit.

»Nur einen Drink!«

In der Minibar gab es viele kleine Flaschen.

»Cognac?«

»Das paßt gut zu dieser kühlen Nacht, und am liebsten mit etwas Eis«, lautete die bühnenreife Antwort. Sie ließ sich auf dem Sofa nieder.

Er sah sie erstaunt an.

»Mit Eis?«

»Ja. Das nennt man den Drink der Könige. Ich habe ihn zum ersten Mal auf Zypern probiert, als ich mit einem Waffenhändler dort war.«

»Du sprichst sehr gut Französisch.«

Sie belohnte ihn für das Kompliment, indem sie die Beine übereinanderschlug, so daß er den Anblick genießen konnte.

Karpin servierte ihr den Drink, er selbst nahm einen Whisky. Er hatte keine große Lust, mit ihr zu schlafen, aber es gefiel ihm, daß sie da war, daß ihr Duft im Zimmer schwebte. Der Raum hatte sich verändert, die Einsamkeit war erträglich geworden.

»Wie heißt du?«

»Camilla.«

»Bist du Schwedin?«

»In gewisser Weise.«

»Was heißt das? Entweder ist man Schwede oder nicht.«

»So einfach ist das nicht. Ich bin halb Schwedin, halb Syrierin. Aber ich bin nicht gekommen, um Fragen zu beantworten.«

Ihre Stimme klang nicht besonders verärgert, aber Karpin fühlte sich provoziert.

»Zieh dich aus und leg dich ins Bett!« sagte er hart. Er meinte es eigentlich nicht böse, er wollte sich nur selbst in Erregung versetzen, indem er die Rolle des dominanten Gebieters übernahm.

Ihr Lächeln verriet ihm, daß sie bereit war, alle Spiele zu spielen, die er sich ausdenken würde. Und ihre eigenen noch dazu.

Sie stand langsam auf. Ohne die hochhackigen Schuhe, die

sie abgestreift hatte, war sie nicht mehr so entwaffnend groß. Karpin selbst war ziemlich klein.

»Warum darf ich dich nicht zuerst ausziehen?« fragte sie mit weicher Stimme und kam einen Schritt näher.

Eigentlich konnte sie seine Schwäche nicht kennen, sie mußte sie erraten haben. Alain Karpin liebte es, von einer Frau genommen zu werden. Denn so hatte es vor langer Zeit angefangen, mit Claudine, der Französin mittleren Alters. Sie hatte ihn verführt, als er sechzehn war. Sie war eine Freundin seiner Mutter, und eines Abends, als seine Mama verreist war, sollte die Freundin sich um den Sohn kümmern. Alain wurde zum Abendessen eingeladen. Nach Tisch setzte er sich an seine Hausaufgaben, während Tante Claudine den Abwasch machte.

Anschließend saß sie ihm gegenüber auf dem Sofa und las in einer Zeitschrift, während sie hin und wieder ihre Zungenspitze unter die Oberlippe gleiten ließ und einen Schmollmund machte. Blitzschnell, so daß man es kaum mitbekam, aber sie tat es, und er war hingerissen. In der kleinen Geste lag so viel Lust; es war, als ob sie von sich selbst kostete. Man saß da und plauderte mit ihr, und die ganze Zeit sehnte man sich danach, die rosa Zungenspitze zwischen den Lippen hervorschimmern zusehen. Man fühlte sich wie eine Waldmaus, die hypnotisiert auf die Schlangenzunge starrt.

Er brauchte gar nichts zu tun. Nach einer Weile kam Tante Claudine herüber und stellte sich hinter seinen Stuhl. Sie liebkoste leicht seinen Nacken. Er wagte sich kaum zu rühren. Trotzdem landete er irgendwie im Schlafzimmer. Er war kurz vor dem Zerspringen. Er kam, sobald sie seinen Reißverschluß geöffnet hatte. Aber er war sechzehn, und zwei Minuten später war er schon wieder bereit. Und dann noch einmal.

Danach wusch sie ihn und trocknete ihn mit einem Handtuch ab, das nach ihrem Parfüm duftete.

Als Tante Claudine ihn an jenem Abend nach Hause schickte, wußte sie, daß er ihr Untertan geworden war. Es dauerte zwei Jahre. Dann hatte sie genug. Die Affäre wurde so diskret beendet, wie sie begonnen hatte. Alain war damals schon klug genug, um zu begreifen, daß man eine Frau nicht zurückerobern kann. Vielleicht die Frau, nicht aber ihr Begehren. Wenn es verschwunden ist, ist es verschwunden.

Mit der Zeit wurde er zu einem zynischen Verführer, aber in Wirklichkeit sehnte er sich nur danach, verführt zu werden. Deshalb überließ er sich jetzt mit geschlossenen Augen den erfahrenen Händen dieser unbekannten Frau.

14

Kurz nach halb eins parkte Kristina vor ihrem Haus. An der Haustür brannte eine kürzlich installierte, starke Lampe, die sich bei Einbruch der Dunkelheit einschaltete und erst wieder ausging, wenn es hell wurde. Trotzdem schaute sie sich um, bevor sie hineinging. Genau hier hatten sie vor ein paar Monaten auf sie gewartet. Der Albtraum, den sie anschließend erlebt hatte, war noch nicht zu Ende. Im Gegenteil. Er drohte allmählich ihr ganzes Leben zu überschatten und ihre berufliche Karriere zu zerstören.

Arne Svedling hatte in der Tasche des Mordopfers Mikal Gospodin ein Foto von ihr gefunden, das sie in einer schrecklich kompromittierenden Situation zeigte, und er brüstete sich damit, daß er niemals ein Gesicht vergaß. Er kannte sie von früher, was ein kurzer Blick ins Polizeiarchiv ihm bestätigt hatte. Der unbekannte Mörder war nach Zeugenaussagen eine Frau. Diese Frau hätte durchaus Kristina sein können. Es war also keineswegs erstaunlich, daß er sich mit ihr hatte treffen wollen. Es wäre ein Dienstvergehen gewesen, es zu unterlassen. Er hatte nur getan, was sie an seiner Stelle auch getan hätte.

Ein grüner Tee würde ihr jetzt guttun. Sie mußte nachdenken. Einfach ins Bett zu gehen und zu schlafen, war kein Ausweg.

Svedling würde sich vermutlich nicht groß ins Zeug legen, um Mikals Mörder zu fassen, denn er glaubte, ihn schon gefunden zu haben. Aber es war nicht nur das. Sie hatte das Gefühl, daß er sich freute, ihr eins auswischen zu können.

Daß man ihr eins auswischen wollte, war sie gewohnt. Durch ihre Erfolge fühlten sich viele Kollegen provoziert. Die meisten fanden außerdem, daß sie für ihren Posten zu jung sei. Und viel zu hübsch. Bei der Besetzung ihrer Stelle konnte es folglich nicht mit rechten Dingen zugegangen sein. Alles klar, tuschelte man auf den Korridoren.

Manchmal kam es ihr so vor, als ob selbst diejenigen, die sie auf diesen Posten gesetzt hatten, von ihr enttäuscht seien. Sie hatten wohl nicht erwartet, daß sie erfolgreich sein würde. Sie hatten sie als Ablenkungsmanöver benutzt und gehofft, daß sie scheitern würde. Damit hätten sie nämlich die Kritik an der Frauendiskriminierung im Keim ersticken können. Schaut her, wir haben einer Frau eine Führungsposition gegeben, und es ist schiefgegangen! Aber es war nicht schiefgegangen. Ihr Dezernat war das erfolgreichste im ganzen Bezirk.

»Jetzt bloß nicht paranoid werden«, dachte sie, während sie den Tee ziehen ließ. Svedling hatte sie im Grunde nichts vorzuwerfen. Die Welt ist groß und hat viel Platz für unbedeutende Menschen. Er tat nur seine Arbeit. Und sie mußte die ihre tun, um sich von dem Verdacht reinzuwaschen. Sie mußte Mikals Henker finden. Dann würde sie allerdings Probleme haben, das mit dem Foto zu erklären. Sie würde vielleicht die ganze Geschichte erzählen müssen. Daß sie vier Stunden lang narkotisiert und in der Gewalt von vier Männern gewesen war.

Wer würde ihr das glauben? Warum hatte sie so lange geschwiegen? Die Wahrheit kann verderblich sein wie frische Lebensmittel. Wenn man nicht rechtzeitig redet, wird sie gammelig wie ein alter Fisch.

Mit anderen Worten, sie mußte diese Männer finden, die ihre Geschichte bestätigen konnten. Sie hatte sich ohnehin vorgenommen, sie zu finden, um sich an ihnen zu rächen und um zu erfahren, was sie mit ihr gemacht hatten. Sie wollte ihre Gesichter sehen, statt sie bis ans Ende ihres Lebens als Gespenster um sich zu haben.

Jetzt war alles anders. Sie brauchte die Männer, weil sie ihre einzigen Zeugen waren.

Plötzlich hatte sie Lust auf eine Zigarette. Sie hatte vor einiger Zeit mit dem Rauchen aufgehört. Wie absurd das Leben doch war: Sie sehnte sich nach einer Zigarette, aber sie verschwendete keinen Gedanken mehr an ihren Exmann.

»Einen Menschen vergißt man schneller als alte Gewohnheiten.«

Bei dieser Erkenntnis verspürte sie so etwas wie Selbstekel, und dagegen gibt es nur ein Mittel: Vergessen. Sie ging wieder in die Küche und entkorkte eine Flasche Wein.

»Wenn man schon ein Schwein ist, soll man auch so leben!« murmelte sie, als sie das Glas hob. In diesem Augenblick haßte sie sich. Sie haßte ihren Körper, der nach Trost verlangte, sie verabscheute die Oberflächlichkeit ihrer Gedanken und Gefühle. Sie hatte keinen Boden unter den Füßen, sie schwamm herum wie eine ekelhafte Qualle.

Und doch konnte sie einen neuen Gedanken fassen. Es war nicht ausgeschlossen, daß die Leute, die ihr das angetan hatten, auch Mikal ermordet oder seinen Mörder beauftragt hatten. Er war ihnen auf der Spur gewesen – wie wäre er sonst an das Foto gekommen? Sie waren in Panik geraten und hatten ihn aus dem Weg geräumt.

Sie empfand keine Trauer über seinen Tod. Ihr eigener Kummer war stärker. Obwohl er ihr nicht gleichgültig gewesen war. Manchmal, wenn sie zusammen im Café saßen und Blödsinn redeten, hatte sie Phantasien gehabt. Daß sie rittlings über ihm hockte.

Ob er es geahnt hatte? Vielleicht. Vielleicht auch nicht. Mikal war kein feinfühliger Mann gewesen. Aber ein Mann. Sie wiederum war viel zu vernünftig, um sich auf eine Affäre mit ihm einzulassen. So hatte sie sich mit Phantasien begnügt. Nur einmal, ein einziges Mal war sie nahe daran gewesen, die Grenze zu überschreiten.

Das war im vorigen Sommer. Sie saßen in einem Café auf Längholmen. Es war warm. Sie trug ein dünnes weißes Kleid, fast durchsichtig. Warum hatte sie ausgerechnet das angezogen? In seinen tiefliegenden Augen sah sie das Begehren glimmen, von Zeit zu Zeit räkelte er sich wie eine große Katze. Sein breiter Brustkorb hob sich unter seinen gierigen Atemzügen, als sei ihm die Luft knapp geworden.

Und sie genoß den Anblick seiner Geilheit. Sie schloß die Augen, ließ ihre Hand wie unabsichtlich auf dem Tisch liegen und hoffte, er würde danach greifen. Er tat es nicht. Dazu war er viel zu professionell. Jemand hätte sie beobachten können. Dann wäre ihre Laufbahn als Polizistin beendet gewesen.

Ein paar Sekunden später war es schon vorbei. Der Kellner kam mit der Rechnung, und außerdem fing es an zu regnen.

Nun war Mikal tot, und sie trauerte nicht einmal, sondern ärgerte sich vor allem darüber, daß er gerade jetzt nicht mehr da war, wo sie ihn brauchte.

Sie stellte das Weinglas so heftig auf den Tisch, daß es zerbrach und die Scherben in ihre Hand schnitten. Das Blut floß. Es störte sie nicht. Sollte es doch fließen. Sollte das ganze Leben herausfließen. Wofür lebte sie denn noch?

Bloß für die Arbeit. Aber das System, das sie verteidigen sollte, drohte sie zu verschlingen. Ein verbitterter Kollege konnte sie nach Lust und Laune erniedrigen. Dabei spielte es keine Rolle, daß sie unschuldig war.

Er hatte gute Karten. Sie hatte die denkbar schlechtesten: nicht getan zu haben, was man ihr vorwarf. Wenn man schuldig ist, kann man mildernde Umstände bekommen, man kann Erklärungen und Entschuldigungen vorbringen. Wenn man unschuldig ist, hat man keine Chance.

Das System, das sie verteidigte, war nicht für die Unschuldigen gemacht.

Sie setzte sich in ihren Lieblingssessel. Das Blut floß immer noch, aber langsamer, es würde bald aufhören. Sie ging ins Badezimmer, wusch sich und klebte ein Pflaster auf die Wunde.

Im Spiegel sah sie aus wie immer. Das beruhigte sie. Der Sturm war vorübergezogen, ohne ihren lebhaften Blick zu trüben.

»Bin ich stark, oder ist das nur Gleichgültigkeit?« fragte sie ihr Spiegelbild.

Sie bekam keine Antwort.

15

Maria kannte die Gegend ziemlich gut. Als Kind und als Teenager war sie im Sommer oft hier gewesen.

Der Gömmarsee ist ein kleiner Waldsee, knapp einen Kilometer lang, der von oben aussieht wie ein Mann mit langer Nase. Er ist nicht tief, nur fünf Meter an der tiefsten Stelle, und sein Wasser kommt direkt aus unterirdischen Gebirgsquellen, kalt und klar. Hier beginnt Tyresån, das größte und bedeutendste Gewässersystem in der Umgebung von Stockholm, zu dem noch dreißig weitere Seen gehören.

In Marias Kindheit war der Gömmarsee ganz selbstverständlich der Treffpunkt für alle gewesen, die es sich nicht leisten konnten, ihre Ferien im Ausland zu verbringen. Man badete, man flirtete, man sonnte sich. Man konnte fischen oder auf warmen Steinplatten liegen, und es gab kleine, verschwiegene Buchten, wo man sich verstecken konnte, wenn man wollte. In einer solchen Bucht hatte ihr Mann sie zum ersten Mal geküßt. Damals war sie elf gewesen. Zehn Jahre später waren sie verheiratet, nach weiteren fünf Jahren geschieden.

Sie war schon lange nicht mehr hierhergekommen, und sie staunte über die vielen Neubauvillen mit Parabolantennen und Doppelgaragen. Huddinge veränderte sich. Ganz andere soziale Schichten siedelten sich hier an. Die Grundstücke wurden immer kleiner – ein untrügliches Zeichen für starke Besiedlung.

Plötzlich war sie nicht mehr sicher. Mußte sie hier einbiegen?

Sie erinnerte sich an ein gelbes Haus mit grüner Wasserpumpe auf einem großen, mit Apfel- und Birnbäumen bestandenen Grundstück. Von dort zweigte der schmale Weg zum See ab. Er führte zunächst ein Stück aufwärts und dann nur noch bergab, bis zum Ufer. Damals nahm sie immer die Füße von den Pedalen, stellte die Beine auf den Lenker, um es den Jungens in der Clique gleichzutun, und ließ sich die Schenkel von der Seebrise kühlen. Es fühlte sich an, als sei es gestern gewesen, aber das gelbe Haus war nicht mehr da, und sie brauchte eine ganze Weile, um den Weg zum See zu finden.

Nach dem Gespräch mit Laszlo hatte sie überlegt, ob sie Kristina oder Thomas benachrichtigen sollte, die immerhin ihre Vorgesetzten waren, aber dann hatte sie es bleibenlassen. Sie hatte Dienst, das hier war ihr Job. Punkt, Schluß.

Laszlo erwartete sie. Seine Mannschaft war gerade dabei, das Nachlöschen zu beenden. Von Haus und Garage war kaum etwas übriggeblieben. Ein scharfer Geruch von verbranntem Fleisch lag in der Luft.

»Was ist los?« fragte sie, obwohl sie schon ahnte, was es war.

Er nahm sie am Arm, ohne zu antworten, und führte sie zu einem ausgebrannten Auto, das dort stand, wo sich einst der Schuppen befunden hatte. Der Gestank war beinahe unerträglich.

Laszlo wies mit einer Kopfbewegung auf den Vordersitz des Wagens. Dort lagen die Überreste eines Menschen. Nur die verkohlten Knochen waren noch da, alles andere war verbrannt. Kein Gesicht mehr, nur noch ein Schädel, vom Feuer geschwärzt.

Sie hielt den Atem an, bedeckte Mund und Nase mit der Hand.

»Ein Unfall?«

»Nein, das glaube ich nicht. Es war Brandstiftung.«

»Können Sie das so ohne weiteres feststellen?« fragte sie.

»Normalerweise nicht. In diesem Fall war es einfach. Als wir ankamen, roch es nach Benzin. Es hätte aus dem Auto kommen können, aber wir haben einen Kanister gefunden. Allerdings wird der Ihnen nichts nützen, denn er hat im

Feuer gelegen. Hier hat jemand gezündelt. Na ja, für solche Sachen haben Sie ja Spezialisten. Das Branddezernat kann es mit Sicherheit herausfinden. Ich meine, man sollte auf jeden Fall genauer nachschauen.«

»Vielleicht hat der oder die, wer auch immer da liegt, selbst gezündelt, was glauben Sie?«

»Ja, kann sein.«

Sie hielt diesen Gestank nicht mehr aus, war kurz vor dem Ersticken. Er hatte es bemerkt.

»Wir müssen nicht hierbleiben«, sagte er sanft. »Ich habe eine Thermosflasche mit Kaffee im Auto.«

Sie nahm das Angebot dankbar an.

»Wer hat denn den Brand gemeldet?« fragte Maria, während er ihr heißen Kaffee einschenkte. Der Becher trug die idiotische Aufschrift: »Feuerwehrmänner mögen's heiß«.

»Ich habe hier den Namen. Ruth Ivarsdotter.«

»Haben Sie auch ihre Telefonnummer?«

»Aber ja … ein bißchen was hat man doch aus dem Fernsehen gelernt.«

Er gab ihr den Zettel.

»Danke. Ich werde mich darum kümmern.«

Es war kurz vor Mitternacht. Um diese Zeit konnte sie nicht mehr viel tun, höchstens im Polizeirevier anrufen und die Absperrung des Geländes beantragen. Der Rest konnte warten, bis sie Kristina informiert hatte.

Das Branddezernat mußte kommen, auch der Gerichtsmediziner. Man mußte den Besitzer des Hauses benachrichtigen und die Nachbarn befragen. Aber das war Kristinas Sache. Die würde morgen einen langen Tag haben, deshalb konnte man sie jetzt ebensogut in Ruhe schlafen lassen.

Maria trank den Kaffee aus. Die Feuerwehrleute waren fertig. Laszlo machte einen letzten Rundgang. Sie hatten getan, was sie tun konnten. Er setzte sich in den Löschwagen und wollte losfahren, stieg aber plötzlich wieder aus.

»Ich bleibe bei Ihnen, bis Ihre Leute kommen«, sagte er schlicht. »Dann können Sie mich zum Bahnhof fahren.«

Sie war überrascht und froh. Der Gedanke, hier im Dunkeln und in der Kälte allein zurückzubleiben, hatte nichts Verlockendes.

»Danke, das ist nett von Ihnen.«

Wieso nett? Warum sage ich immer das Falsche? dachte sie. Was er dachte, konnte sie nicht erraten. Er stand ein paar Meter von ihr entfernt. Stumm, ruhig, gefaßt.

»Wie geht es Ihnen?« fragte sie.

»Zur Zeit gerade ziemlich beschissen«, sagte er offen.

Es stellte sich heraus, daß er in Scheidung lebte. Seine Frau hatte einen anderen Mann kennengelernt. Sie war Krankenschwester und hatte sich in einen Scheißkerl von Arzt verliebt, der zu allem Überfluß auch noch der Sohn ungarischer Flüchtlinge war, genau wie Laszlo.

Nach einem Seminar in irgendeinem Berghotel war sie nach Hause gekommen und hatte die Familie um den Küchentisch versammelt. Sie glaubten, sie habe ihnen Geschenke mitgebracht, und statt dessen verkündete sie, daß sie ausziehen würde, sie hielte es keine Sekunde länger hier aus. Die Kinder weinten. Laszlo saß da wie gelähmt. Er versuchte nicht, sie umzustimmen. Er wußte, es würde zwecklos sein. So tat er das einzig mögliche: Er zog selbst aus, so daß die Kinder ihre Mutter und ihr Zuhause behalten konnten.

»Wann ist das passiert?«

»Heute morgen.«

Nun tat sie wiederum das einzig mögliche: Sie ging zwei Schritte auf ihn zu und nahm ihn fest in die Arme. Laszlo ließ den Kopf auf ihre Schulter sinken und weinte. Es war das trotzige Weinen eines Kindes. Dann riß er sich zusammen.

»Ich kann einfach nicht begreifen, weshalb sie sich schon wieder einen Ungarn ausgesucht hat!« sagte er mit gequältem Lächeln.

16

Montag, 3. Dezember

Ana Maria del Lamar war gerade fünfundzwanzig und schon Chef-Nachtportier im »Grand Hôtel«. Das war eine Arbeit, die Lebenserfahrung, Einfühlungsvermögen, Organisationstalent und Schnelligkeit im Denken erforderte. All das besaß sie, und zudem verfügte sie über ein Äußeres, das man als Vorteil, aber auch als Nachteil auslegen konnte. Die Gäste verweilten gewöhnlich viel zu lange an ihrer Theke.

Nicht zuletzt Alain Karpin, der auf dem Weg in sein Zimmer bei ihr stehen geblieben war und für Viertel vor sechs einen Weckruf bestellt hatte. Sein Flug ging in aller Frühe.

Ana Maria hatte ihn darauf hingewiesen, daß der automatische Weckdienst per Telefon sehr gut funktionierte, aber Karpin mißtraute der Technik. Außerdem wollte er morgens lieber ihre Stimme hören als ein Computergespenst. Einen solchen Wunsch konnte man nicht abschlagen.

Sonntagnacht war es meistens ruhig. Ana Maria hatte nicht viel zu tun gehabt. Nur um halb zwei war ein betrunkener Gast hereingekommen und hatte ihr hundert Dollar geboten, für die sie ihm aus ›Pu der Bär‹ vorlesen sollte. Er könne sonst nicht einschlafen. Nach einigem Zureden gelang es ihr, ihn wegzuschicken.

Während sie mit ihm sprach, sah sie, wie eine junge Frau auf Stöckelschuhen durch die Lobby ging und das Hotel verließ. »Ein Callgirl«, dachte sie. Das war nichts Ungewöhnliches. Ungewöhnlich war höchstens, daß sie die Frau nicht bemerkt hatte, als sie hereinkam. Aber vielleicht war sie bei Ana Marias Dienstantritt um zehn Uhr abends schon bei jemandem auf dem Zimmer gewesen.

In ihren beiden Berufsjahren als Nachtportier hatte Ana

Maria viel erlebt und die seltsamsten Angebote erhalten. Ihr war nichts fremd. Vor allem kannte sie sich im Umgang mit Männern aus. Sie hatte ihr Elternhaus in São Paulo mit sechzehn Jahren verlassen, nachdem ihr Stiefvater eines Nachts nackt in ihr Zimmer gekommen war und sich mit seinen knapp zwei Zentnern auf sie gelegt hatte. Er war groß, stark, geil und betrunken.

Ihre Mutter hielt sich gerade zum Fettabsaugen in einer Privatklinik auf. Es hatte also keinen Zweck gehabt, zu schreien. Es hatte auch keinen Sinn gehabt, sich zu wehren. Sie blieb steif und regungslos liegen, während der Stiefvater sich schnaufend bis zum Höhepunkt kämpfte. Am nächsten Morgen zeigte er Reue bis an die Grenze der Selbsterniedrigung. Er wollte das Geschehene wiedergutmachen. Ana Maria war einverstanden, unter einer Bedingung: daß sie sofort eine Ausbildung in Europa beginnen konnte. Ihre Wahl fiel auf Montreux in der Schweiz, wo es eine der weltbesten Hotelfachschulen gibt.

Ihr Stiefvater war aus dem Hotelfach. Die Sache ließ sich schnell regeln. Er war dankbar, dem Skandal entgangen zu sein. Seine Frau hatte nie etwas erfahren. Der Preis für Ana Marias Schweigen war sehr hoch: Seit damals empfand sie für ihre Mutter nur noch Verachtung.

In der Schule war sie überaus erfolgreich. Sie beherrschte vier Sprachen, und das Lernen fiel ihr leicht. Sie hatte viele Bewunderer, aber die schreckliche Erinnerung an die Grobheit des Stiefvaters saß zu tief. Sie flirtete und spielte herum, sie teilte sogar hin und wieder das Bett mit einem Jungen, ohne daß etwas passierte. Man belagerte sie vergeblich, sie ließ niemanden an sich heran.

Kurzum, sie entwickelte eine hohe Kultur der Zurückweisung. Diskret, großzügig, lächelnd. Bis sie Mats Witterlid aus Mora begegnete, der sich nicht für sie interessierte, aus einem sehr einfachen Grund: Er war homosexuell. Er ließ sich zum Hotelmanager ausbilden, seine Familie besaß mehrere Seminarzentren und Berghotels in Schweden. Ana Maria gegenüber war er freundlich und gleichgültig, von angenehm zurückhaltender Art. Sie freundeten sich an, und sie lernte seine Sprache. Ein einziges Mal gingen sie miteinander ins Bett. Hinterher sagte er: »Es tut mit leid. Aber bei mir haben die Glocken nicht geläutet.«

Bei ihr war es genauso, aber sie wollte nicht gleich aufgeben. Sie hatte zu oft und zu lange ihrem Tennistrainer zugehört, der behauptete, wenn man einmal einen Aufschlag übers Netz gebracht habe, würde es einem auch mehrmals gelingen. Mats glaubte nicht recht an diese Theorie, aber Ana Marias Schönheit lockte viele junge Männer an, die er reizvoll fand.

Sie ging mit ihm nach Schweden. Im Stadthotel von Mora übernahm Mats die Stelle des Managers und sie die Leitung der Rezeption. In der Kleinstadt wagte er seine Neigung nicht offen zu zeigen. Seine Eltern vergötterten sie und wollten sie unbedingt zur Schwiegertochter haben. Außerdem schien es, als hätte Mats endlich begriffen, daß er sie liebte und daß auch die sexuelle Beziehung zu einer Frau ihre guten Seiten haben konnte.

Sie beschlossen also zu heiraten, und Mats fuhr nach Stockholm, um Ringe zu kaufen. Unterwegs besuchte er einen Saunaclub. Danach fand man ihn erschlagen auf einem Fußweg hinter dem Vanadisbad. Der Mord wurde nie aufgeklärt.

Ana Maria verließ Mora und zog nach Stockholm. Sie fing als dritte Rezeptionistin im »Grand Hôtel« an, aber sie machte schnell Karriere. Als schließlich der Posten des ersten Nachtportiers frei wurde, bewarb sie sich und bekam den Job sofort. Der Personalchef rieb sich noch eine Woche lang die Hände vor Entzücken. Ana Maria war eine Entdeckung.

An diesem Morgen um Viertel vor sechs griff sie zum Telefon, um den Schachgroßmeister Alain Karpin zu wecken.

Er nahm nicht ab. Sie wartete zwei Minuten und rief wieder an. Aus irgendeinem Grund wußte sie schon nach dem ersten Klingelton, daß niemand abnehmen würde. Vielleicht ist es nur Einbildung, aber das Läuten des Telefons hört sich anders an, wenn niemand da ist.

Sie hatte Dienst bis halb sieben. Das Tagespersonal war schon eingetroffen und saß beim Kaffee in dem kleinen Raum hinter der Rezeption. Sie bat darum, in fünf Minuten abgelöst zu werden, und lief die Treppen hinauf, weil ihr der Lift zu langsam war. Vor der Tür von Zimmer 433 blieb sie ein wenig atemlos stehen und strich mechanisch ihren Rock glatt. Dann klopfte sie, aber schon mit dem unbehaglichen Gefühl, dass etwas nicht stimmte. Keine Antwort.

Mit ihrem Generalschlüssel öffnete sie die Tür. Im Zimmer brannte eine einzige Lampe, deren Lichtkegel auf ein Schachbrett gerichtet war. Es roch nach Alkohol. Sie drückte auf den Schalter.

Alain Karpin lag in dem riesigen Doppelbett. Nackt. Ihr Blick wanderte automatisch zu seinem Glied, bevor sie sein Gesicht in Augenschein nahm. Die Augen standen weit offen, der Mund war halb geöffnet, man konnte die Zunge sehen. Er war offensichtlich tot.

Ana Maria besaß zuviel Erfahrung, um loszuschreien. Sie war dafür ausgebildet, mit solchen Situationen umzugehen. Sie tastete nach Karpins Puls. Nichts.

Sie mußte die Polizei anrufen, aber es war ratsam, vorher mit dem Rezeptionschef zu sprechen, der erst in einer halben Stunde kommen würde. Er war ein pedantischer Tyrann und durfte bei wichtigen Angelegenheiten nicht übergangen werden.

Ana Maria beschloß, auf ihn zu warten. Für alle Fälle hängte sie das Schild »Bitte nicht stören« an den Türgriff.

Dann ging sie wieder an ihren Arbeitsplatz, obwohl es nur noch zwanzig Minuten bis Dienstschluß waren. Die anderen wollten sie nach Hause schicken, aber sie lehnte ab, unter dem Vorwand, daß sie sich nach einer Tasse Kaffee und einem frisch gebackenen Croissant aus der hoteleigenen Bäckerei sehnte und warten wollte, bis der Frühstücksservice begann.

Die Polizei würde sie sicher verhören. Was sollte sie sagen? Sollte sie die Frau erwähnen, die sie gesehen hatte? Vermutlich. Doch wenn sich herausstellte, daß die Frau gar nichts mit Karpin zu tun hatte, sondern mit einem anderen der hohen Herren, die im Hotel logierten, konnte es sehr unangenehm werden.

Außerdem gab es nicht viel zu erzählen. Sie hatte sich die Frau nicht genau angeschaut, hatte ihr nur einen raschen Blick nachgeworfen. Das war alles. Nur ein Detail war ihr aufgefallen. Daß sie eine Perücke trug. Da war sie sich ganz sicher. Ob das von Bedeutung war? Nicht unbedingt.

Sie seufzte. Und dachte: Wer sich einen diskreten Tod wünscht, muß sich in einem vornehmen Hotel einmieten.

17

Die Jahre im Gebirge, in denen die türkische Armee ihm auf den Fersen gewesen war, hatten Kemal gelehrt, mit kurzen Ruhephasen auszukommen. Ein paar Stunden Schlaf in regelmäßigen Abständen, mehr brauchte er nicht. Er ging gegen drei Uhr morgens zu Bett und stand um sieben wieder auf.

Er richtete das Frühstückstablett für seine Schwester her, mit starkem russischem Tee, Kefir und Haferflocken. Sein eigenes Frühstück bestand aus schwarzem Kaffee, einem Stück Brot und einigen Oliven. Bevor es Zeit war, zu ihr hineinzugehen, stand er auf dem Balkon und rauchte die erste und nach Ansicht aller Raucher beste Zigarette des Tages, während seine Gedanken zurückwanderten zu Freunden, die im Kampf gefallen waren, zu Familienmitgliedern, die nicht mehr lebten. Das war jeden Morgen wie eine kurze Seelenmesse. Es tat ihm gut, sich seinen Platz in dieser langen Reihe von geopferten Leben, kompromißlosen Kämpfen und jähen Todesfällen vor Augen zu führen. Dadurch bekam alles einen Sinn, der zwar dünn wie der Rauch der Zigarette war, aber trotzdem real.

Er brauchte Assine nicht zu wecken, sie wartete schon auf seine Hilfe bei allem, was der Mensch morgens verrichten muß. Danach frühstückten sie zusammen. Es wäre eine große Erleichterung gewesen, ihr alles zu erzählen, was sich während der Nacht ereignet hatte, aber er war nicht sicher, ob sie froh darüber sein würde. Die Liebe ist ein Mysterium, das man nicht einmal als Eingeweihter versteht.

Kemal hatte seine Einweihung erlebt, hatte Lust empfangen und geschenkt, geradezu himmlische Lust sogar. Und doch mußte es da noch etwas anderes geben. Eine Art Jubilieren, einen ewigen Frühling der Seele, nach dem er sich immer stärker sehnte, während die Zeit verging und das schwarze Loch in seinem Herzen sich unaufhaltsam vergrößerte.

Assine sah, daß er mit seinen Gedanken weit weg war. Sie verstand ihn. Ihr Unfall hatte auch ihm eine Behinderung zugefügt. Er hätte eine Familie gründen sollen. Heiraten und viele Kinder haben, statt auf seine Schwester aufzupassen.

Weil sie einander zuviel zu sagen hatten, schwiegen sie sich an. Sie hörten die Morgenzeitung durch den Briefschlitz fallen, und er stand sofort auf, um sie zu holen. Assine las die Zeitung, sein Schwedisch war nicht gut genug.

»Steht was Interessantes drin?« fragte er, scheinbar gleichgültig.

»Nein. Das Übliche. Und ein Russe ist ermordet worden.«

»Ach, die Russen! Die werden doch für nichts und wieder nichts umgebracht.«

Assine schaute ihn an, als ob er wirr redete.

»Es gibt immer einen Grund!« sagte sie mit einer Spur von Schärfe in der Stimme.

Kemal ließ sich nichts anmerken.

»Hat die Polizei den Mörder erwischt?«

»Nein. Aber sie haben einen Verdacht.«

»Den haben Polizisten immer. Es gehört zu ihrem Job.«

»Die Polizei jagt Verdächtige, und wir jagen unseren Träumen nach. Heute nacht habe ich schon wieder geträumt, daß ich gehen konnte. Ich war so glücklich. Ich glaube, ich sollte es machen wie Selenes Liebhaber.«

»Ist das jemand, den wir kennen?« fragte er.

Assine lachte.

»Du solltest ein bißchen mehr lesen, Kemal.«

Was für ein Segen, daß es Bücher gab. Wie hätte sie sonst die unendlich langen Stunden im Rollstuhl hinter sich bringen sollen?

»Selene ist die Mondgöttin, und sie hatte einen Liebhaber,

der ständig schlief, um sich seine Jugend zu erhalten. Das sagte er jedenfalls, aber ich glaube, daß er der Geliebten einfach überdrüssig geworden war. In seinen Träumen fühlte er sich viel wohler.«

»So darfst du nicht reden.«

»Aber hast du es denn nie satt, dich um mich kümmern zu müssen?«

Bevor er antworten konnte, klingelte es an der Tür.

»Da kommt Charles.«

Der hatte zwar seinen eigenen Schlüssel, pflegte aber seine Ankunft anzukündigen.

»Guten Morgen, mein tapferer Krieger!« rief Assine fröhlich.

Charles lächelte über das ganze Gesicht, nein, mit seinem ganzen Körper lächelte er sie an. Er hatte ihr etwas mitgebracht. Eine langstielige rote Rose.

Assine war zwar an den Rollstuhl gefesselt, aber erröten konnte sie immer noch.

18

Arne Svedling war noch nie im »Grand Hôtel« gewesen. Deshalb hatte er von Anfang an ein unbehagliches Gefühl. Der Anruf des Rezeptionschefs erreichte ihn auf dem Heimweg zu seiner öden Einzimmerwohnung, in der niemand auf ihn wartete. Nicht einmal seine eigenen Erinnerungen, denn mit diesem Ort verband er keine einzige.

Er hätte die Sache natürlich dem Kollegen übergeben können, der ihn im Dienst ablöste. Wenn er nicht so eine unüberwindliche Abneigung gegen ihn gehabt hätte. Ein Typ, der ständig in Turnschuhen herumlief, mit dem Fahrrad zur Arbeit kam und im übrigen als großer Charmeur galt.

Keineswegs wollte er so einem Wichtigtuer überlassen, was nach einem spektakulären Fall aussah. Es kommt schließlich nicht jeden Tag vor, daß ein Schachgroßmeister tot aufgefunden wird. Und dann auch noch im feinsten Hotel Stockholms. Allerdings bestand die Gefahr, daß man ihm die Ermittlungen ohnehin wegnehmen würde.

Jetzt stand Svedling in der großen Halle, müde und hungrig, während elegant gekleidete Männer und Frauen an ihm vorbeieilten, unterwegs zu wichtigen Terminen. Andere saßen da und schlangen in sich hinein, was das üppige Frühstücksbüfett hergab.

Es war halb acht. Carl Mikael Ryning, der Rezeptionschef, hatte ihn um Diskretion gebeten, damit die Gäste nicht beunruhigt würden. Aber für jemanden, der sein Leben lang Polizist gewesen ist, kann es schwierig sein, plötzlich als Tourist aufzutreten. Außerdem schien es kaum etwas zu geben, was diese Damen und Herren aus der Ruhe bringen konnte. Svedling war kurz davor, sich zu ärgern.

In diesem Moment kam Ana Maria del Lamar auf ihn zu. Endlich jemand, der ihm gefiel.

»Hier entlang«, sagte sie leise und ging voraus. Er folgte ihr, den Blick auf den Marmorboden geheftet, damit es nicht so aussah, als ob er sie anstarrte, was er sehr gern getan hätte.

Ryning dagegen war ihm auf Anhieb unsympathisch. Wie konnte ein Mann jenseits der Fünfzig in einer feuerroten Weste herumlaufen?

Svedling sah sofort, daß der Fall anstrengend werden würde. Im Zimmer herrschte perfekte Ordnung, nichts deutete auf einen Kampf hin. Das hieß, man hatte es mit Leuten zu tun, die ihr Handwerk verstanden.

»Sie haben hier doch nichts angefaßt?« fragte er sicherheitshalber.

»Nein, nichts!« entgegnete Ana Maria del Lamar mit Nachdruck. »Alles ist so, wie ich es vorgefunden habe. Ich habe nur seinen Puls gefühlt.«

Das einzig Auffällige an der Leiche war eine starke Rötung am Hals. Karpin war erwürgt worden. Das stand fest. Vielleicht ein erotisches Spiel, das ausgeartet war?

Auf diesem Gebiet kannte Svedling sich nicht aus.

»Seit wann wohnte er im Hotel?«

»Seit zwei Tagen«, sagte Ryning, der offenbar beschlossen hatte, die Sache in die Hand zu nehmen.

»Alles klar. Hat er Besuch empfangen? Ist Ihnen irgend etwas aufgefallen?«

»Nein. Nicht während meiner Dienstzeit. Ich habe ihn allein in der Bar sitzen sehen«, sagte Ana Maria del Lamar. »Dann, so gegen halb eins, kam er vorbei und bestellte einen Weckruf. Da war er auf dem Weg in sein Zimmer.«

Svedling hakte sofort ein.

»Woher wissen Sie das? Vielleicht wollte er ein anderes Zimmer aufsuchen.«

Ana Maria zuckte die Achseln.

»Ich habe es einfach angenommen.«

»War er betrunken?«

»Einen Alkoholtest hätte er wohl nicht mehr bestanden.«

»Und Sie waren es, die ihn gefunden hat?«

»Ja.«

»Wieso sind Sie in sein Zimmer gegangen?«

»Er ging nicht ans Telefon.«

»Gut. Und wer hatte gestern Dienst in der Bar?«

Nun ergriff Ryning wieder das Wort.

»Barkeeper war Nick, der Grieche. Er ist kein Grieche, aber wir nennen ihn so. Dann waren noch zwei Kellner da. Lena und der Kleine Russe.«

»Ist der wirklich Russe, oder nennt ihr ihn auch bloß so?«

»Nein, der kommt wirklich aus Rußland.«

»Wo finde ich die Leute?«

Ryning gab ihm die Adressen.

Arne Svedling notierte sie umständlich. Seit seiner Scheidung litt er an unkontrollierbarem Händezittern. Er erinnerte sich noch genau daran, wie es angefangen hatte. In der Nacht, als seine Frau ihm mitteilte, daß sie nicht mehr mit ihm zusammenleben wollte, war er kurz davor gewesen, sie zu erwürgen. Es hatte ihn fast übermenschliche Anstrengung gekostet, sie loszulassen. Seitdem zitterten seine Hände bei der kleinsten Aufregung.

So wie jetzt. Der nackte Körper, das leblose Geschlecht, der Geruch nach Alkohol und Sperma hatten ihn aus dem Gleichgewicht gebracht. Er empfand Ekel, aber merkwürdigerweise auch Erregung. Er wollte so rasch wie möglich von hier weg.

»Ja … da war noch etwas … aber ich weiß nicht, ob das etwas zu bedeuten hat«, sagte Ana Maria del Lamar.

»Die Entscheidung überlassen Sie bitte mir«, brummte Svedling.

»Gegen halb zwei habe ich gesehen, wie eine Frau das Hotel verließ.«

»Na, so was!« sagte Ryning in sarkastischem Ton. Im

Laufe der Jahre hatte er Hunderte von Frauen mitten in der Nacht das Hotel verlassen sehen.

Svedling lächelte, in widerwilligem Einverständnis.

»Und was hast du noch gesehen, Kleine? Hatte sie vielleicht ein Seil in der Hand?« stichelte Ryning weiter.

Für Ana Maria war es nichts Neues, so behandelt zu werden. Aber sie ärgerte sich immer wieder darüber.

»Fuck you«, sagte sie ruhig.

Sie wußte, daß sie ihren Job riskierte, aber das war ihr egal. Ryning öffnete den Mund, um etwas zu sagen, aber auf eine Handbewegung von Svedling hin machte er ihn wieder zu.

»Ich mag klare Worte«, sagte Svedling und lächelte Ana Maria zu. »Also, was haben Sie gesehen?«

»Sie trug eine Perücke.«

»Eine Perücke?«

»Ja.«

»Und woran haben Sie das gemerkt, wenn ich fragen darf?«

»Sie war etwas verrutscht.«

»Hatten Sie die Frau vorher schon einmal gesehen?«

»Nein.«

»Wie sah sie aus?«

»Kurzes, struppiges Haar, nicht sehr groß, durchtrainiert.«

»Was hatte sie an?«

»Einen schwarzen Mantel.«

Svedling spürte, wie ihm heiß wurde. Die Beschreibung paßte auf die Frau, die Gospodin ermordet hatte. Was, zum Teufel, ging hier vor? Hatte er jetzt die ganze Russenmafia am Hals?

»Ich danke Ihnen, das war eine wichtige Information«, sagte er und klappte sein Notizbuch heftig zu. Dann rief er die Spurensicherung und den Polizeiarzt an.

»In diesem Zimmer darf nichts angerührt werden!« sagte er mit übertriebener Strenge und machte, daß er wegkam. Er hatte reichlich Stoff zum Nachdenken.

19

Kemal fuhr langsam an Kristina Vendels Haus vorbei. Es war nicht schwer gewesen, herauszufinden, wer sie war und wo sie wohnte. Ein einziges Telefongespräch hatte genügt. Die Kommissarin war landesweit bekannt.

Jetzt, kurz nach halb acht, waren die meisten Leute schon zur Arbeit gefahren. In der Straße parkten kaum noch Autos. Zwei kleine Kinder gingen Hand in Hand zur Schule. Andere wurden von ihren Müttern begleitet, die oft erstaunlich jung waren.

In ihm erwachte die Sehnsucht. Eines Tages, wenn alles vorüber war, wollte er auch eine Familie haben und seine Söhne zur Schule begleiten. Allerdings, das wußte er in seinem tiefsten Innern, würde er wahrscheinlich vorher umgebracht werden. Es gab viele, die hinter ihm her waren. Eines schönen Tages würde ihn jemand erwischen.

Es war ein Fehler gewesen, sich an Gospodin zu vergreifen, der offenbar Verbindungen zur schwedischen Polizei gehabt hatte. Der Beweis waren seine letzten Worte: »Sagen Sie Kommissarin Vendel, daß ich mich etwas verspäten werde.« Die beiden hatten also eine Verabredung gehabt. Zu welchem Zweck?

Das wollte Kemal herausfinden. Außerdem ging es ihm gegen den Strich, den Auftrag eines Toten nicht zu erfüllen, auch wenn er ihm nichts versprochen hatte. Die letzten Worte eines Mannes sind bindend für den, der sie zufällig hört. Und so mußten diese Worte irgendwie an Kommissarin Vendel übermittelt werden. Es fragte sich nur, wie.

Kemal war ein gewissenhafter Mensch, der kein Detail dem Zufall überließ. In der leeren Straße zu parken, war viel zu auffällig. Die Leute sehen weniger, aber andererseits auch mehr, als man glaubt. Er fuhr auf den großen

Parkplatz im Zentrum von Vårby, wo Hunderte von Autos standen.

Dann ging er in Kristinas Straße zurück. Man konnte dort nirgends stehenbleiben und das Haus beobachten, ohne Aufmerksamkeit zu erregen. Am besten war es, einen langsamen Spaziergang zu machen und auf den glücklichen Zufall zu hoffen, daß Kommissarin Vendel ganz einfach auftauchte.

Kommissarin Vendel tauchte nicht auf. Kemal ging an ihrem Haus vorbei, ein Stück die Straße hinauf, wechselte die Seite und schlenderte gemächlich wieder zurück.

Als es dann passierte, war Kemal nicht darauf vorbereitet. Kristina kam aus dem Haus und blieb einen Augenblick vor der Tür stehen, als ob sie zögerte, ins Freie zu treten.

Kemal erkannte sie sofort wieder, von der Schachveranstaltung. Schon dort war sie ihm aufgefallen, vor allem wegen ihrer Haare. Sie glichen der Perücke, die er benutzte, um sich in eine Frau zu verwandeln.

Der Morgen war bewölkt gewesen, aber in diesem Moment kam die Sonne hervor, und das Licht schien genau auf sie zu fallen, wie sie dort vor ihrer Haustür stand, als ob sie Wache halten wollte.

War das wirklich Kommissarin Vendel? So jung und so … Er dachte »schön«, aber dann fiel ihm ein Wort ein, das er schon lange nicht mehr verwendet hatte. Sie war jung und reizend.

Ihr kurzes Haar, das nach allen Seiten abstand, war wie ein geheimes Zeichen. Es machte sie zu seiner Komplizin. Sie war die Frau, die er hätte sein wollen, wenn er eine Frau gewesen wäre. In diesem Moment wirkte sie müde, unausgeschlafen. Trauerte sie um Gospodin? War er ihr Liebhaber gewesen, in aller Heimlichkeit? Denn anders konnte sich so etwas zwischen einer Kommissarin und einem Gangster wohl nicht abspielen.

Es war lachhaft, aber er war beinahe eifersüchtig auf den

Mann, den er getötet hatte. Der diese Frau in seinen Armen gehalten, ihr beim Einschlafen und beim Aufwachen zugeschaut hatte.

Kemal wußte, daß er sich selbst verrückt machte, aber warum auch nicht? Er wollte sie haben. Irgendwie ähnelte sie seiner Schwester. Sie waren beide aus demselben ungewöhnlichen Stoff gemacht: Porzellan, mit Eisen verstärkt. Ihr Gang glich exakt dem von Assine, als sie noch gehen konnte. Gerader Rücken, ausgreifende Schritte. Nichts Schleppendes. Sie besaß eine Kraft, die durch ihre Verletzlichkeit noch betont wurde.

Kristina warf einen kurzen Blick in seine Richtung, aber sie sah nicht viel von ihm, weil er eine Sonnenbrille und eine schwarze Strickmütze trug. Sie fuhr in ihrem klapprigen Fiat davon.

Tief in Gedanken kehrte er zu seinem Wagen zurück. Hier war eine Frau, die er lieben konnte, und er sehnte sich danach, es zu tun.

Andererseits würde diese Frau vermutlich bald seine erbitterte Feindin sein. Bestimmt waren Kommissarin Vendel und Gospodin ein Liebespaar gewesen, also hatte Kemal den Mann erschossen, den sie liebte. Sie würde den Mörder suchen, bis sie ihn fand.

Dann würde ihm nichts anderes übrigbleiben, als sie zu liquidieren.

20

Das »Morgengebet« begann um Viertel vor acht, wie jeden Montag.

Das sechste Dezernat der Huddinger Polizei versammelte sich im Konferenzraum, mit Ausblick auf den Schnellzugbahnhof von Flemingsberg. Sie waren alle keine Romantiker, aber wenn ein Zug vorbeifuhr, schaute der eine oder andere versonnen vor sich hin und dachte an all die Reisen, die er nie gemacht hatte und nie machen würde.

Der Kaffee duftete, und Thomas hatte Apfelkuchen mitgebracht, den seine Frau gebacken hatte, wie fast jeden Montag. Sie war eine Frau, die immer nur an andere dachte. Vielleicht half ihr das, nicht ständig an ihre eigenen Probleme zu denken, an ihren behinderten Sohn, ihren erschöpften Mann. Sie versuchte das Leben in den Griff zu bekommen, indem sie Kuchenteig knetete.

Maria berichtete von den Ereignissen der vergangenen Nacht. Eigentlich hätte sie nach Hause gehen können, denn ihre Schicht war zu Ende, aber sie hatte sich bereit erklärt, noch zu bleiben. Kristina hatte das Angebot dankbar angenommen, obwohl ihr Chef wegen der Überstunden nörgeln würde. Jetzt verteilte sie die Arbeit. Man mußte mit der Feuerwehr Kontakt aufnehmen, Spurensicherung und den Gerichtsmediziner anfordern, die Nachbarn mußten befragt werden, ob sie etwas gesehen hatten.

»Und zum Schluß: Alle Berichte gehen an Thomas.«

Das war ungewöhnlich. Ohne besondere Gründe hätte sie keinem anderen den Vortritt gelassen. Es lag auf der Hand, daß die Kollegen eine Erklärung erwarteten. Sie räusperte sich und zündete sich eine Zigarette an.

»Fängst du wieder an zu rauchen?« fragte Östen, der Ex-Abstinenzler.

»Das ist im Moment mein kleinstes Problem.«

Plötzlich kippte ihre Stimme, und sie konnte nicht weiterreden. Sie wollte nicht darüber sprechen, daß sie unter Mordverdacht stand. Es handelte sich um ein Mißverständnis, aber wie lange würde es dauern, das zu erklären, und wieviel davon würden sie ihr glauben? Hatte sie das Recht, bedingungslose Loyalität zu erwarten?

Thomas rettete sie. Er hatte von zu Hause nicht nur den Apfelkuchen mitgebracht, sondern auch die beiden Abendzeitungen, die fast gleichzeitig mit ihren morgendlichen Pendants erscheinen.

Der Mord an Mikal Gospodin war groß aufgemacht. ›Expressen‹ hatte sogar einen Amateurfotografen aufgetrieben, der zufällig dabeigewesen war und die Tat im Bild festgehalten hatte. Trotz der schlechten Qualität war Gospodin ziemlich gut zu erkennen. Hinter ihm ließen sich die Konturen einer Frau erahnen. Es war die Mörderin, unscharf zwar, aber man konnte sehen, daß ihr kurzes Haar nach allen Seiten abstand.

Es gab auch Interviews mit Augenzeugen sowie mit Kommissar Arne Svedling, der selbstbewußt behauptete, die Polizei sei der Mörderin auf der Spur, und die Vermutung zurückwies, es habe sich um eine private Abrechnung gehandelt. »Hier sind banalere Dinge im Spiel«, verkündete er, ohne näher zu erläutern, was er damit meinte.

»Du lieber Gott, die sieht dir aber verdammt ähnlich!«

Das kam von Maria, die sich für eine Weile in die Zeitungen vertieft hatte.

Thomas und Östen lachten herzlich, aber für Kristina gab der unschuldige Kommentar den Ausschlag. Es war besser, nichts zu sagen, den Dingen ihren Lauf zu lassen und die Mitarbeiter aus der Sache herauszuhalten.

»Maria, du redest Blödsinn!«

Schon fing sie an, sich zu verteidigen. Sie reagierte völlig falsch. Den anderen war das nicht entgangen. Eine unbehagliche Stille lag im Raum.

Thomas ergriff das Wort.

»Ja, dann wollen wir mal«, murmelte er, stand auf und gab Maria und Östen ein Zeichen, daß sie ihm folgen sollten.

Kristina wußte, daß sie die Kollegen nicht einfach so gehen lassen durfte. Sie mußte die gedrückte Stimmung vertreiben, die sie mit ihrer fast cholerischen Reaktion hervorgerufen hatte. Aber es fiel ihr nichts ein. In ihrem Innern hörte sie eine ärgerliche Stimme flüstern: »Sag die Wahrheit. Du kannst ihnen doch die Wahrheit sagen!«

Es war zu spät. Das einzige, was ihr jetzt noch helfen konnte, war eine richtig gute Lüge.

Zu ihrem eigenen Erstaunen hörte sie sich mit rauher Stimme sagen:

»Ach wißt ihr, die Alte ist heute unpäßlich!«

Die andern lachten erleichtert. Der Arbeitsfrieden war gerettet.

»Mein Gott, wenn ich gewußt hätte, wie kleine Lügen das Leben erleichtern, dann hätte ich andauernd geschwindelt!« dachte sie, als sie wenig später allein am Schreibtisch saß. Undeutlich erinnerte sie sich, daß sie diese Bemerkung vor langer Zeit irgendwo gelesen hatte. Aber in welchem Buch?

»Du wirst langsam senil«, beschimpfte sie sich, um gleich darauf höhnisch zu lachen. »Du bist erst vierunddreißig«, rief sie sich selbst zur Ordnung, öffnete den Schrank und nahm einen kleinen Spiegel heraus, in dem sie sich mit zusammengezogenen Augenbrauen betrachtete.

»Du hast geschwindelt, du hättest deine Tage, und es wird damit enden, daß du sie wirklich bekommst«, sagte sie streng zu ihrem Spiegelbild.

Der Spiegel verschwand ganz hinten im Schrank.

Es fiel ihr schwer, sich zu konzentrieren, jeden Augenblick konnte der Chef nach ihr rufen. Sie stand, verdammt noch mal, unter Mordverdacht! Stillsitzen und Warten gehörten nicht zu ihren Stärken, aber jetzt gab es keine Alternative. Natürlich war ihr der Mann mit Mütze und Sonnenbrille vor ihrem Haus heute morgen aufgefallen. »Svedling verliert keine Zeit«, hatte sie gedacht, schon überzeugt, daß die Polizei sie beschatten ließ. Von nun an konnte sich alles gegen sie wenden.

Ihr Vater, der alte Lateinlehrer und Schachspieler, der immer alles wußte, hatte sie eine einfache Regel gelehrt, als sie noch ein kleines Mädchen war. »Wenn du nicht weißt, was du tun sollst, tu das, was du immer tust. Dann kannst du jedenfalls sicher sein, daß du keinen neuen Fehler machst.«

Kurz darauf saß sie im Auto, unterwegs zu dem abgebrannten Sommerhaus am Gömmarsee.

21

»Teufel, das war Maßarbeit!« sagte Nick der Grieche und wälzte sich von seiner Pernilla herunter, atemlos und schweißgebadet. Es hatte an der Tür geklingelt.

»Mach nicht auf«, murmelte Pernilla und versuchte ihn festzuhalten, damit er in ihr blieb.

Es war Viertel nach drei, um vier mußte sie ihren Nachwuchs vom Kindergarten abholen, und eine Viertelstunde später würde ihr Mann nach Hause kommen. Sie stand also unter Zeitdruck, und außerdem wollte sie hier nicht gesehen werden.

»Es könnte etwas Wichtiges sein«, protestierte er flüsternd. Er war sogar sicher, daß es etwas Wichtiges war, denn sonst wäre niemand auf die Idee gekommen, ihn um diese Zeit zu stören. Seine Freunde und Bekannten wußten, daß er nachts arbeitete und bis vier oder fünf Uhr nachmittags schlief. Außer an den Tagen, an denen Pernilla gegen eins auftauchte, geräuschlos vom Fußende her in sein Bett glitt und zuerst sein Glied aufweckte und dann ihn.

»Erwartest du jemanden?« fragte sie.

»Nein. Gerade deshalb kann es wichtig sein.«

Es klingelte wieder, diesmal ausdauernder. Jetzt reichte es Pernilla. Sie raffte ihre verstreuten Kleidungsstücke zusammen und schloß sich im Bad ein, während Nick sich hinter die Wohnungstür stellte und nach alter Barkeeper-Gewohnheit fragte: »Was darf es denn sein?«

»Polizei!«

Das war keine gute Nachricht. Nick zog Hemd und Hose an und öffnete.

»Komme ich ungelegen?« fragte Kommissar Arne Svedling der Form halber und warf einen raschen, verächtlichen Blick auf Nicks nackte Füße, die ungewöhnlich häßlich waren, mit langen, kräftigen Haaren auf den Zehen. Ein schlechtes Zeichen, dachte Svedling. Er hielt, wie gesagt, nichts von Leuten, die zu Hause barfuß herumliefen.

»Ist etwas passiert?« wollte Nick der Grieche wissen.

»Wie man's nimmt. Bei Ihnen im Hotel ist jemand gestorben, aber ob es sich um ein welthistorisches Ereignis handelt, steht noch dahin.«

Svedling betrachtete das ungemachte, zerwühlte Bett und Pernillas schwarzen Slip, den sie in der Eile vergessen hatte.

»Hören Sie«, sagte er, »das hier wird eine Weile dauern. Sagen Sie der Kleinen, sie soll aus dem Badezimmer kommen. Ist sie womöglich minderjährig?«

Zum ersten Teil der Vermutung gehörte nicht viel. In dem siebenundzwanzig Quadratmeter großen Einzimmer-Appartement zur Hofseite der Repslagargata, das Nick der Grieche bewohnte, gab es außer dem Badezimmer keinen Ort, an dem man sich verstecken konnte.

»Pernilla, du kannst jetzt rauskommen!« rief er.

Nichts rührte sich.

Svedling hatte es nicht eilig. Auch nicht mit seinen Fragen. Er hatte sofort begriffen, daß Nick der Grieche viel zu durchtrieben war, um von Nutzen zu sein. Trotzdem mußte er es probieren.

»Schön haben Sie es hier«, sagte er. »Und eine schöne Aussicht!« fügte er hinzu, auf eine hübsche, jüngere Frau anspielend, die gerade über den Hof ging. Sie war auf dem Weg zu der Kunstschule, die dort ihre Räume hatte.

Nick der Grieche jobbte manchmal als Aktmodell. Es brachte nicht viel ein, aber er empfand eine seltsame Befriedigung, wenn er dastand und seinen hängenden Schwanz zur Schau stellte. Zuweilen posierten gleichzeitig weibliche Modelle, und er dachte daran, was wohl passieren würde, wenn er plötzlich eine Erektion bekam. Es war noch nie passiert, aber er fand die Vorstellung verlockend.

»Waren gestern viele Leute in der Bar?«

Nick der Grieche hatte seine Ruhe wiedergefunden.

»Nicht mehr als sonst. Wir hatten eine Band im Hotel, und es gab natürlich eine Invasion von Fans.«

»Kannten Sie den Schachspieler, der im Hotel gewohnt hat?«

»Nein. Ich hab mal ›Mensch ärgere dich nicht‹ gespielt, das ist alles.«

»Jedenfalls ist er tot.«

»Sehr tot?« fragte Nick, um die Stimmung aufzulockern.

»Nun versuchen Sie nicht, clever zu sein!« wies Svedling ihn zurecht. »Sie erwarten doch wohl nicht, daß ich Ihnen irgend etwas glaube?«

In diesem Moment kam Pernilla aus dem Badezimmer. Zum Warten hatte sie jetzt keine Zeit mehr. Sie war gekämmt und geschminkt und sah sehr adrett aus, aber Svedling bemerkte sofort ihren Ehering.

»Und mit wem sind Sie verheiratet, meine Kleine?« fragte er, ohne sich wirklich dafür zu interessieren. Er hatte entschieden, daß hier nichts für ihn zu holen war, aber die beiden sollten nicht denken, daß er sie nicht durchschaute.

Es ging schief. Pernilla war für Unverschämtheiten die falsche Adressatin. Sie fing sofort an zu weinen, während sie den Rock hob, um ihren Slip anzuziehen.

»Es ist nicht so, wie Sie glauben«, schluchzte sie.

Svedling konnte keine Tränen sehen.

»Ich habe es nicht böse gemeint, meine Liebe. Sie können schlafen, mit wem Sie wollen. Das geht mich gar nichts an.«

»Darf ich jetzt gehen?« fragte sie und stand schon an der Tür. Nun war sie wirklich in Eile, und man hörte sie die Treppe hinunterrennen.

»Was machen Sie bloß mit so einer Heulsuse im Bett?« wollte Svedling wissen.

Nick zuckte die Achseln.

»Sie sind also sicher, daß Sie diesen Schachspieler nicht kannten?«

»Ganz sicher. Ich stehe an der Bar und mixe Drinks. Wer sie bestellt, ist nicht mein Problem. Allerdings wußte ich, daß er im Hotel wohnte. Er hing wie eine Klette an Ana Maria von der Rezeption.«

»Und sie?« fragte Svedling sofort, einen Hoffnungsschimmer vor Augen. Vielleicht ließ sich da doch noch eine interessante Spur entdecken. Ana Maria del Lamar sah ein wenig gefährlich aus.

»Wieso?«

»War sie interessiert? Hatten sie was miteinander?«

Nick der Grieche machte eine Pause, um seiner Aussage mehr Gewicht zu verleihen.

»Ana Maria mag keine Männer.«

»Ach du Schreck.«

»Ja. Es ist die reine Verschwendung, aber sie mag Mädels.«

Das mit der Verschwendung konnte Svedling bestätigen. Er hatte sie ja mit eigenen Augen gesehen.

»Woher wissen Sie das?«

»Ein Freund von mir war hinter ihr her. Keine Chance. Und ihn hat noch nie eine Frau abblitzen lassen.«

»Verstehe. Apropos Mädels, Ihnen ist gestern nicht zufällig eine Frau mit kurzen blonden Haaren aufgefallen?«

»Da waren mehrere. Groupies.«

»Groupies?«

»Ja. Wie gesagt, wir hatten gestern eine Band im Haus.«

Svedling seufzte tief. Eigentlich war ihm das alles hier egal, ihn verlangte nur danach, sich Kommissarin Kristina Vendel vorzunehmen. Aber da war größte Vorsicht geboten. Wer Kollegen verfolgte, machte sich unbeliebt, damit konnte man die ganze Polizei gegen sich aufbringen. Man mußte sich seiner Sache sehr sicher sein. Natürlich gab es das Foto, das in Gospodins Brieftasche gesteckt hatte und unter Umständen echt war, aber das bewies noch gar nichts, höchstens, daß Kristina und Mikal etwas miteinander gehabt hatten. Falls es sich bei der Aufnahme um Gospodin handelte, was auch nicht sicher war, denn es war ja nichts zu sehen außer einem Schwanz in ihrem Mund. Mit anderen Worten, man mußte hier sehr behutsam vorgehen.

»Vielleicht wissen die Kellner etwas«, schlug Nick der Grieche vor. »Haben Sie schon mit dem Kleinen Russen geredet?«

»Er war nicht zu Hause.«

»Nachmittags ist er fast nie zu Hause. Da besucht er seine Mutter im Altersheim.«

Nick machte eine Handbewegung, die besagte, daß er ihm nun nicht mehr weiterhelfen konnte.

Svedling war schon aufgestanden. Aber er wollte nicht aufbrechen, ohne einen Denkzettel zu hinterlassen. Er ging auf Nick den Griechen zu und fragte mit ruhiger Stimme:

»Haben Sie schon einmal etwas von Polizeigewalt gehört?«

Nick der Grieche dachte, daß dies eine gute Gelegenheit sei, den finsteren Kommissar ein wenig zu besänftigen. Er zog die Augenbrauen hoch und machte ein betont freundliches Gesicht.

»Polizeigewalt? Was ist das denn?«

»Das hier!« sagte Svedling und versetzte ihm einen harten, überraschenden Schlag in die Magengrube.

»Sind Sie verrückt geworden?« keuchte Nick der Grieche.

»Das ist dafür, daß Sie Ihre Arbeitskollegen verleumden. Daß Sie behaupten, Ana Maria wäre lesbisch, nur weil sie Ihnen einen Korb gegeben hat. Und dafür, daß Sie mit anderer Leute Frauen herummachen!« erklärte Svedling sachlich.

Aber plötzlich fiel ihm das Atmen schwer. Die Erinnerung an die Untreue seiner eigenen Frau wurde unerträglich.

Beim Hinausgehen schlug er die Tür so heftig hinter sich zu, als wollte er Nick den Griechen unter Hausarrest stellen.

22

Die Techniker von Polizei und Feuerwehr hatten alle Spuren gesichert. Es bestand kein Zweifel daran, daß es sich um Brandstiftung handelte, und das Todesopfer war allem Anschein nach eine Frau. Der Gerichtsmediziner Gustav Lindegren hatte außerdem festgestellt, daß sie schon vor dem Brand tot gewesen war. Die Fraktur der Nackenwirbel war mehr als eindeutig. Das konnte bedeuten, daß das Opfer woanders umgebracht und dann zur Fundstelle transportiert worden war, aber es schloß nicht aus, daß der Mord hier stattgefunden hatte. Für letzteres sprachen die Reste einer ledernen Handtasche, die bei der Toten gefunden worden waren. Es ist eher unüblich, eine Leiche samt Zubehör zu transportieren. Der Inhalt der Tasche war verbrannt, außer einer metallenen Dose, offenbar für Puder, und einem Massagestab von bescheidenen Dimensionen, ebenfalls aus Metall.

Natürlich konnte man nicht mit Bestimmtheit sagen, daß die Tasche dem Opfer gehört hatte, aber bis auf weiteres durfte man davon ausgehen.

Die sicherste Spur war das Auto, auch wenn die Nummernschilder fehlten. Der Täter hatte sie offenbar abgenommen, bevor er das Feuer legte. Aber ein Mercedes geht nicht vollständig in Flammen auf. Und ein Mercedes verschwindet nur selten, ohne daß jemand ihn vermißt. Am Motorblock steht die Seriennummer des Wagens, und wenn man nach dem Eigentümer sucht, findet man ihn auch. Das Dumme ist nur, daß in den meisten Fällen das Auto gestohlen ist und der Besitzer nichts mit der Sache zu tun hat.

Kristina wollte jedenfalls Östen darauf ansetzen. Für Recherchen dieser Art war er der Kompetenteste in der Gruppe.

Der Gerichtsmediziner Lindegren sah müde aus. Mehr noch, er wirkte erschöpft.

»Wie geht es dir eigentlich?« fragte Kristina, die ihn sehr schätzte und ihn mittlerweile als guten Freund betrachtete.

Er machte eine Geste, die sagen sollte, daß es keinen Sinn hatte, darüber zu reden. Dann besann er sich anders.

»Ich halte es nicht mehr aus. Ich denke daran, das Handtuch zu werfen. Auf Tierarzt umzusatteln oder so. Bloß keine Leichen mehr.«

»Verstehe.«

»Ich kann nicht mehr schlafen, nicht mehr essen. Ich kann nicht mehr mit meiner Frau ins Bett gehen. Die ganze Zeit habe ich diese ekelhaften Bilder im Kopf.«

Plötzlich riß er sich zusammen.

»Ach, ist doch egal! Aber was ist mit dir? Wie steht's mit der Liebe?«

Jetzt war Kristina an der Reihe, die Hat-keinen-Sinn-Geste zu machen. Die Liebe war nicht mehr das Problem. Statt dessen konnte sie jederzeit des Mordes angeklagt werden, sie mußte eine Brandstiftung mit Todesfolge aufklären, und sie sorgte sich um ihren herzkranken Vater.

Thomas Roth kam zu ihr herüber.

»Wäre es jetzt nicht an der Zeit, die kleine Ruth zu befragen?«

Das ärgerte sie. Wieso »die kleine«? Aber dies war wohl nicht der rechte Moment für feministische Erörterungen.

»Hat Maria nicht schon mit ihr gesprochen?«

»Noch nicht. Vielleicht willst du ja auch lieber selbst mit ihr reden.«

Es war nur ein kurzer Spaziergang.

»Was wissen wir von ihr?« fragte Kristina.

»Nur ihre Telefonnummer.«

Jetzt sahen sie Ruths Haus, es war in Falun-Rot gestrichen, mit meerblauen Fensterrahmen. Ein betagter Hund kam ihnen entgegen und gähnte.

Die »kleine Ruth« war eher hochgewachsen. Sie hatte langes, graumeliertes Haar, das in großen Wellen auf ihre Schultern fiel. Ihr Alter ließ sich schwer schätzen, sie war vermutlich fünfzig, sah aber aus wie vierzig.

Sie schien sich über den Besuch zu freuen. Sofort stellte sie den Kaffeekessel auf den Herd, und zwar mit einem Knall, der in Thomas unverzüglich Fluchtgedanken weckte. Er verabscheute Frauen, die jedesmal, wenn sie etwas kochen, die ganze Küche auseinandernehmen.

Das Wohnzimmer war aufgeräumt, und es duftete frisch. Überall hingen Bilder, meist Vögel im Flug. Ruth hatte sich als Malerin darauf spezialisiert. Das gefiel Thomas.

»Wohnen Sie allein hier?« fragte er, und es klang ein wenig anders, als er es gemeint hatte.

»Mit meinem Hund«, sagte sie, und es klang, als ob sie noch etwas anderes damit sagen wollte.

Sie deutete auf den alten Racker, der unablässig gähnte.

»Er scheint müde zu sein«, sagte Kristina.

»Er hört nur auf zu gähnen, wenn er schläft«, entgegnete Ruth und schenkte Thomas ein freundliches Lächeln.

Er wurde nervös. Er war es nicht gewohnt, daß Frauen ihn anschauten.

»Wohnen Sie schon lange hier?« fragte er nun etwas mürrisch.

»Seit fünfundzwanzig Jahren. Fünfzehn Jahre mit meinem Mann, sieben mit meinem Freund, die letzten drei Jahre allein.«

»Keine Kinder?« fragte Kristina.

»Nein. Als ich jung war, war ich dumm. Ich habe eine Abtreibung machen lassen, in Polen, weil es hier verboten war. Danach bin ich nie wieder schwanger geworden. Es war die größte Dummheit meines Lebens.«

Sie schwiegen. Eine solche Offenheit hatten sie nicht erwartet.

Als der Kaffee fertig war, kamen sie auf ihr eigentliches Anliegen zu sprechen.

Das abgebrannte Haus hatte seit Jahren leergestanden. Der letzte Eigentümer war ein bösartiger alter Mann gewesen, der mit niemandem sprach. Er hatte niemals Besuch gehabt. Ruth konnte sich an seinen Namen erinnern: Adolf Lundgren, falls das irgendwie von Nutzen sei.

Man hatte ihn eines Tages tot aufgefunden, mit einer Mohrrübe in der Hand. Ein Bissen war ihm im Hals stecken geblieben.

»So kann es einem ergehen, wenn man Vegetarier ist«, sagte Ruth.

Sonst gab es nicht viel zu berichten.

Als sie sich alles noch einmal durch den Kopf gehen ließ, fiel ihr ein, daß ein Auto mit zwei Insassen, einem Mann und einer Frau, gegen Abend vorbeigefahren war. Aber daran war nichts Merkwürdiges.

»Ich habe mir darüber keine Gedanken gemacht. Etwas weiter weg stehen auch noch Häuser, und manchmal kommen Leute hierher, um ihre Hunde auszuführen.«

»Wissen Sie noch, was für ein Wagen das war?« fragte Thomas.

»Du lieber Gott! Ich kann kaum ein Auto von einem Fahrrad unterscheiden. Ich interessiere mich überhaupt nicht für Autos, hab auch nie eins gehabt. Ich hab nicht mal einen Führerschein.«

»Welche Farbe hatte es denn?«

Das war einfacher.

»Schwarz.«

Der ausgebrannte Wagen war schwarz. Die beiden Polizisten sahen sich an.

»Und Sie sind sicher, daß ein Mann und eine Frau im Auto saßen?«

Ruth überlegte.

»Nicht so richtig.«

Aber sie versuchte es noch einmal. Sie lehnte sich in dem einfachen, stoffbezogenen Sessel zurück, schloß die Augen und streckte ihre langen Beine aus, die vermutlich mit Hilfe einiger Solariumsitzungen die warme, dunkelbraune Farbe des Sommers behalten hatten.

Thomas konnte den Blick nicht von ihnen abwenden, obwohl er versuchte, in eine andere Richtung zu schauen.

Kristina traute ihren Augen nicht. Das hier war zugleich unschuldig und schamlos, eine Mischung, die nur wenige Frauen beherrschen und der noch weniger Männer widerstehen können.

»Es können tatsächlich auch zwei Frauen gewesen sein«, sagte Ruth, als sie zu Ende überlegt hatte. »Aber man sieht oft das, was man sehen will. Ich hatte beschlossen, daß es ein Paar war, noch bevor ich richtig hingeschaut hatte. Einfach von den Umrissen her, sozusagen.«

Thomas nickte zustimmend.

»Vielleicht waren es zwei Freundinnen«, sagte er trocken, ohne recht daran zu glauben.

Ruth reagierte sofort auf seine Schlußfolgerung.

»Ja, klar! Es waren zwei Frauen. Und dann habe ich noch ein Auto gesehen, aber in dem saß nur ein junger Mann.«

»Um welche Zeit war das?«

»Eine halbe Stunde später vielleicht. Gegen neun.«

»Wie sah er aus?«

»Dazu kann ich nichts sagen. Aber wie gesagt, es war ein junger Mann.«

»Und Sie hatten ihn vorher noch nie gesehen? Es war keiner Ihrer Nachbarn oder so?«

»Nein, ich habe ihn nicht gekannt.«

»Es hat wohl keinen Zweck, Sie zu fragen, was das für ein Auto war!« sagte Kristina.

Ruth maß sie mit ihren Blicken und befand die Frage für

zu leichtgewichtig. Sie machte sich nicht einmal die Mühe, zu antworten.

Der Kaffee war ausgetrunken.

»Ich rufe an, wenn mir noch etwas einfällt«, sagte sie lächelnd.

Auf dem Weg zum Polizeirevier war Kristina gut gelaunt.

»Ich wette, sie ruft auch dann an, wenn ihr nichts einfällt.«

Thomas wurde rot wie ein Teenager.

23

Gegen sieben Uhr abends stand Arne Svedling an der Bartheke im »Grand Hôtel«. Nick der Grieche, der ihm zeigen wollte, daß er keinen Groll mehr gegen ihn hegte, bot ihm etwas zu trinken an, aber Svedling lehnte ab, obwohl sein Mund ganz trocken war. Er wartete ungeduldig darauf, daß Peter Knutson, alias der Kleine Russe, ein paar Minuten für ihn erübrigen konnte.

Es war schon voll in der Bar. In einer Woche, am 10. Dezember, würde die feierliche Verleihung des Nobelpreises stattfinden, und einige der Preisträger waren mit ihren Familien bereits angereist. In den nächsten Tagen erwartete man den Empfänger des Literaturnobelpreises, den britischen Schriftsteller V. S. Naipaul, der nicht bei allen beliebt war, besonders nach seinen wiederholten Ausfällen gegen den Islam und die Moslems. Daß er ein guter Schriftsteller war, machte die Sache nicht besser, sondern eher schlimmer. Einige Linkspopulisten hielten ihn ohnehin für einen hochgejubelten Hypochonder, einen cholerischen Plebejer, der sein fehlendes Talent durch Oberschicht-Allüren ersetzte. Und natürlich beanspruchten gerade seine Verleumder den breitesten Raum auf den Kulturseiten der Zeitungen.

Merkwürdig: Schweden war innerhalb von zwanzig Jahren von einer führenden europäischen Nation zu einem Zweitligisten geschrumpft. Das wirtschaftliche Wachstum stagnierte, die Kleinode Volvo, Saab und Ericsson waren in ausländischem Besitz, Volvo gehörte Ford und Saab gehörte General Motors. Aber der Nobelpreis wurde immer bedeutender. Wie lange würde es wohl noch dauern, bis jemand auf die Idee kam, ihn zu verscherbeln? Der Markenname Nobel ließ sich gewiß gut verkaufen, es stand ein Haufen Geld dahinter.

Arne Svedling hatte noch nie eine Zeile von Naipaul gelesen, aber er hatte fest vor, zu Weihnachten eines seiner Bücher zu kaufen. Als er noch verheiratet war, hatte er seiner Frau jedes Jahr ein Werk des aktuellen Nobelpreisträgers als Weihnachtsgeschenk überreicht. Die Bedeutung des Nobelpreises für das Weihnachtsgeschäft kann gar nicht überschätzt werden. So wenig wie die Bedeutung des Weihnachtsgeschäfts für die Literatur.

Er war müde und frustriert, nachdem er mehre Stunden vergeblich versucht hatte, die Familie des toten Schachgroßmeisters zu erreichen. Der Sekretär des Schachverbands war keine große Hilfe gewesen. Der Verbandsvorsitzende hatte ihm immerhin eine Telefonnummer in Paris gegeben, unter der sich jedoch niemand meldete.

Inzwischen hatte er seinem Chef Bericht erstattet, der durch den geschäftsführenden Direktor des Hotels schon informiert worden war. Die beiden Herren kannten einander, sie waren Mitglieder desselben Golfclubs.

Der Chef hatte, nicht ganz unerwartet, größtmögliche Diskretion verordnet. Das war leichter gesagt als getan.

Die Presse hatte bereits von dem Mord erfahren. Jemand hatte ihnen einen Tip gegeben, vermutlich Ryning, dieser aalglatte Typ mit der roten Weste. Die berüchtigte Beate Viklund, genannt »das Loch«, die gerade wieder einmal die Zeitung gewechselt hatte, stand auf dem Sprung, aber Svedling hatte sie abblitzen lassen wie alle anderen. Die Lektion, die der Palme-Mord ihm erteilt hatte, war noch nicht vergessen. Je weniger man sich in der Öffentlichkeit äußert, desto besser.

Um nicht ganz untätig zu sein, während er auf den Kleinen Russen wartete, führte er ein kurzes Gespräch mit Lena Hörnlund, die in der Mordnacht ebenfalls in der Bar gearbeitet hatte.

Sie hatte »keine Aaaahnung« gehabt, wer Karpin war. Sie

wußte nicht einmal, was Schach war; zunächst glaubte sie, es handle sich um eine Droge, was auch daran liegen konnte, daß Svedling das schwedische Wort »schack« eher wie »tjack«* aussprach.

Er wurde trotzdem wütend und beherrschte sich mühsam. Es ärgerte ihn, daß so viele Leute von allen möglichen Sachen »keine Aaahnung« hatten und das auch noch mit einem gewissen Hochmut kundtaten. Sie hielten sich einfach für zu fein, um bestimmte Dinge zu wissen.

»Noch nie hat ein Volk sich auf seine Dummheit so viel eingebildet wie wir«, dachte Svedling. »Deshalb geht auch alles den Bach hinunter.«

Endlich hatte der Kleine Russe dienstfrei. Das heißt, er durfte seine Fünfminutenpause nehmen, um eine Zigarette zu rauchen, und verschwand aus Svedlings Blickfeld. Der folgte ihm und fand ihn an einem geöffneten Fenster im Hinterzimmer.

Der Kleine Russe war von Nick dem Griechen vorgewarnt worden, was das reizbare Temperament des Kommissars betraf. Deshalb erzählte er lieber gleich alles, woran er sich erinnerte.

»Ja, gestern war eine Frau hier, die Karpin zu einem Whisky eingeladen hat. Eine Prostituierte? Kann ich nicht sagen. Wie die Unschuld vom Lande sah sie jedenfalls nicht aus. Ich hab sie aber nicht miteinander reden sehen.«

Ihr Aussehen? Mittelgroß, schlank, kurzes blondes Haar, schöne Beine.

»Nichts Auffälliges. Von der Sorte sind jeden Abend welche hier.«

»Kann es sein, daß sie mit Karpin auf sein Zimmer gegangen ist?«

»Sie blieb noch eine Weile sitzen, nachdem er weg war, aber

* Schwed. »tjack«: Stoff, Speed.

sie hätte später zu ihm gehen können ... Allerdings glaube ich das nicht.«

»Warum nicht?«

»Monsieur Karpin war ein Mann, der jede Frau haben konnte, wenn er wollte. Ich glaube nicht, daß er sich mit einer Hure abgegeben hätte. Außerdem hatte er schon viel zuviel getrunken.«

»Wie kommen Sie darauf, daß sie eine Hure war?«

»Eine Frau, die allein in einer Bar sitzt, ist meistens eine.«

»Sind Sie sicher, daß Sie sie vorher noch nie gesehen hatten?«

»Ja, ganz sicher.«

»Würden Sie sie wiedererkennen?«

Der Kleine Russe dachte nach.

»Nein, wahrscheinlich nicht. Ich konnte sie auch nicht so genau sehen, außerdem war sie stark geschminkt, und ich glaube, sie trug eine Perücke.«

Svedling ging ein Licht auf.

»Es könnte also ein Mann gewesen sein?«

»Ein Transvestit, meinen Sie?«

»Ja.«

Jetzt war er dem Kleinen Russen auf die Schliche gekommen.

»Glaub ich nicht.«

»Und wieso nicht?«

»Eine Transe würde sich nie so anziehen. Die haben einen besseren Geschmack.«

»Was wissen Sie denn davon?« fragte Svedling.

Der Kleine Russe hatte es plötzlich sehr eilig. Er nahm einen letzten tiefen Zug von der Zigarette und entschuldigte sich.

Svedling ließ ihn gehen, hatte aber das unbestimmte Gefühl, daß er mehr wußte, als er gesagt hatte, oder mehr gesagt hatte, als er wußte. Der Kleine Russe wollte es ihm recht machen, und bestimmt hatte er seine Gründe dafür, die jedoch nicht unbedingt etwas mit dem Mord zu tun haben mußten.

Das Problem war, daß Svedling überhaupt keine Spur hatte. Es gab keine Mordwaffe, keine Verdächtigen, es gab nichts außer einer Theorie über Sexspiele der fortgeschrittenen Art, die ganz einfach außer Kontrolle geraten waren.

Mit dem Mord an Gospodin war er auch nicht weitergekommen, obwohl die Tat in Gegenwart einer Menschenmenge begangen worden war. Keine Waffe, kein Motiv. Aus irgendeinem Grund bestand für ihn eine Verbindung zwischen den beiden Fällen. Dafür gab es kein vernünftiges Argument, außer dem undeutlichen Bild einer jungen Frau mit kurzen blonden Haaren, die ebensogut ein verkleideter Mann sein konnte, und der Tatsache, daß beide Opfer Russen waren.

Es war offenkundig, daß sein Verdacht, der Kristina Vendel betraf, auf äußerst schwachen Füßen stand. Fast alles sprach dafür, daß der Täter ein Mann in Frauenkleidern gewesen war. Und doch besaß er immer noch dieses Bild von ihr, auf dem sie einen vermutlich sibirischen Schwanz im Mund hatte. Es hätte wohl nicht so gut ausgesehen, wenn er das Foto beim Beweismaterial liegengelassen hätte. Es hätte mit Sicherheit ihrer Karriere geschadet, ihn aber der Lösung keinen Schritt näher gebracht.

Ein neuer Gedanke setzte sich in ihm fest: sie zu benutzen. Solange das Bild sich in seinen Händen befand, würde sie es nicht wagen, ihm etwas abzuschlagen. Sie hatte Gospodin gekannt, das stand fest, und mit ihrer Hilfe würde er weiterkommen. Es war eine wunderbare Verhandlungsposition. Er konnte jede Form von Unterstützung verlangen und brauchte sich nicht einmal zu bedanken. Aber damit eilte es nicht. Er konnte sie ebensogut noch ein paar Tage im eigenen Saft schmoren lassen, bis sie richtig mürbe war.

Er hatte plötzlich Lust, sie anzuschauen, holte das Bild

aus seiner Brieftasche und betrachtete es lange im schwachen Schein der Straßenleuchte. Ihr wollüstiger Gesichtsausdruck quälte ihn.

Svedling machte sich auf den Heimweg. Am Karl-der-Zwölfte-Platz wartete er auf den Bus, aber als er kam, stieg er nicht ein. In letzter Sekunde beschloß er, woanders hinzufahren. Vorhin, in der Wohnung von Nick dem Griechen, als er das ungemachte Bett gesehen und die Gerüche von Schweiß und Geschlecht eingeatmet hatte, als Pernilla ihre Schenkel entblößt und ihren Slip angezogen hatte, war seine Geilheit erwacht. Jetzt wurde sie durch das Foto von Kristina noch verstärkt. Sie siegte über seine Müdigkeit, und ihm wurde klar, daß es keinen Zweck hatte, weiter dagegen anzukämpfen.

24

Das Leben in Huddinge hatte sich in relativ kurzer Zeit völlig verändert. Huddinge war nicht mehr der verschlafene Vorort im Süden Stockholms. Die älteren Einwohner erinnerten sich noch an die idyllische Bahnstation mit dem verräucherten Wartesaal, in dem nie Gedränge geherrscht hatte. Man konnte dort in aller Ruhe sitzen und die Morgenzeitung lesen. Pünktlich jede halbe Stunde kam ein Zug.

Jetzt fuhren die Pendelzüge eigentlich alle fünfzehn Minuten, in Stoßzeiten noch häufiger, aber pünktlich waren sie nie. Es waren immer viele Leute da, man konnte nicht mehr mit einem Sitzplatz rechnen. Im neuen Bahnhofsgebäude wurden Gratiszeitungen verteilt. Jugendliche zogen sich ihr Frühstück aus dem Automaten. Es wurde in verschiedenen Sprachen geredet, und unablässig klingelten die Mobiltelefone.

Daß das Leben anders geworden war, zeigte sich an vielen Dingen. Die Bibliothek veranstaltete Autorenlesungen, das Volkskino hatte einen modernen Zuschauerraum bekommen, während der alte, im funktionalistischen Stil erbaute Kinosaal als Ausstellungsraum für die überwiegend jungen Talente der lokalen Kunstszene diente. Die Proben für die Neujahrsrevue hatten gerade begonnen, ebenso der jährliche Lucia-Wettbewerb. Sogar die Zeitung ›Mitten in Huddinge‹ war interessanter geworden, und die Prozesse vor dem Amtsgericht von Huddinge waren zahlreicher und bedeutender.

Das Restaurant »Udden« hatte den Besitzer gewechselt und eine gründliche Renovierung erlebt, genau wie die beiden Kneipen. Die Hochschule von Södertörn war in der Aufbauphase. Junge Akademikerfamilien zogen nach Huddinge, Studenten kamen von nah und fern, vor allem deshalb, weil die neue Hochschule in dem Ruf stand, die fortschrittlichsten und umstrittensten Positionen der Genforschung zu vertreten.

Wer tagsüber hart schuftet, will abends irgendwo Spaß haben. Im Pub »McEwan's« in der Nähe des Bahnhofs herrschte großer Andrang. Junge Notare vom Amtsgericht, Polizeischüler, Studenten und Lehrkräfte, aber auch ein paar Huddinger Ureinwohner stemmten große Bierkrüge, redeten durcheinander und brüllten vor Lachen. Eine Tischgesellschaft feierte den Freispruch, den einer aus der Gruppe wider Erwarten bekommen hatte.

Die Stimmung schlug hohe Wellen, auf typisch skandinavische Art: Am besten amüsiert sich, wer am meisten Lärm macht. An diesem Abend war es eine Frau im roten Turban. Sie lachte lauter als alle anderen und übertönte noch das dumpfe Dröhnen der Affenmusik, die in Pubs gern gespielt wird.

Dieses Lachen hatte Kemal schon einmal gehört. Und zwar auf Solvalla, in dem Lokal, in dem er mit der Pistole in der Hand auf Gospodin zugegangen war. Er erinnerte sich an das Lachen, noch deutlicher aber daran, wie es in ein hohes, panisches Kreischen umgekippt war, nachdem er den ersten Schuß abgefeuert hatte. Die Veränderung war so schnell vor sich gegangen, daß man den Eindruck hatte, der gellende Schrei sei in dem lauten Lachen schon enthalten gewesen.

Es wäre ein unwahrscheinlicher Zufall, dachte er, wenn es sich um dieselbe Person handelte. Aber in seinem Leben wimmelte es von solchen Zufällen. Er warf einen Blick in ihre Richtung. Der rote Turban bestätigte seine Ahnung. Sie sah aus, als ob sie sich wohlfühlte, und er verspürte Lust, sie wieder zum Kreischen zu bringen.

Er saß allein ganz hinten im Lokal und hatte eine Flasche Cidre vor sich. Er trank weder Schnaps noch Wein, hatte es noch niemals getan. Er mußte immer auf dem Sprung sein, mit klarem Kopf und schnellen Körperreaktionen.

Und doch sehnte er sich manchmal, zum Beispiel heute abend, weit weg von seinem Kopf und seinem Körper. Er wünschte sich, ein anderer zu sein, an einem anderen Ort. Er war dreißig Jahre alt. Er hatte keine Kinder, keine Freunde. Er betreute seine Schwester, die für immer gehbehindert sein würde. Er verdiente sein Geld als Mörder. Dieses Handwerk beherrschte er. Aber meisterte er auch sein Leben?

Der Fall Gospodin war sehr lukrativ gewesen. Vor ein paar Stunden hatte er einen Anruf von seinem Auftraggeber erhalten. Zwanzigtausend Dollar waren auf sein Konto bei der kleinen Zürcher Bank Crédit Agricole überwiesen worden. Dazu kamen die zehntausend, die er als Vorschuß bekommen hatte – und das neue Auto.

Jemand war also bereit gewesen, mehr als eine halbe Million Kronen zu bezahlen, um Gospodin loszuwerden. Wer mochte das sein? Und warum? Warum war Gospodin so wichtig?

Die Fragen stellten sich ganz von selbst, aber er hütete sich davor, sich mit ihnen zu beschäftigen. Er wußte nicht, wer sein Auftraggeber war, er wußte nicht, warum der Job gemacht werden mußte, und er wollte es auch nicht wissen. So war es am besten.

Natürlich riskierte er auf diese Weise immer, übers Ohr gehauen zu werden. Er wußte, daß nur wenige bereit waren, dieses Risiko einzugehen. In der Branche war er bekannt als »Der Mann vom hohen Berg«. Man bewunderte ihn für seine Kunst, niemals auch nur die kleinste Spur zu hinterlassen. Mit einer einzigen Ausnahme, aber als Spur konnte man das kaum betrachten. Nach dem Mord an Karpin hatte er etwas im Hotelzimmer zurückgelassen. Und er war neugierig, ob jemand es bemerkt hatte.

Auch die Opfer interessierten ihn nur unter beruflichen

Gesichtspunkten. Ihre Gewohnheiten, ihre familiären und wirtschaftlichen Verhältnisse, ihre Freunde und Beschützer, falls es sie gab, wurden so detailliert wie möglich erforscht. Daß er gut dafür bezahlt wurde, jemanden zu eliminieren, war die eine Seite, aber andererseits wollte er auch wissen, was es ihn unter Umständen kosten konnte.

Das mit Karpin war kein Job gewesen, sondern etwas Persönliches. Es war Rache, und auch Rache war eine Pflicht. Verpflichtungen mußten erfüllt werden, ob es einem gefiel oder nicht. Er hatte sich bei dem Mord nicht wohl gefühlt, aber Karpin war ein Schwein. Er verdiente es nicht, weiterzuleben.

Bei Gospodin verhielt es sich anders, er war ein Mann von Kemals Sorte, ein lebensgefährlicher Krieger. Deshalb war große Wachsamkeit geboten. Er hatte so viel wie möglich über ihn herausgefunden, über seine Geschäfte, seine Handlanger, aber er hatte die Verbindung zwischen Gospodin und der Kommissarin übersehen.

Das ärgerte ihn.

Es konnte sich als notwendig erweisen, sie ebenfalls zu eliminieren.

Würde er das fertigbringen?

Vermutlich ja, aber es würde ihm großen Kummer bereiten. Nachdem er sie gesehen hatte, wünschte er sich mehr als alles andere, sie an sich zu drücken, zu sehen, wie sie sich an einem sonnigen Morgen im Bett räkelte und die Arme nach ihm ausstreckte.

Er mußte die Augen schließen, um sich ungestört seinen Phantasien hingeben zu können.

»Hej, du Hübscher! Darf man sich setzen?«

Die Frau mit dem lauten Lachen. Sie stand vor ihm, mit einem großen Bierkrug in der rechten Hand, und schwankte vor und zurück.

Es war widerlich. Er verabscheute betrunkene Menschen,

besonders wenn es sich um Frauen handelte. Er blieb stumm, aber die Frau legte sein Schweigen zu ihren Gunsten aus. Sie ließ sich mit einem Plumps auf den freien Stuhl an seinem Tisch fallen, beugte sich vor und zog einen Schmollmund. Kemal zog sich angeekelt zurück, der ungebetene Gast verlor die Balance und fiel vornüber, der Bierkrug ging zu Bruch, und die Frau schrie, als ob sie geschlachtet würde.

Die Leute, mit denen sie gekommen war, mißverstanden das Ganze. Sie stürzten herbei, um Vergeltung zu üben, und überschütteten Kemal mit Verwünschungen.

Eine improvisierte Prügelei war nicht seine Sache, aber er begriff, daß er diesmal nicht darum herumkommen würde, denn er hatte nicht die geringste Chance, sich zu verdrücken, die Tür war zu weit weg. So machte er sich bereit, versetzte dem ersten Angreifer einen Fußtritt zwischen die Beine und schlug dem zweiten die Cidre-Flasche über den Kopf. Doch der dritte kam ihm zuvor. Ein scharfer Schmerz in der linken Seite, zwischen Rippenbogen und Becken, nahm ihm den Atem. Ihm war sofort klar, daß das kein Faustschlag war, sondern etwas anderes, vermutlich ein Messerstich. Blut sikkerte durch sein Hemd.

Die Frau schrie jetzt genauso wie neulich auf Solvalla.

»Nicht schon wieder«, dachte Kemal, bevor er das Bewußtsein verlor.

25

Kristina war allein auf der Polizeiwache, als das Telefon klingelte. Es war kurz nach zehn. Sie hatte sich bereit erklärt, Östens Dienst zu übernehmen, weil es ihm überhaupt nicht gutging. Er war vor Traurigkeit abgemagert, und zugleich war sein Gesicht aufgedunsen vom Alkohol. Es ließ sich nicht übersehen, daß man hier dringend etwas unternehmen mußte. Nur war jetzt gerade nicht der richtige Augenblick dafür.

Was Östen betraf, so fand sie ihre Theorie bestätigt. Es sind die starken Persönlichkeiten, die an Liebeskummer zugrunde gehen. Sie können sich mit dem Verlust einfach nicht abfinden. Auch die Trauer fordert den ganzen Mann, die ganze Frau. Es gibt Trauer-Fundamentalisten, und Östen war einer von ihnen. Er mußte vor die Hunde gehen, sonst war seine Liebe nichts wert.

Der Anruf aus der Kneipe kam beinahe wie gerufen. Sie nahm die beiden jungen Polizeianwärter mit, die gerade Dienst hatten, und sie trafen fast gleichzeitig mit dem Krankenwagen ein. Sie schaute zu, wie Kemal abtransportiert wurde. Er war wieder bei Bewußtsein.

Und dann geschah es. Er lag auf der Tragbahre, bleich und blutend, und sie stand ein paar Meter entfernt, verwirrt und außer Atem. Sie hatte ihn von der Schachveranstaltung her sofort wiedererkannt und wunderte sich, daß sie sich so deutlich an ihn erinnerte. Unsicher lächelte sie ihm zu, und er hob zögernd die Hand zum Gruß.

Zwei halbherzige Gesten mitten in der Nacht, zwei Menschen, die sich fremd waren und einander dennoch sofort wiedererkannten. Es war ein beunruhigendes und zugleich geborgenes Gefühl, wie damals, als sie in einem Hotel am Hafen in Visby übernachtete. Es stürmte, das Meer war die ganze Nacht in Aufruhr, die Wellen klatschten heftig gegen die Mole. Alles wirkte bedrohlich und doch vertraut, und sie krümmte sich unter der Bettdecke zusammen, um ihrem eigenen Körper noch näher zu sein.

Jetzt schien es, als hätten alle Umstehenden begriffen, was passiert war. Für einen kurzen Augenblick war es ganz still, und zu ihrer eigenen Überraschung spürte sie, wie sie rot wurde. Das kam nicht oft vor.

Zum Glück mußte sie ihre Arbeit tun. Der Krankenwagen fuhr ab, sie hatte wieder ihre normale Gesichtsfarbe und begann mit der Befragung, die jedoch zu nichts führte. Die Leute in der Kneipe berichteten wahrheitsgemäß, sie hätten nichts gesehen, bevor Kemal blutend am Boden lag. Der Mann mit dem Messer war verschwunden. Wer war er? Die Antwort lautete, wenig überraschend, er sei hier völlig unbekannt. Jetzt schwindelte jemand, aber wer? Es war nicht leicht, das auf Anhieb herauszufinden.

Es war auch nicht so wichtig. Das Opfer hatte den Angreifer bestimmt gesehen. Vielleicht kannten sie einander sogar. Das war in den meisten Fällen so. Trotzdem bat sie die Polizeianwärter, Namen und Adressen aller Anwesenden zu notieren. Und nach der Waffe zu suchen. Es war mehr als wahrscheinlich, daß der Täter sie irgendwo in der Nähe weggeworfen hatte.

Die Frau, die wider Willen den Anstoß zu den Ereignissen gegeben hatte, war voller Reue und schluchzte die ganze Zeit, sie sei an allem schuld.

»Immer sind es die Falschen, die die Schuld auf sich nehmen«, dachte Kristina und ging zu ihr hinüber.

»Wie heißen Sie?«

»Katja Olofsson.«

»Hören Sie mal zu, Katja. Sie können nichts dafür.«

»Was wissen Sie denn davon?«

»Es gehört zu meinem Job, das zu wissen. Können wir ein paar Minuten vernünftig reden?«

»Ich hab mein Leben lang vernünftig geredet!«

»Ausgezeichnet. Was also ist passiert?«

»Gar nichts. Ich bin bloß umgekippt ...und plötzlich liegt er da und blutet.«

»Wer hat das getan?«

»Hab ich nicht mitgekriegt.«

»Kennen Sie den Mann, der angegriffen wurde?«

»Nie vorher gesehen.«

»Sind Sie sicher?«

»So einen Hübschen wie der vergißt man nicht.«

»Einen Hübschen wie den, heißt es«, dachte Kristina und verfluchte sich im stillen für ihre Besserwisserei. Dann fuhr sie fort: »Und Sie erinnern sich auch nicht, wer das Messer in der Hand hatte? War es überhaupt ein Messer?«

»Nein, ich hab gar nichts mitgekriegt. Es ging so schnell. Ich wollte bloß ein bißchen flirten, und bums, stirbt einer«, sagte Katja und schluchzte wieder.

Etwas weniger Nuttenschminke und weniger Bier, und sie hätte richtig hübsch sein können. Ihr Rock war viel zu kurz für ihre runden Schenkel, und der Eindruck des Vulgären wurde durch die quengelige Stimme noch verstärkt. Auch der kokette Turban war ein Fehlgriff, er ließ sie aussehen wie ein halbfetter Kastrat. Aber ihr Blick war offen, fast unschuldig.

»Und wieso soll das Ihre Schuld sein?« fragte Kristina.

»Wenn ich irgendwo hingehe, stirbt einer!«

»Das ist ja schrecklich.«

»Ja ... gestern zum Beispiel, auf Solvalla. Da wurde ein Typ vor meinen Augen erschossen.«

Kristina stutzte.

»Was sagen Sie da? Waren Sie dort?«

Katja nickte.

»Das hab ich doch gerade gesagt. Wo ich auftauche, stirbt jemand.«

»Und Sie haben gesehen, wer geschossen hat?«

»Aber ja.«

»War es eine Frau?«

»Sah ganz so aus.«

»Wie meinen Sie das?«

»Sie sah Ihnen ähnlich. Sie könnten es beinahe gewesen sein!«

»Ich war es aber nicht«, sagte Kristina.

Bestimmt würde Svedling Katja Olofsson verhören, wenn er es nicht schon getan hatte. Er würde sie ohne größere Probleme dazu bringen, Kristina wiederzuerkennen. Weil sie sich schuldig fühlte, würde sie sich der Polizei gegenüber mehr als kooperativ zeigen. Kristina mußte sie auf ihre Seite ziehen.

»Kommen Sie, ich fahre Sie nach Hause.«

Im Auto erzählte Katja Olofsson ihre Lebensgeschichte. Sie war achtundzwanzig und stammte aus Lycksele. Sie war zweimal verheiratet gewesen, beide Ex-Männer hatten sie verprügelt, und beide saßen im Gefängnis. »Ich verliebe mich immer wieder in solche Kerle.« Jetzt wohnte sie bei ihrer Mutter, weil sie Angst vor dem Alleinleben hatte, und arbeitete als Tagungshosteß. Aber das Geld reichte nicht. Sie verschaffte sich ein Zusatzeinkommen, indem sie »großzügige Gentlemen« über das Internet kennenlernte.

»Sie gehen also auf den Strich«, sagte Kristina.

»Wer tut das nicht?« sagte Katja.

Ihre Wohnung lag in Årsta, drei Zimmer in einem Haus aus den vierziger Jahren. Die Straße war dunkel und still. Als Kristina bremste, tauchte eine alte Frau auf, die an der Hauswand entlangschlich. Kaum hatte Katja sie erblickt, sprang sie auch schon aus dem Wagen.

»Ich hab dir tausendmal gesagt, daß du nicht rausgehen sollst!« zischte sie und packte die alte Frau, die ganz verwirrt aussah, hart am Arm.

Kristina war inzwischen zu ihnen herübergekommen.

»Sie scheint Sie gar nicht zu erkennen«, sagte sie leise.

»Sie ist senil. Ihr Gehirn sieht aus wie ein Schweizer Käse.«

Katja fing schon wieder an zu weinen, überwältigt von ihrem Elend.

»Ich habe sie gebeten, nicht rauszugehen. Sie verspricht es, aber dann vergißt sie es wieder«, fügte sie zwischen den Schluchzern hinzu.

Die Alte trug ein dünnes Nachthemd, aber an den Füßen hatte sie kräftige Sportstiefel, akkurat geschnürt.

»Ist Ihnen nicht kalt, gnädige Frau?« fragte Kristina.

»Doch, sehr!« antwortete sie, folgsam wie ein Kind.

Kristina zog ihre Uniformjacke aus und legte sie ihr um die nackten, mageren Schultern.

Katja hatte sich beruhigt, und es tat ihr leid, daß sie mit ihrer kranken Mutter geschimpft hatte. Kristina hätte sie gern gefragt, ob sie immer so lebte: zuerst einen Fehler machen und ihn dann bereuen. Das kostet eine Menge Zeit.

Aber sie sagte nichts. Katjas Mutter, die sich jetzt warm und geborgen fühlte, hatte einen ihrer hellen Momente, erkannte ihre Tochter und schämte sich gewaltig für die Unannehmlichkeiten, die sie verursacht hatte.

»Entschuldige, entschuldige!« murmelte sie und strebte ins Haus.

»Verzeih mir, liebe Mama!« sagte Katja und brach wieder in Tränen aus.

Kristina mußte unwillkürlich lächeln. Die Pirouetten der Schuld- und Schamgefühle waren allzu offensichtlich. Wie lange führten die beiden wohl schon diesen Tanz auf?

»Sie könnten auf einen Kaffee mit heraufkommen«, schlug Katja vor. »Dann kann ich Ihnen auch von meinem Krebs erzählen!«

Kristina erstarrte. Der Turban. Natürlich. Chemotherapie. Das hätte sie sich denken können. Sie war beschämt.

»Es tut mir leid«, sagte sie. »Ich muß wieder zum Dienst.«

»Verstehe, macht nichts. Aber danke für Ihre Hilfe!«

In ihrer Stimme schwang Wärme mit. Sie gab Kristina die Jacke zurück.

»Kommen Sie jetzt zurecht?«

»Kein Problem.«

Katja Olofsson ging ins Haus und schloß die Tür hinter sich.

Es war schon fast Mitternacht. Kristina blieb unschlüssig stehen. Sollte sie jetzt zum Krankenhaus fahren? Oder war es besser, bis morgen früh zu warten?

»Wenn man seinem Schicksal begegnet, sollte man keine Eile haben«, hörte sie sich selbst sagen. Woher kam dieser Gedanke? Ihr Gehirn hatte die Worte selbständig zusammengefügt und zurechtgelegt, ohne ihre Mitwirkung.

Das beunruhigte sie.

Plötzlich ging im zweiten Stock ein Fenster auf.

»Grüßen Sie mir den Hübschen im Krankenhaus!« rief Katja und winkte.

26

Im Striptease-Club »Venus« am Hammarbyhafen gab es eine Reihe von Hinterzimmern, die »Personalwohnungen« genannt wurden. In Wirklichkeit waren sie für intimere Begegnungen zwischen den Club-Künstlerinnen und den Gästen vorgesehen. Sie waren alle auf die gleiche Art möbliert: Ein Kingsize-Bett gegenüber einer spiegelverkleideten Wand, ein Sessel, eine Minibar und ein Schrank, der verschlossen gehalten wurde. Darin verwahrte man die Gegenstände für eventuelle Kundenwünsche: Peitschen, Handschellen, Dildos und dergleichen. Nur der Geschäftsführer des Clubs hatte die Schlüssel zu diesen Schränken.

Drei der Räume waren dunkel, nur im vierten verbreitete eine Nachttischlampe einen schwachen, rötlichen Schein. Im Hintergrund hörte man Musik. Das unsterbliche ›When a man loves a woman‹. Auf dem Sessel lagen seine Kleider. Auf dem Bett lag er selbst. Vor dem Spiegel machte Patricia sich zurecht, um wieder an ihre Arbeit zu gehen.

»Bald sind wir wie ein altes Ehepaar«, sagte Arne Svedling. »Wir reden nur noch das Notwendigste miteinander.«

Patricia schüttelte ihre Haare.

»Das sollten andere besser auch so machen«, sagte sie.

Er war ihr Kunde, einer von der treuen Sorte. Seit einem guten Jahr war er mindestens zweimal im Monat bei ihr gewesen. Gospodin hatte sie gewarnt, als er noch lebte: »Paß auf, daß er sich nicht in dich verliebt, und vor allem – verliebe dich nicht in ihn!«

Jetzt war Gospodin tot. Sie hatte in der Zeitung gelesen, daß Arne Svedling in dem Mordfall ermittelte. Sie hätte gern mehr gewußt, wagte jedoch nicht zu fragen, weil sie kein Mißtrauen in ihm wecken wollte. Aber es gab ja immer noch andere Wege.

»Ich hab in der Zeitung was über dich gelesen«, sagte sie. »Du bist ja richtig prominent.«

Er wußte, daß sie ihm schmeicheln wollte, lächelte aber trotzdem zufrieden.

»Ein alter Mann tut, was er kann. Du kanntest Gospodin, oder?«

Damit hatte sie nicht gerechnet. Sie öffnete den Mund, um etwas zu sagen.

Svedling kam ihr zuvor. »Sag nichts. Du mußt jetzt nichts erklären. Aber ich weiß, daß er Anteile am Club besaß.«

»Ich habe nie mit ihm geschlafen!« sagte Patricia energisch.

Das stimmte.

»Ich glaube dir. Aber es spielt keine Rolle. Allerdings ...«

Er zögerte sekundenlang. Dann fuhr er fort:

»Allerdings könnte es mir, oder vielmehr den Ermittlungen, vielleicht etwas nützen ... es wäre leichter für mich, den Mörder zu finden, wenn du mir alles erzählen würdest, was du über ihn weißt.«

Patricia setzte sich auf den Bettrand. Er küßte sie leicht auf den Mund.

»Ich weiß nicht viel über ihn.«

»Kann sein. Aber ihr habt doch manchmal geredet ... oder andere haben über ihn geredet. Irgendwas hast du bestimmt gehört. Hatte er zum Beispiel eine feste Beziehung?«

»So wie wir, meinst du?«

»Ungefähr.«

Patricia dachte nach, oder sie tat jedenfalls so.

»Eins der Mädchen hat ihn im Sommer mit einer Frau im Café gesehen. Sie soll Polizistin sein.«

»In welchem Café?«

»Es liegt auf der Insel, wo die Leute nackt baden.«

»Das tun sie auf Långholmen.«

»Ja, stimmt. Långholmen, hat sie gesagt.«

»Und was haben die beiden gemacht?«

»Nichts.«

»Aber du weißt nicht, wer sie ist?«

Patricia zögerte.

»Doch ... sie war vor kurzem im Fernsehen ... und das Mädchen, das sie mit Gospodin gesehen hat, hat sie wiedererkannt.«

»Ist sie das?«

Patricia studierte das Foto mit kühlem Expertenblick.

»Das ist sie.«

Er wußte, wie lächerlich seine nächste Frage war, aber er konnte es nicht lassen, sie zu stellen. Er zeigte auf den Penis.

»Und dieses Ding da? Könnte das Gospodin gehören?«

Patricia lachte.

»Wenn du mich fragst, könnte es auch deiner sein. Er ist genauso groß wie deiner.«

Das war eine angenehme Überraschung.

»Ist meiner denn groß?« fragte er, weil er es noch einmal von ihr hören wollte.

Patricia zog ihre Strümpfe an.

»Ihr Männer seid so kindisch. Aber es gibt jemanden, der vielleicht weiß, ob der da zu Gospodin gehört.«

Svedling zuckte zusammen.

»Wie denn das?«

»In der Nacht, bevor er erschossen wurde, war er mit einem Typen hier ... den ich ein bißchen kenne. Er hatte gerade das Bild an Gospodin verkauft.«

»Verkauft?«

»Das sagte er jedenfalls.«

»Das ist aber merkwürdig. Gospodin kaufte normalerweise nichts, der nahm sich die Sachen einfach.«

»Diesmal nicht.«

»Wie heißt der Mann?«

»Was krieg ich, wenn ich es sage?« fragte sie und kam zurück zum Bett.

»Wie heißt er?«

Sie merkte, daß er es ernst meinte.

»Antonio.«

»Nachname?«

»In unseren Kreisen haben die Leute keine Nachnamen. Weißt du, wie ich mit Nachnamen heiße?«

Er mußte ihr recht geben.

»Du hast wohl keine Ahnung, wo ich ihn finden kann?«

»Er sagte, er hätte ein kleines Schuhgeschäft am Ring. Aber das kann auch gelogen sein.«

Svedling mußte sich damit abfinden, daß sie nicht mehr wußte.

»Jetzt kannst du haben, was du willst!« sagte er und zog sie an sich, aber sie hatte kein Interesse mehr. Es machte ihm nichts aus, er war müde und wollte nach Hause.

Er ließ zwei Tausendkronenscheine auf dem Nachttisch liegen. Als er aus dem Haus trat, war er erstaunt, wie still es hier war. Die Straße war leer, man hörte vom Hammarbykanal her das Glucksen des Wassers, das friedliche Knarren der Boote, das Flattern einer Fahne im Wind.

Irgendwo da draußen gab es einen Antonio, den er finden mußte.

27

Assine schlug das Buch zu, in dem sie gelesen hatte. Kemal hatte ungefähr zwei Stunden wegbleiben wollen. Kurz nach zehn war er gegangen. Jetzt war es schon nach ein Uhr, und er war immer noch fort. Wenn nur nichts passiert war. Er rief sonst immer an, wenn er sich verspätete.

Sie knipste die Nachttischlampe aus und lag im Halbdunkel da. Der gelbe Schein der Leuchten im Hinterhof drang durch die Jalousien ins Zimmer. Hin und wieder war ein Auto zu hören. Sonst war es still. Sie liebte die Stille.

Wo steckte er nur? Ob er eine Freundin hatte? Vermutlich. Seit ihrer gemeinsamen Kindheit hatte er immer Freundinnen gehabt.

Nach langem Zögern und mit einiger Mühe wählte sie die Nummer seines Mobiltelefons. Keine Antwort. Das beruhigte sie ein wenig, denn es deutete darauf hin, daß er mit einem Mädchen zusammen war. Nur dann schaltete er sein Telefon aus, sonst niemals.

Es tat gut, im Bett zu liegen und an die Kindheit zu denken, die so kurz gewesen war. Dennoch waren da so viele Erinnerungen. Zum Beispiel daran, wie sie einmal zu zweit auf Großmutters Esel von zu Hause ausgerissen waren. Sie konnten ihn nicht lenken, und der Esel lief wieder zurück. »Zwei Esel auf einem dritten«, sagte die Großmutter und fütterte sie mit Kuchen. Oder wie Kemal seine Schwester, um sie vor den Schlägen des Vaters zu schützen, in einer Tonne versteckte, in der gesalzener Fisch aufbewahrt worden war. Der Geruch blieb so lange an ihr haften, daß die Kinder in der Schule sie »Sardine« tauften.

Assine vergötterte ihren großen Bruder und wünschte sich nichts sehnlicher, als ihn glücklich zu sehen, mit einer Frau und vielen Kindern. Statt dessen fiel sie ihm zur Last, und nur der Tod oder eine erfolgreiche Operation konnten ihn von ihr befreien. Manchmal wünschte sie sich, tot zu sein. Kemal würde eine Zeitlang trauern, und dann würde er sein Leben weiterführen. Aber jetzt waren sie gezwungen, miteinander zu leben, wie ein Buckliger und sein Buckel.

Sie konnte nicht einschlafen, es war warm im Zimmer, sie tupfte sich den Schweiß vom Hals. Sie hätte frische Luft gebraucht. Aber Kemal war nicht zur Stelle, um das Fenster zu öffnen.

Bevor er gegangen war, hatte er ihr ins Bett geholfen und den Fernseher zurechtgerückt, so daß sie die Nachrichten sehen konnte, die sie sich nie entgehen ließ. Auch wenn er nicht verstand, was sie daran so sehr interessierte. Fünf Minuten später hatte sie von dem Mord an Karpin erfahren.

Wer mochte das getan haben? Und weshalb?

Sie war bestürzt darüber, daß man ihn ermordet hatte, denn Mord ist die äußerste Form der Erniedrigung. Sein Tod als solcher aber berührte sie nicht, löste weder Freude noch Trauer in ihr aus, als hätte die Lähmung ihres Körpers sich auf ihre Seele übertragen.

Dabei war er die Ursache ihres Unglücks und zugleich die Quelle des kurzen Glücks, das ihr vergönnt gewesen war.

Ihr war heiß, sie hatte Durst und trank ein wenig Wasser. Ihr Körper war ein Gefängnis und ihr Herz ein Grab, in dem schon ein Gedränge von Toten herrschte. Für weitere war kein Platz.

Warum nicht die Nachttischlampe wieder anknipsen und weiter in Karin Boyes Gedichten lesen? Aber sie konnte sich nicht konzentrieren. Nach wenigen Zeilen löschte sie das Licht und wartete im Dunkeln darauf, daß ihr Bruder die Tür aufschloß.

Doch er kam nicht. Schließlich fiel sie in einen Dämmerzustand zwischen Schlafen und Wachen, der von zusammenhanglosen Erinnerungen, Visionen und Albträumen erfüllt war. Das Dorf an den Hängen des Ararat-Gebirges, türkische Soldaten, die Häuser und Höfe in Brand steckten, dann tauchte plötzlich Karpin auf, ganz nackt, und schaute lachend auf das Ganze, während er sein blutiges Glied mit einem weißen Handtuch abtrocknete. Es war ihr Blut. Sie hörte eine Stimme, die nach ihr rief. Das war Kemal. Sie wollte ihm entgegenlaufen, konnte aber nicht. Alles stand in Flammen. Und mitten darin lag sie, unbeweglich wie ein Skorpion unter einem Stein. Seit ihrer frühesten Kindheit hatte sie panische Angst vor Feuer. Man hatte ihr erzählt, was Napalmbomben den Menschen antun, sie hatte im Fernsehen brennende Kinder gesehen, und in ihrem Heimatdorf hatte sie miterlebt, wie ein Mädchen sich selbst anzündete, als offenbar wurde, daß sie ein Kind von einem verheirateten Mann erwartete. Noch immer hatte sie den Geruch von brennendem Fleisch in der Nase. Den Geruch auswegloser Ohnmacht.

Assine erwachte mit einem Ruck. Ihr Herz klopfte wild. Schweiß rann ihr über das Gesicht und vermischte sich mit Tränen. Ans Einschlafen war nicht mehr zu denken. Sie trank noch etwas Wasser und zog den Laptop zu sich heran, der auf ihrem Nachttisch stand. Sie schaltete ihn ein und öffnete das Schachprogramm »Sigma Chess«, um noch einmal ihre Eröffnung gegen Karpin nachzuspielen. Der Computer spielte Karpins Züge, einen nach dem anderen. Nur zum Schluß, als sie den Turm opferte, gab es eine Abweichung. Das Schachprogramm stand vor derselben Wahl wie Karpin: Entweder Remis akzeptieren und den Ärger hinunterschlukken, daß man dem Opfer-Angebot nichts entgegenzusetzen hatte. Oder das Opfer annehmen und damit zugleich die Niederlage. Der Computer brauchte nur wenige Sekunden, um seine Entscheidung zu treffen. Er wählte das Remis, was Karpin nicht fertiggebracht hatte, weil sein Siegeswille stärker gewesen war als die Einsicht, daß er nur noch verlieren konnte.

»Das ist das Schicksal des Menschen. Zu wollen, was er nicht vermag«, dachte Assine melancholisch. Nun konnte ihr erster und einziger Liebhaber nie mehr gedemütigt werden. Der Tod würde ihn vor dem Leben beschützen.

Als sie das Programm schloß, wurde ihr die traurige Erkenntnis zuteil, daß Lebensklugheit nicht mit Intelligenz gekoppelt ist, sondern mit etwas anderem. Vielleicht mit der Liebe, oder vielmehr mit ihrem Verlust.

Draußen wurde es langsam hell. Das beruhigte sie ein wenig. Bestimmt war Kemal bei einer Freundin und hatte ganz einfach verschlafen.

Als Charles morgens hereinkam, fand er sie in tiefem Schlaf.

28

Eva Strömhed nahm ihre Brille ab und massierte sich in rhythmischen Kreisbewegungen die Schläfen. Nach vierundzwanzig Stunden Dienst in der Notaufnahme war sie erschöpft.

»Es ist nichts Schlimmes«, sagte sie.

»Er hatte Glück, daß du gestern hier warst«, sagte Kristina.

Eva Strömhed war eine überaus fähige Chirurgin. Sie kannten sich von früher. Eine Zeitlang hatte Kristina gedacht, sie könnten richtige Freundinnen werden, aber dann war das Leben anders gelaufen.

Eva war nach einem mehrjährigen USA-Aufenthalt nach Schweden zurückgekehrt. In Amerika hatte sie geheiratet und als Fachärztin für plastische Chirurgie Karriere gemacht. Aber ihre Ehe war zerbrochen, und ihr Beruf war immer grotesker geworden. Statt verletzten Menschen zu helfen, mußte sie ihre Kraft an Leute verschwenden, die aus irgendeinem Grund ihr Aussehen zu verbessern wünschten.

Wenn man von den Details absah, konnte man feststellen, daß ihr Lebenslauf dem von Kristina ähnelte. Beide waren sie jung, begabt, erfolgreich, geschieden und kinderlos. Sie verstanden und schätzten einander. Sie hätten, wie gesagt, enge Freundinnen sein können.

»War es ein Messer?« fragte Kristina.

»Ich glaube nicht. Es ist eher eine Stichwunde als ein Schnitt. Ich würde auf einen Schraubenzieher tippen.«

»Muß er lange in der Klinik bleiben?«

»Nein. Wahrscheinlich kann ich ihn in zwei Tagen entlassen.«

Kristina mochte ihre ruhige, sachliche Stimme.

Schweigend gingen sie nebeneinander über den langen

Korridor. Junge Hilfspfleger überholten sie in voller Fahrt auf Tretrollern.

Kemal schlief, als sie in sein Zimmer kamen. Er war bleich, über Nacht waren ihm Bartstoppeln gewachsen. Sein Mund stand halb offen.

»Nur kleine Kinder lassen es zu, daß man ihnen beim Schlafen zuschaut«, sagte Eva. »Aber er sieht jetzt auch aus wie ein kleines Kind.«

Er trug das Krankenhausnachthemd, an dessen Anblick Kristina sich nie gewöhnen konnte. Auch ihren Vater hatte sie schon darin gesehen. Irgendwie verwandelte es Menschen in Pakete.

Sie drehte sich zu Eva um. Sollten sie ihn aufwecken?

»Es sind die Schmerztabletten«, erklärte Eva leise. »Ich möchte ihn nicht wecken.«

»Gut. Trinken wir einen Kaffee. Später schauen wir noch einmal herein.«

Sie gingen in ein Café außerhalb des Krankenhausgeländes, weil Eva etwas frische Luft und richtigen Kaffee wollte. Der Besitzer kannte sie.

»Einen doppelten Espresso, Doktor?« rief er eilfertig, sobald er sie erblickte. Dann sah er Kristina, und ein breites Lächeln erhellte sein dunkles Gesicht.

»Zwei doppelte heute, Yassar. Meine Freundin trinkt auch einen.«

Er maß Kristina mit Blicken, als wollte er herausfinden, ob sie seinen Espresso auch wert war.

Sie setzten sich an einen Ecktisch. Der Dezembermorgen war nicht gerade eine Wohltat für die Seele. Eher eine Bußübung. Schwer lastete der Himmel auf den Hochhäusern gegenüber der Klinik. Die Menschen gingen mit hochgezogenen Schultern vorbei.

»Ich find's riesig nett, dich zu sehen«, sagte Kristina. »Du siehst gut aus.«

»Hab mich nie besser gefühlt!«

»Na so was! Wie heißt er?«

Yassar kam mit dem Kaffee. Kristina lächelte ihn an. Er sah nicht schlecht aus. Türke oder Araber? Die gleiche kräftige Kinnpartie wie Mikal, der gleiche breite Brustkorb, dessen Behaarung genau dort aufhörte, wo der kurze Hals anfing.

»Mein Gott! Du verschlingst ihn ja mit den Augen!« Eva tat empört.

»Bekenne mich schuldig. Ich war seit Ewigkeiten nicht mehr mit einem Mann zusammen.«

»Das merkt man.«

»Merkt man das? Na ja, in dieser Hinsicht hast du es besser. Wie heißt er?«

»Muß es denn ein Er sein?«

»Ist es kein Er?«

»Nein, es ist eine Sie.«

»Du machst Witze.«

»Nein. Bist du jetzt schockiert?«

»Keineswegs. Ich dachte nur, daß man so was viel früher im Leben weiß.«

»Manchmal muß man erst die Ehe mit einem Mann durchmachen, um zu begreifen, daß man eigentlich lieber eine Frau möchte.«

»Ich sehe, du gibst der Ehe eine ganz neue Dimension.«

In ihrer Stimme war keine Ironie. Es hörte sich aber so an, und Evas Lächeln gefror. Kristina war nicht überrascht. Das hier war ein Beispiel für das sogenannte Cyrano-de-Bergerac-Syndrom. Wenn man eine große Nase hat, glaubt man, daß alle darüber reden. Deshalb können unsichere Menschen nur mit anderen unsicheren Menschen zusammensein. Nur war jetzt nicht der richtige Augenblick, um sich in das Thema zu vertiefen. Sie wollte Eva sagen, daß es ihr völlig egal war, mit wem sie ins Bett ging. Sie mochte sie, und basta.

Aber wenn man das sagen muß, ist es fast schon wie ein Schuldbekenntnis.

Ihr Schweigen zeigte Eva, daß sie etwas falsch interpretiert hatte.

»Man wird so empfindlich. Man weiß doch, daß man nichts falsch macht. Wir sind zwei erwachsene, gebildete Frauen, die sich füreinander entschieden haben. Und trotzdem steht man dauernd unter Erklärungszwang.«

»Mir brauchst du nichts zu erklären.«

Eva sah sie an.

»Das Schlimmste ist, daß ich mir die ganze Zeit selbst etwas erklären muß.«

Yassars Kaffee war wirklich außergewöhnlich gut.

»Er ist scharf auf dich«, sagte Eva.

Kristina war geschmeichelt, aber nicht überzeugt.

»Jedenfalls hat er mich angeguckt, als wollte er mich ausziehen«, sagte sie.

Eva lachte kurz auf.

»Merkwürdiger wäre wohl, wenn er dich anziehen wollte«, sagte sie.

Nachdem sie gezahlt hatte, gingen sie zum Krankenhaus zurück.

Diesmal war Kemal wach und schaute sie mit klaren Augen an. Wie Kristinas Anblick auf ihn wirkte, behielt er für sich. In seinem Gesicht veränderte sich nichts.

»Guten Morgen, Kemal«, begrüßte ihn Eva.

»Guten Morgen, Doktor.«

»Ich habe hier eine Freundin mitgebracht. Sie ist von der Polizei und möchte Ihnen ein paar Fragen stellen. Sind Sie einverstanden?«

»Kristina Vendel, Kriminalkommissarin.«

Kristina bemühte sich um einen formellen Ton.

Kemal lächelte sie an.

»Fragen stellen kann man immer.«

»Also, ich verlasse euch jetzt, ich hab zu tun.«

Sie waren allein.

»Zuerst muß ich Sie nach Namen und Adresse fragen.«

»Kemal Fahed, Rosenhill, Huddinge.«

»Personennummer?«

Er gab sie ihr.

Woher kam die Vertrautheit, die sie trotz der förmlichen Fragen und Antworten empfand? Es war wie bei einem heimlichen Liebespaar, das sich auf einer öffentlichen Veranstaltung trifft und Artigkeiten austauscht.

»Was also ist passiert?«

Kemal zuckte die Achseln.

»Ein Mißverständnis. Die Frau war betrunken, sie ist umgekippt, und ihre Freunde dachten, ich sei schuld. Da sind sie auf mich losgegangen.«

»Sie kannten sie nicht?«

»Nie gesehen.«

»Sind Sie sicher?«

»Ja.«

»Auch nicht die Frau?«

»Nein.«

»Sie scheinen die Sache nicht besonders wichtig zu nehmen.«

»Da ist nichts, was man wichtig nehmen müßte.«

»Es war grobe Körperverletzung!«

»Es war ein Mißverständnis. Ich finde, wir sollten es vergessen.«

Er wollte offenbar nichts mit der Polizei zu tun haben. Das war nichts Ungewöhnliches, vor allem bei Einwanderern.

»Ich hoffe, Sie haben nicht vor, selber Rache zu nehmen«, sagte sie.

Er mußte lachen, und seine Wunde begann zu schmerzen.

»Übrigens habe ich Sie schon einmal gesehen, Herr Fahed!«

Sie wählte absichtlich diese Anrede. Sie wollte zeigen, daß sie bereit war, ihn zu respektieren.

»Ich weiß, Kommissarin. Ich habe Sie bei der Schachveranstaltung auch gesehen.«

Seine Stimme war warm, aber ein wenig distanziert.

»Wer war die Frau im Rollstuhl?«

Kemal ließ sich Zeit mit der Antwort.

»Ich möchte Sie um einen Gefallen bitten, Kommissarin. Darf ich?« sagte er nach einer Weile.

»Fragen darf man immer«, antwortete sie, um ihm klarzumachen, daß man nicht ungestraft Banalitäten äußert.

»Würden Sie ...«

»Wir können du sagen. In Schweden duzt man sich.«

»Würdest du zu meiner Schwester fahren und ihr erzählen, was passiert ist, und sagen, daß es mir gutgeht? Ich möchte sie nicht anrufen, denn dann macht sie sich schreckliche Sorgen, und das könnte ich im Moment nicht ertragen.«

»Deine Schwester? Ist das die Frau im Rollstuhl?«

»Ja.«

Sie war erleichtert.

»Mach ich.«

Sie wollte ihn gern berühren. Und er sehnte sich danach, daß sie es tat.

Aber sie mußten sich mit einem Händedruck begnügen. Er sagte ihr noch einmal die Adresse, die auch seine eigene war.

An der Tür drehte sie sich um.

»Übrigens, ich soll dich von der Frau grüßen, die gestern umgekippt ist.«

Auch Kemal hätte einen Gruß überbringen sollen – von ihrem heimlichen Liebhaber, den er getötet hatte. Aber er sagte nichts.

29

Als Kristina klingelte, hörte sie eine Männerstimme in der Wohnung rufen:

»Hast du den Schlüssel verloren?«

Charles öffnete die Tür.

»Entschuldigen Sie, ich dachte, es wäre jemand anders.«

»Das macht nichts. Manchmal wünsche ich mir, jemand anders zu sein«, antwortete sie mit einem Übermut, den sie sich selbst nicht erklären konnte.

»Wer ist da, Charles?« rief Assine.

»Jemand, der gern jemand anders wäre«, rief Charles zurück.

»Kommissarin Kristina Vendel von der Huddinger Polizei«, rief sie laut in die Richtung, aus der Assines Stimme kam. Charles führte sie in ein ziemlich großes Wohnzimmer, das zum Wäldchen hinausging. Assine saß im Rollstuhl mit einem Buch auf den Knien. Die Leselampe brannte. Sie legte das Buch auf den Tisch, ohne es zuzuschlagen, so als hätte sie es eilig, zu ihrer Lektüre zurückzukehren.

»Ich hoffe, Sie bringen keine allzu schlechten Nachrichten«, sagte sie. Sie rechnete fest damit, daß es sich um ihren Bruder handelte.

Kristina ging zu ihr, und sie reichten einander die Hand. Wider Willen mußte sie Assines Beherrschung bewundern.

»Es könnte schlimmer sein. Ihr Bruder liegt im Krankenhaus, aber es ist nichts Ernstes.«

»Wenn es nichts Ernstes ist, warum ruft er dann nicht an?« fragte Assine leise.

»Er glaubt, Sie würden sich zu große Sorgen machen. Deshalb bin ich hier.«

»Wann kann ich ihn besuchen?«

»Jederzeit.«

»Aber was hat die Polizei damit zu tun?«

»Das kann er Ihnen erklären. Es ist, wie gesagt, nichts Ernstes. Nur ein Mißverständnis.«

Fange ich schon an, ihn zu zitieren? dachte sie.

Charles rief aus der Küche:

»Ich mache mir einen Tee. Möchte noch jemand einen?«

Assine schaute Kristina an. Die schüttelte dankend den Kopf.

»Nein. Du darfst mir aber ein Taxi rufen, wenn du fertig bist.«

»Ich könnte Sie fahren, aber mein Auto ist zu klein.«

»Wir haben Ihnen schon zuviel Mühe gemacht, Kommissarin.«

In ihrer Stimme schwang aufrichtige Dankbarkeit mit, aber auch der Wunsch, in Ruhe gelassen zu werden. Kristina hatte eigentlich keinen Grund, sich länger hier aufzuhalten, und trotzdem wollte sie noch nicht gehen. Der Raum wirkte ziemlich dunkel, aber eine Längswand war vollständig von einem Bücherregal bedeckt. Das fand sie sympathisch. An der gegenüberliegenden Wand hing nur eine alte Fotografie.

Assine registrierte ihren Blick.

»Unsere Eltern, als sie heirateten.«

»Ich frage mich immer, warum alte Fotos so viel schöner sind als neue«, sagte Kristina.

»Weil die Menschen auf den alten Fotos schon tot sind.«

Die Anwort gefiel Kristina. Sie lächelte Assine zu.

Es war angenehm und erholsam, mit Kemals Schwester zusammen in seiner Wohnung zu sein. Sie hatte sich gefragt, warum er ein so vertrauliches Ansinnen an sie gestellt und sie hier hergeschickt hatte. Jetzt war es ihr klar. Er wollte sie in sein Leben einladen.

Aber vorläufig befand sie sich mitten in ihrem eigenen Leben, und daran wurde sie plötzlich erinnert, als ihr Mobiltelefon klingelte. Auf dem Display war Marias Nummer zu sehen.

»Entschuldigung, ich muß den Anruf annehmen.«

Assine nickte verständnisvoll.

Kristina hörte sich an, was Maria zu sagen hatte.

»Wir treffen uns dort in einer Viertelstunde«, sagte sie und schaltete das Telefon aus.

Dann wandte sie sich an Assine.

»Machen Sie sich keine Sorgen. Ihm fehlt nichts.«

Dann verließ sie die Wohnung. Schon jetzt war sie sicher, daß sie wiederkommen würde.

30

Die Ortschaft Örby liegt etwa zehn Kilometer vom Zentrum Stockholms entfernt. Trotz der Nähe zur Stadt ist sie nie ein Vorort geworden, sondern hat sich den Charakter eines selbständigen Dorfes bewahrt. Die Häuser sind überwiegend alt, die Leute kennen einander, die wenigen Ausländer haben sich assimiliert. Nach Örby kommt man nur, wenn man dort wohnt oder einen der Anwohner kennt. Es liegt abseits der großen Autostraßen, die aus Stockholm herausführen. Kristina zum Beispiel hatte seit Jahren vor, das Schloß von Örby zu besichtigen, aber es war nie etwas daraus geworden.

Sie fand ohne Mühe zum Treffpunkt an der Straße nach Västermo, wo Maria schon auf sie wartete. Sie parkte vor einem kleinen, ockerfarbenen Haus mit blau gerahmten Fenstern, in die jemand lauter kleine Töpfe mit verschiedenfarbigen Pelargonien gestellt hatte. Der Garten, nicht größer als fünfhundert Quadratmeter, war liebevoll gepflegt. Zwei Apfelbäume standen darin und eine japanische Kirsche, norwegische Spiräen und ein Rhododendron.

In diesem Haus wohnte Greta Larsson.

Sie trug eine Schürze, als sie die Tür öffnete. Sie hatte kurzgeschnittenes, graumeliertes Haar und war völlig ungeschminkt. Ihre Augen wirkten ein wenig müde, wie bei Leuten, die viel lesen. Das war Greta Larssons Beruf. Sie leitete die Bibliothek von Örby, die ein Freundeskreis vor der Schließung gerettet hatte. Um den Mund herum hatte sie ein Netz feiner Lachfältchen.

»Eine Träumerin mit Humor«, dachte Kristina.

Das war eine ungewöhnliche Kombination.

»Entschuldigen Sie die Unordnung«, sagte Greta. »Heute ist mein fünfzigster Geburtstag.«

Sie traten in die Diele.

»Es ist noch so viel zu tun, und ich habe gerade erst angefangen.«

Sie führte sie ins Wohnzimmer, das sehr gemütlich wirkte. Überall Bücher, ein altes Sofa, ein Lesesessel mit deutlichen Gebrauchsspuren.

»Möchten Sie eine Tasse Kaffee, oder etwas anderes?«

»Nein, vielen Dank«, sagte Maria. »Wir haben vorhin telefoniert. Und das hier ist meine Chefin.«

»Kristina Vendel«, sagte Greta Larsson, »ich weiß. Sie sollen die einzige Philosophin sein, die Polizistin geworden ist. Ich hab mal was über Sie gelesen.«

Kristina fühlte sich geschmeichelt, aber sie wollte das Ganze ein wenig herunterspielen.

»Ich wäre lieber die einzige Polizistin, die zur Philosophin wurde«, sagte sie. »Das wäre viel origineller.«

Sie und Maria setzten sich auf das Sofa. Greta Larsson rückte einen Rohrstuhl heran und nahm darauf Platz. Aus irgendeinem Grund erschien es ihr unpassend, im Sessel zu sitzen.

»Nun, Greta«, begann Maria, »wollen Sie uns alles von Anfang an erzählen?«

»Es ist besser, wenn ich am Schluß anfange, sonst führt es viel zu weit.«

Sie wußte offenbar, wovon sie redete.

»Gibt es einen Herrn Larsson?«

»Nein, und es gab auch nie einen.«

»Verstehe.«

»Es ist vielleicht doch besser, von vorne anzufangen«, sagte Greta Larsson. »Am letzten Sonntag vormittag ist meine Tochter Gabriella in die Stadt gefahren, um sich mit jemandem zu treffen.«

»Wissen Sie, wohin sie gefahren ist und wen sie treffen wollte?« fragte Maria.

»Nein.«

»Sie haben sie nicht gefragt?«

»Nein. Es klingt komisch, aber ich habe micht nicht getraut. Gabriella ist einundzwanzig Jahre alt. Sobald ich ihr irgendeine Frage stelle, dreht sie durch, schreit und krakeelt und wirft mir Schimpfworte an den Kopf.«

»Was zum Beispiel?«

»Brr, das mag man kaum wiederholen. Querfotze! Sie meint, ich hasse die Männer so sehr, daß mein Geschlecht quer liegt. Aber ich bin keine Männerhasserin. Ich verachte sie, aber ich hasse sie nicht.«

»Bei ihr ist es offenbar umgekehrt«, sagte Kristina.

»Ja. Seit ihrem zwölften Lebensjahr ist sie mit allen möglichen Männern ausgegangen, von Schulkameraden bis zu verheirateten Kerlen. Sie kann keinem Mann einen Korb geben. Und auch ihr gibt keiner einen Korb.«

»Haben Sie ein Bild von ihr?«

»Nein. Sie verabscheut es, fotografiert zu werden. Die einzigen Bilder, die ich besitze, stammen aus ihrer Kindheit.«

»Arbeitet sie irgend etwas?«

»Ja und nein. Sie studiert.«

»Und was?«

»Das ist das Merkwürdigste. Sie studiert Astrophysik an der Technischen Hochschule. Sie ist tatsächlich sehr intelligent. Sie bekommt ein Stipendium, aber es reicht nicht. Deshalb wohnt sie noch bei mir. Manchmal verdient sie sich etwas dazu, indem sie an einer Kunstschule als Aktmodell jobbt.«

»Obwohl sie sich so ungern fotografieren läßt?«

»Ja. Meine Tochter ist eine Prinzessin der Gegensätze.«

»An welcher Kunstschule?«

»Irgendwo in Söder. Ich glaube, in der Repslagargata.«

»Gut. Also am letzten Sonntag ist sie vormittags in die Stadt gefahren. Hat sie gesagt, daß sie am selben Tag wieder nach Hause kommen würde?«

»Nein, aber sie hat nichts mitgenommen. Wenn sie irgendwo übernachtet, nimmt sie immer einen Slip mit, ihre Antibabypillen, Zahnbürste und so weiter. Aber diesmal nicht. Also muß sie vorgehabt haben, nach Hause zu kommen. Außerdem weiß sie, daß heute mein Fünfzigster ist. Sie hatte versprochen, mir zu helfen.«

Greta Larsson war jetzt nahe daran, in Tränen auszubrechen. Bis dahin hatte sie sich um einen undramatischen, fast belustigten Ton bemüht, obwohl sie sich in Wirklichkeit große Sorgen machte.

»Sie haben also nicht die geringste Ahnung, mit wem sie verabredet war?«

»Nein. Aber ein paar Tage vorher hat jemand abends für sie angerufen. Es war kein Schwede. Er sprach fehlerfreies Schwedisch, aber er hatte einen Akzent.«

Maria stieß einen hörbaren Seufzer aus.

»Wir haben also kaum Anhaltspunkte. Vielleicht taucht sie irgendwann wieder auf.«

Einen Augenblick war es still.

»Das glaube ich nicht. Ich habe so ein Gefühl, daß etwas passiert ist.«

»Dürfen wir einen Blick in ihr Zimmer werfen?« fragte Kristina.

In dem Raum herrschte pedantische Ordnung. Gabriella hatte ihre Welt im Griff. Nur nicht sich selbst.

Die Teddybären aus ihrer Kinderzeit hatten ein Regalbrett für sich. Alle Kleidungsstücke hingen ordentlich auf Bügeln oder lagen in Schubladen. Ganz unten im Schrank standen die Schuhe, die Spitzen zeigten alle in dieselbe Richtung. Die Bücher im Bücherregal. Die Plattensammlung. Alles war an seinem Platz. Außer Gabriella.

»Führt sie Tagebuch?«

»Nein.«

»Kennen Sie jemanden von ihren Freunden oder Freundinnen?«

»Ja. Sie hat sich oft mit einem griechischen Mädchen getroffen, das mit ihr zusammen studiert. Irene heißt sie, den Nachnamen konnte ich mir nie merken. Sie wohnt irgendwo in Visätra, im Studentenheim.«

»Gut. Wir werden sie finden«, sagte Kristina, und es blieb offen, ob sie die Vermißte meinte oder die Freundin.

Greta Larssons Gesichtsausdruck zeigte, wie gern sie ihr geglaubt hätte.

»Sie ist alles, was ich habe«, sagte sie.

Kristina kam der Gedanke, daß Greta und ihre Tochter wie zwei Seiten einer Medaille waren. Greta verachtete die Männer und ließ niemanden an sich heran, Gabriella verachtete die Männer ebenfalls und machte deshalb für jeden die Beine breit.

»Es ist alles meine Schuld!« fügte Greta Larsson betrübt hinzu.

Maria packte sie an den Schultern.

»Nein. Das dürfen Sie nicht sagen.«

Zum zweiten Mal innerhalb kurzer Zeit hörte Kristina nun, wie eine Frau die Verantwortung für etwas übernahm, an dem sie keine Schuld trug. Zuerst Katja Olofsson, die glaubte, sie sei verantwortlich dafür, daß man Kemal angegriffen hatte. Und jetzt Greta Larsson.

»Warum sind Frauen so schnell bereit, die Verantwortung auf sich zu nehmen? Warum machen wir uns dauernd Selbstvorwürfe? Weil wir so machtlos sind. Sich selbst zu beschuldigen ist eine pervertierte Form der Macht, die einzige, die den Machtlosen bleibt. Statt unbeteiligter Betrachter zu bleiben oder sich als Opfer der Umstände zu fühlen, macht man sich zum Mittäter.«

Das waren Kristinas Gedanken, aber sie sagte nur:

»Wir werden tun, was wir können!«

Draußen auf der Straße fragte Maria:

»Was glaubst du?«

»Bis jetzt noch gar nichts. Aber ein Mädchen wird vermißt, und ein Mädchen ist gefunden worden. Wenn es sich um dasselbe Mädchen handelt, sind wir ein großes Stück weiter.«

»Kann man an einem verkohlten Skelett eine DNA-Analyse vornehmen?«

»Das kann man. Aber Gabriellas DNA haben wir nicht.«

»Verdammt!«

»Das heißt, wenn sie nicht hier drin ist.«

Kristina holte ein benutztes Papiertaschentuch hervor.

»Hast du das mitgenommen?«

»Ja. Es lag im Papierkorb unter Gabriellas Schreibtisch.«

»Warum hast du nichts davon gesagt?«

»Ich wollte ihre arme Mutter nicht noch mehr beunruhigen. Sie steht ja schon kurz vor dem Zusammenbruch.«

Es war jetzt fast elf. Am Himmel hatten sich Wolken aufgetürmt. Dort oben wehte ein starker Wind.

»Die alten Griechen hatten einen Gott, den sie Wolkensammler nannten«, sagte Kristina. »Ich hätte gern einen Gott, den man Wolkenvertreiber nennen könnte.«

»Ich hätte gern eine Pizza«, sagte Maria.

31

Am frühen Morgen saß Arne Svedling in seinem Büro vor dem Computer und suchte im Polizeiregister nach Männern mit dem Vornamen Antonio.

Er fand vier, die in Stockholm wohnten. Es gab noch ein paar, aber die waren über das ganze Land verstreut.

Zwei waren über Sechzig. Der dritte war tot. Der vierte konnte der Gesuchte sein.

Antonio Salieri, 1976 in Västerås geboren. Zweimal verurteilt wegen geringfügiger Körperverletzung, dreimal wegen Einbruchs und einmal wegen Vergewaltigung. Er war in verschiedenen Gefängnissen und Pflegeanstalten gewesen. Auch lag ein psychologisches Gutachten vor, das ihm ausgeprägte narzißtische Tendenzen bescheinigte. Sie bewirkten, daß er gewalttätig wurde, wenn die Wirklichkeit ihm gegen den Strich ging.

Seine letzte bekannte Adresse lautete Kocksgatan 28 in Söder. Um Viertel vor zehn war Svedling dort. Von Norden her wehte ein eisiger Wind, der sich in den Häuserschluchten der langen Straße noch verstärkte. Svedling las die Namen der Mieter auf dem Klingelschild. Ein Salieri war nicht dabei. Das hatte er auch nicht erwartet. Eins der kleinen Vierecke war leer, und er klingelte auf gut Glück. Keine Antwort. Er klingelte noch einmal. Nichts rührte sich. Er klingelte zum dritten Mal, wenn auch ohne Überzeugung. Damit lag er falsch, denn jetzt antwortete jemand.

»Wer zum Teufel ist da?« fragte eine rauhe, schlaftrunkene Stimme.

»Polizei.«

»Polizei? Verdammt, wieso Polizei? Ich hab nichts getan.«

»Machen Sie die Tür auf, zur Hölle noch mal, ich friere mich hier draußen tot.«

»Okay, okay.«

»Welches Stockwerk?«

»Parterre, über den Hof und dann links.«

Das fing nicht gut an. Svedling haßte Leute, die »okay« sagen. Zwei »okay« hintereinander waren entschieden zuviel. Außerdem wußte er nicht, was ihn erwartete, und er verfluchte sich, weil er seine Dienstpistole nicht mitgenommen hatte.

Der Hof war trist, ohne eine einzige Grünpflanze. Die einzige Dekoration waren zwei rostige Fahrräder.

»Hier wohnen wohl nicht viele Weiber«, dachte Svedling, als ein kleiner, sehr kompakter Mann ihm entgegenwinkte. Eine angenehme Überraschung: Rikard Vasslund, ein alter Bekannter.

»Long time, no see!« rief Svedling.

Vasslund fand das offenbar nicht so lustig, denn er wiederholte nur verärgert: »Ich hab nichts getan, verdammt noch mal.«

»Das werden wir sehen.«

Sie gingen in die Wohnung, die in der Tat nicht wie eine Räuberhöhle aussah. Es herrschte nicht gerade vorbildliche Ordnung, aber das meiste stand an seinem Platz.

»Sie wissen doch, daß ich schon lange sauber bin. Warum sind Sie hinter mir her?« fragte Vasslund und fing an, Apfelsinen für sein Frühstück auszupressen.

»Hätten Sie eine Tasse Kaffee für mich?« fragte Svedling.

»Nix. Mit dem Dreckszeug ist Schluß. Nur noch Vitamine.«

Wie zur Bekräftigung stopfte er zwei Bananen und drei Eier in den Mixer, schüttete einen gehäuften Löffel von irgendeinem Pulver dazu und goß ein Glas Milch hinterher.

»Wollen Sie das etwa trinken?«

Vasslund ließ das Getränk in langsamen Schlucken durch seine Kehle rinnen.

»Ich bin ein anderer Mensch geworden.«

»Ein anderer Mensch, das sehe ich, auch wenn ich nicht weiß, ob es das richtige Wort ist. Ich möchte nur wissen, ob Sie Kontakt zu einem gewissen Antonio Salieri haben, der in diesem Haus gewohnt haben soll.«

Vasslund war nicht im landläufigen Sinn kriminell, sondern eher als Raufbold bekannt. Nun aber hatte er sich offenbar entschlossen, seine Schlagkraft auf vernünftigere Art einzusetzen: Er hatte eine Karriere als Boxer begonnen. Er war schon mit ein paar mehr oder weniger prominenten Gegnern in den Ring gestiegen und hatte sie alle in der ersten Runde k. o. geschlagen.

»Was hat der kleine Schlingel denn ausgefressen?« wollte Vasslund wissen. Er war jetzt dabei, zwei riesige Steaks zu braten.

Svedling seufzte nur.

»Natürlich hab ich Kontakt zu dem Bürschchen. Ich hab ja diese Wohnung von ihm gekauft.«

»Wissen Sie, wo ich ihn finden kann?«

»Im Augenblick ... wie spät ist es? Beinahe zehn ... da ist er bestimmt in seinem Geschäft.«

»Wo ist das denn?«

»Allhelgonagata, Nähe Ring.«

»Was ist das für ein Geschäft?«

»Schuhe. Er verkauft Schuhe.«

»Noch ein anständiger Mensch«, sagte Svedling. »Aber vielen Dank. Jetzt lasse ich Sie mit Ihren Bratpfannen allein.«

»Sie sollten auch mal was Kräftiges essen. Sie sehen aus, als ob Sie es nötig hätten.«

Svedling fühlte sich tatsächlich erschöpft. Er wurde langsam alt, aber gerade jetzt war er ganz zufrieden. Er lehnte dankend ab und verließ die Wohnung. Wenn dieser Antonio wirklich der war, der das Foto an Gospodin verkauft hatte, dann war es gut möglich, daß er auch wußte, wer es aufgenommen hatte, unter welchen Umständen und zu welchem Zweck.

Die Adresse stimmte ungefähr mit derjenigen überein, die Patricia ihm gestern abend gegeben hatte. Es war ein Schuhgeschäft. So weit, so gut.

Ein Glück, daß er nicht mit dem Dienstwagen gekommen war. Ein flotter Spaziergang würde ihm guttun. Die Sitzungen mit Patricia hinterließen jedesmal einen schalen Nachgeschmack, ein klebriges Gefühl, obwohl sie ihm große Lust bereiteten. Noch nie hatte eine Frau das mit ihm gemacht, was Patricia mit ihm anstellte. Von Zeit zu Zeit gelobte er sich, nie wieder zu ihr zu gehen, aber kurz darauf war er wieder da. Je mehr er sich deshalb verachtete, desto größer wurde die Lust, die dann wiederum seinen Selbstekel verstärkte. So bewegte er sich in Kreisen, die immer größer wurden und ihn immer weiter von sich selbst entfernten.

Für Patricia empfand er keine Verachtung. Es war ihr Beruf, ihm Lust zu verschaffen, und es konnte sogar sein, daß sie ihn mochte. Immerhin war er sauber und gepflegt.

Er lachte grimmig vor sich hin. Kann man noch tiefer sinken? Daß Reinlichkeit der einzige Vorzug ist, den man als Liebhaber geltend machen kann? Es war ihm ein Rätsel, warum sein Selbstvertrauen in dem Augenblick, als seine Frau ihm untreu wurde, so einfach verschwunden war. Irgendwo in seinem Hinterkopf hatte er die dunkle Ahnung, daß man sich selbst und auch die Frauen mit anderen Augen betrachten sollte, kurz und gut, daß man sich ändern müßte. Aber wer schafft das noch, wenn er über Sechzig ist? Bei seinem Job ging es nicht darum, ein anderer Mensch zu werden, sondern darum, diejenigen zu erwischen, die unbedingt Schweine bleiben wollten.

Antonio erwartete ihn ruhig und gefaßt.

»Rikard hat angerufen«, erklärte er.

Damit hatte Svedling gerechnet.

»Ein hübsches kleines Geschäft haben Sie hier«, sagte er.

Das stimmte. Salieri verkaufte keinen Plunder, sondern

nur Schuhe exklusiver Fabrikate: Bally, Di Marco, Stefanelli und dergleichen. Und doch waren die Preise nicht abschrekkend. Das konnte nur eins bedeuten: Es handelte sich um Markenpiraterie. Aber Svedling war nicht hergekommen, um ihm deswegen Schwierigkeiten zu machen.

»Hören Sie, können wir uns irgendwo ungestört unterhalten?«

»Stört uns denn hier jemand?« fragte Antonio, aufrichtig verwundert.

In der Tat war kein einziger Kunde zu sehen.

»Das kann man nie wissen. Also, ich bin Kommissar Arne Svedling. Und wer sind Sie?«

»Das Wesen, das Gott am siebenten Tag erschaffen hat.«

»Ausgezeichnet. Hoffentlich wußte er, was er tat. Name und Adresse?«

»Antonio Salieri, Ugglegränd 1.«

»Werden Sie Antonio genannt, oder haben Sie einen Künstlernamen?«

»Manche Freunde nennen mich Tony.«

»Sehr schön. Ich bin Ihr Freund und werde Sie Tony nennen. Ich bin nicht hier, um Sie wegen irgendeiner Sache hochgehen zu lassen. Sie können also ganz frei mit mir reden, Tony.«

»Möchten Sie eine Tasse Kaffee, Kommissar?«

»Ja, gern. Ich nehme gern einen Expresso.«

»Den gibt es nicht«, sagte Antonio bestimmt.

»Sie haben da doch eine Maschine.«

»Mit der mache ich Espresso. Keinen Expresso!«

»In Italien heißt das vielleicht Espresso, aber hier spricht man schwedisch, und da heißt es Expresso.«

»Ich habe nur einen Witz gemacht. Übrigens bin ich nicht aus Italien. Ich stamme aus Västerås, obwohl mein Vater aus Spanien stammte.«

»Kriege ich jetzt meinen Kaffee, Herr Spanier?«

Ein einziges Mal vor vielen Jahren war Svedling in Spanien gewesen, und er hatte keine angenehmen Erinnerungen daran. Die Kellner wollten seine Frau flachlegen, und im Hotelzimmer tanzten die Kakerlaken Flamenco.

Als Antonio den Kaffee serviert hatte, ging Svedling zum Angriff über.

»Hören Sie mal, Kolumbus«, fing er an, um ihn zu ärgern. »Kennen Sie Mikal Gospodin?«

Antonio tat gar nicht erst so, als müßte er überlegen.

»Alle kannten Gospodin.«

»Sie wissen also, daß er tot ist.«

»Ich hab es in der Zeitung gelesen.«

»Gut. Aber Sie haben nichts mit ihm zu tun gehabt?«

»Nein, nichts Besonderes.«

»Und Sie kennen natürlich auch nicht das Bordell, das ihm gehörte, »Venus« oder so ähnlich?«

Antonio grinste.

»Ich bin ein verheirateter Mann, Kommissar!«

»Donnerwetter! Wie heißt denn die Dame?«

Jetzt wurde Antonio allmählich sauer.

»Sara können wir da wohl heraushalten.«

»Also Sara. Ja, das können wir. Wir können die liebe Sara außen vor lassen. Sie ist bestimmt ein kleiner Schatz. Und Patricia können wir auch heraushalten, wenn wir uns ein wenig Mühe geben.«

»Patricia?«

»Und das hier!«

Svedling holte das Foto hervor und knallte es auf den Tisch. Antonio warf einen Blick darauf und versuchte so zu tun, als sähe er es zum ersten Mal, aber ihm war klar, daß Svedling sich nicht mit einer Lüge zufrieden geben würde. Er faßte sich schnell.

»Okay, Gospodin hatte es von mir.«

»Warum wollte er es haben?«

»Weiß ich nicht. Es gab das Gerücht, daß er in sie verliebt war. Sie waren zusammen gesehen worden, hier und da. Vielleicht hatten sie was miteinander. Er ist jedenfalls ausgerastet, als er das Bild sah.«

»Der auf dem Foto ist also nicht Gospodin?«

»Nein.«

»Wer ist es dann? Und lügen Sie mich nicht noch einmal an, denn dann gehe ich sofort zu der lieben Sara! Was glauben Sie wohl, was die anstellt, wenn sie erfährt, daß Sie mit Huren schlafen?«

Antonio lag viel an Sara, aber noch mehr lag ihm an seiner Tochter. Sie war der einzige Mensch auf der Welt, der noch nicht herausgefunden hatte, was für ein Schuft er war. Deshalb beschloß er, Svedling so viele Informationen zu geben, daß er ihn los wurde.

»Das ist eine lange Geschichte«, begann er.

»Ich habe zwei Ohren – und das hier.«

Er holte ein Diktiergerät aus seiner Brusttasche.

»Also ... Kommissarin Vendel war auf der Jagd nach einem Organhändler ...«

»Das Kapitel kenne ich schon.«

»Drei von seinen Schlägern haben sie eines Abends geschnappt und mehrere Stunden in ihrem Haus festgehalten. Sie haben alles mögliche mit ihr angestellt. Sie haben auch die Fotos gemacht.«

Svedling sah ihn mißtrauisch an.

»Kommissarin Vendel hat aber keine Anzeige erstattet.«

»Das kann ich mir denken!«

Womit er wieder recht hatte.

»Und wie sind Sie an das Bild gekommen?«

Dieselbe Lüge hatte Antonio schon Gospodin erzählt, jetzt erzählte er sie noch einmal. Der Kerl im Knast, nein, kein Nachname, nein, er wußte nicht, ob er noch saß, ob er sich überhaupt noch in Schweden aufhielt. Ein Ausländer.

Svedling hörte aufmerksam zu, obwohl er gelangweilt aussah. Er glaubte nicht ein Wort von dem, was Antonio sagte, aber er ließ ihn reden. Vielleicht würde er aus Versehen etwas verraten, was der Wahrheit entsprach. Das mit dem anonymen Knastkollegen hatte er schon öfter gehört, zum Beispiel im Fernsehen und im Kino. Es war ein Bonbon, das die meisten Leute bereitwillig schluckten. Aber eigentlich interessierte es ihn ja auch gar nicht, wer was in Kristina Vendels Körperöffnungen gesteckt hatte. Er wollte wissen, wer Gospodins Mörder war. Eines stand für ihn fest: Antonio konnte es nicht gewesen sein. Er war viel zu feige.

»Sie wissen, was Ihnen passiert, wenn ich der Vendel erzähle, daß Sie mit dem Bild hausieren gehen.«

Antonio war blaß geworden, aber die Sprache hatte er nicht verloren.

»Herrgott noch mal, wenn diese Riesenlatte meine wäre, glauben Sie, ich würde das abstreiten? Nicht einmal, wenn man mich kreuzigen würde!« versuchte er zu scherzen.

Svedling lachte nicht.

»Sie lügen!«

»Ich lüge nicht!« protestierte Antonio temperamentvoll.

»Wenn ein Lügner behauptet, daß er nicht lügt, sagt er dann die Wahrheit?« gab Svedling zurück, ohne zu wissen, daß er damit eines der ältesten Paradoxa formulierte. Er fuhr fort: »Sie haben Gospodin gekannt. Sie waren sein Kumpel. Sie haben ihm das Bild von der Vendel gegeben. Und Sie haben Patricia bekommen. Vielleicht hat er dafür Sara von Ihnen gekriegt, was weiß ich, was einem Spanier so alles einfällt. Sie müssen doch eine Ahnung haben, wer hinter ihm her war! Sagen Sie mir, was Sie wissen, und ich verrate der Vendel nichts.«

»Ich weiß nichts.«

»Sie lügen!«

Antonio begriff, daß er Svedling irgendeinen Köder hinwerfen mußte. Er trocknete sich die Stirn, auf der sich kleine Schweißtropfen gebildet hatten.

»Gospodin hatte viele Feinde. Viele hatten Angst vor ihm, und viele haben ihm den Tod gewünscht. Aber es gibt nicht viele, die es gewagt hätten, sich mit ihm anzulegen. Außer den Muslimen vielleicht. Die legen sich ja mit allen an.«

»Meinen Sie das ernst?«

»Ja. Er soll sie mit einem Waffengeschäft hereingelegt haben.«

»Es gibt Milliarden Muslime auf dieser Welt. Von welchen reden Sie?«

»Ich weiß es wirklich nicht. Ich schwöre es beim Leben meiner Tochter!«

Svedling sah ihn an. Es war mehr als wahrscheinlich, daß er jetzt die Wahrheit sagte.

»Gut. Sie können mich jederzeit anrufen, wenn Sie noch etwas in Erfahrung bringen. Hier ist meine Nummer.«

»Und der Vendel erzählen Sie nichts?«

Svedling schaute aus dem Fenster.

»Ich glaube, es gibt Regen, und wenn es Dreck auf Sie herunterregnet, dann ist das nicht meine Schuld«, sagte er und ging.

32

Die Studentenheime in Visätra sind Neubauten. Sie sind in erster Linie für die Studenten der Hochschule von Södertörn vorgesehen, die ein paar Kilometer entfernt liegt. Die Polizeiwache von Huddinge befindet sich auf halber Strecke dazwischen.

Nach dem eiligen Mittagessen in der Pizzeria am Bahnhof fuhren Kristina und Maria nach Visätra. Sie hatten nur einen Vornamen, an dem sie sich orientieren konnten, aber andererseits würden nicht allzu viele Mädchen mit griechischen Nachnamen dort wohnen.

Auf dem ersten Namensschild stand kein griechischer Name, auch nicht auf dem zweiten. Auf dem dritten waren es vier.

»Die Leute bringen es tatsächlich fertig, Rudel zu bilden«, sagte Maria. Sie hatte nie in einem Studentenheim gewohnt. Anders als Kristina, die ihre erste Wohnung außerhalb des familiären Geheges im »Strix« in Solna gehabt hatte. Sie hatte die Freiheit genossen, die Tür hinter sich zu schließen, allein zu frühstücken, ohne sich die ständigen Ermahnungen ihres Vaters zu diesem und jenem anhören zu müssen. Und sie konnte ihre Kommilitonen von der philosophischen Fakultät mit nach Hause nehmen, wo sie billigen bulgarischen Rotwein tranken und die ganze Nacht philosophische Probleme diskutierten, um morgens nach einem flotten Waldspaziergang wieder in die Vorlesung zu gehen. Müdigkeit kannte man damals nicht.

Jetzt war sie schon ein wenig kurzatmig geworden, und das einzige Problem, über das sie noch diskutierte, war die Frage, wer wen wie und warum ermordet hatte.

Sie gingen einen Korridor im dritten Stock entlang. Es roch nach frischer Farbe. So still war es hier, man mochte kaum glauben, daß hinter den verschlossenen Türen Menschen wohnten.

»Da haben wir einen«, sagte Maria.

Auf dem Schild stand ›Papathanasiou‹. Sie klopften. Keine Antwort. Sie gingen weiter.

Der nächste Name lautete Papadopoulos. Sie klopften. Keine Antwort. An der dritten Tür stand ›Kallidis‹. Sie klopften.

»Wer ist da?«

Kristina hätte gern geantwortet wie Odysseus dem Zyklopen:

»Niemand.«

»Wir sind von der Polizei«, sagte Maria.

»Einen Augenblick.«

Eine junge Frau in den Zwanzigern öffnete die Tür. Sie war in ein blaues Badelaken gewickelt und trocknete langsam ihre Haare mit einem großen weißen Handtuch. Sie machte ein besorgtes Gesicht.

»Ist etwas passiert?«

»Vorläufig noch nicht. Wir suchen nur nach einem griechischen Mädchen, das Irene heißt und hier irgendwo wohnen soll.«

»Das bin ich. Irene Kallides.«

»Wir würden Ihnen gern ein paar Fragen stellen, aber ziehen Sie sich in Ruhe an. Wir können hier draußen warten.«

»Nicht nötig. Kommen Sie rein.«

Sie bewohnte ein Zimmer mit Aussicht auf den Hügel, auf dem der Wasserturm stand. Das Bett war ungemacht, ein Frühstückstablett stand auf dem Schreibtisch. Bücher und CDs füllten das einzige Regal. Es hätte irgendein beliebiges Studentenzimmer sein können, bis auf ein Detail: die große Fotografie einer Statue von Pallas Athene.

Irene hatte mit ihrem erstaunten Blick gerechnet.

»Das hängt dort, um mich daran zu erinnern, daß wir Frauen den Köpfen der Männer entsprungen sind.«

Maria verstand gar nichts, und Kristina erklärte ihr, daß der Mythologie zufolge die Göttin Athene aus dem Haupt des Göttervaters Zeus hervorgegangen sei.

»Besser als aus Adams Rippe!« sagte Maria.

Irene war klein, sehr schlank, hatte dunkles, lockiges Haar und neugierige Augen. Sie wandte ihnen einen Moment den Rücken zu und raffte ein paar Kleidungsstücke zusammen, und als sie das Badelaken fallen ließ, trug sie schon Jeans und ein weit ausgeschnittenes Oberteil, das aber nicht besonders viel enthüllte, weil es kaum etwas zu enthüllen gab.

»Wie bleibt man bloß so schlank?« dachte Kristina, die auf jede einzelne Kalorie achten mußte.

»Es handelt sich darum«, begann sie, »daß Ihre Freundin Gabriella Larsson verschwunden ist.«

Der etwas brutale Einstieg war mit Bedacht gewählt.

Irene bekam keinen Schreck, sie lachte nur.

»Das kann nicht sein. Ich hab sie am Sonntag getroffen, wir haben in der Stadt zusammen Kaffee getrunken.«

»Hatten Sie irgend etwas Besonderes vor?«

»Nein. Nur reden. Sie hatte einen neuen Typen kennengelernt, und da will man ja alles genau wissen, oder?«

»Das hört sich an, als sei es nicht das erste Mal gewesen.«

»Durchaus nicht. Gabriella lernt alle zwei Wochen jemanden kennen. Aber diesmal schien es ernst zu sein. Ich hab mir richtig Sorgen gemacht.«

»Warum?«

»Weil ich befürchtete, sie zu verlieren.«

»Waren Sie denn so etwas wie ein Paar?«

»Nein, nicht auf diese Art. Aber die Mädels verflüchtigen sich einfach immer, wenn sie sich verlieben. Ich hab dadurch schon mehrere Freundinnen verloren«, sagte Irene und fing an, sich eine Zigarette zu drehen.

Sie war sehr geschickt, ihre schlanken Finger waren den Umgang mit Tabak und Papier seit langem gewöhnt. Kristina und Maria schauten ihr fasziniert zu, vor allem, als sie mit einer blitzschnellen Bewegung ihrer Zunge die Zigarette zusammenrollte.

»Können Sie mir auch so eine machen?« fragte Kristina. Sie wollte die Zeremonie noch einmal sehen, und sie hatte auch wirklich Lust, eine zu rauchen.

»Aber gern!«

Sie zündeten ihre Zigaretten gleichzeitig an und sogen genußvoll den Rauch in die Lungen.

»Darf ich das Fenster aufmachen?« fragte Maria.

Die beiden lachten. Sie fühlten sich wie Verschwörerinnen.

Wie lange ist es her, daß ich mit einem anderen Menschen zusammen gelacht habe? dachte Kristina, während sie schon die nächste Frage stellte.

»Und was haben Sie über diesen neuen Typen erfahren?«

»Das Übliche. Sehr wenig Fakten, um so mehr Wunschvorstellungen, haufenweise Phantasien und ein paar Vermutungen.«

Kristina lachte wieder.

»Wie alt sind Sie eigentlich?« wollte sie wissen.

»Einundzwanzig.«

»Dafür haben Sie ganz schön viel Lebenserfahrung. Zuerst die Fakten. Wie heißt er?«

»Das hat sie nie erwähnt.«

»Merkwürdig. Wollte sie es nicht verraten?«

»Ich weiß es nicht.«

»Ist er Schwede?«

»Nein.«

»Was dann?«

»Weiß ich nicht.«

»Sie haben sie nicht gefragt?«

»Nein. Ich sagte doch, daß ich kurz davor war, sauer zu werden. Als sie mir ausmalte, wie wundervoll er sei, wie romantisch, und wie göttlich es sein würde, mit ihm zu schlafen, da wollte ich ums Verrecken nicht wissen, woher dieser Blödmann kommt oder wie er heißt.«

»Dann waren sie also zum ersten Mal verabredet?«

»Sie hatten sich wohl vorher schon getroffen, aber nicht auf diese Weise.«

»Wo hat sie ihn kennengelernt? Hat sie Ihnen das erzählt?«

»Ja, im Kulturhaus. Es war auf irgend so einem Lyrikfestival.«

»Ist er da aufgetreten?«

»Nein, das glaube ich nicht. Aber Gabriella ist schnell zu begeistern. Es waren anscheinend viele Leute da, sie saßen zufällig nebeneinander und haben sich unterhalten. Sie hat ihn gefragt, woher er käme, und er sagte nur, er sei ›vom hohen Berg‹. Auf so was steht sie. Bullshit!«

»Okay. Was ist dann passiert?«

»Nichts. Ich bin nach Hause gefahren, weil ich morgen eine Prüfung habe, und hab die ganze Nacht gelernt. Und sie ist losgefahren, um ihn zu treffen. Er wollte mit ihr nach Solvalla. Das hab ich behalten, weil ich es äußerst komisch fand. Was ist das für ein Mann, der das Mädchen beim ersten Rendezvous auf die Rennbahn mitnimmt?«

»Vielleicht ein Spielsüchtiger«, schlug Maria vor.

»Oder einer, der sich interessant machen will«, sagte Kristina.

Aber dann wurde sie hellhörig. Auf Solvalla war Gospodin erschossen worden, und die verschwundene Gabriella war mit ihrem geheimnisvollen Freund ausgerechnet nach Solvalla gefahren. Wenn es sich bei der verbrannten Frau um Gabriella handelte, dann war der Mann, mit dem sie zusammengewesen war, sehr viel mehr als nur interessant.

»Wie sah … wie sieht Gabriella aus?« fragte sie.

»Der Mann vom hohen Berg!« sagte Irene. »Wie kann man bloß auf einen Verrückten hereinfallen, der sagt, er sei der Mann vom hohen Berg? Aber das sieht ihr ähnlich.«

»Welcher Berg denn, zum Teufel? Hohe Berge gibt es überall«, sagte Maria.

»Nicht in Dänemark«, sagte Irene.

»Er ist also kein Däne, aber sonst kann er alles mögliche sein«, faßte Kristina ironisch zusammen. »Sagen Sie bitte, wie sieht Gabriella aus?«

Irene überlegte einen Moment.

»Soll ich sie aus der Sicht eines Mannes oder aus der Sicht einer Frau beschreiben? Sie glauben, Sie hätten mir eine einfache Frage gestellt. Aber sie ist nicht einfach. Das Aussehen ist eine geschlechtsspezifische Kategorie. Die Frau ist eine Vorstellung im Kopf des Mannes. Deshalb habe ich Athene hier bei mir. Sie war ja eine Kopfgeburt ihres Vaters, was an sich schon nichts Gutes bedeutete, weil der alte Zeus ein versoffener Weiberheld war. Ich weiß gar nicht richtig, wie Gabriella aussieht, es interessiert mich nicht. Aber ein Mann würde wahrscheinlich über ihre langen Beine reden, über ihr blondes Haar, ihre vollen Brüste …«

»Trägt sie die Haare kurz? Und könnten Sie das beantworten, ohne gleich eine Doktorarbeit zu verfassen?« fragte Kristina.

»Nein. Sie trägt einen Pferdeschwanz.«

»Okay.«

Die unbändige Hoffnung, daß Gabriella die Frau sein könnte, die auf Gospodin geschossen hatte, erlosch sofort.

»Gibt es hier ein Bild von ihr?«

»Nein. Sie haßte es, fotografiert zu werden, aber sie mochte Fotografen. Sie war auch mal mit einem zusammen … er hat sicher Bilder von ihr.«

»Wissen Sie, wie er heißt?«

»Oskar Sowieso.«

»Wissen Sie, wie wir ihn erreichen können?«

»Nein.«

Maria war auf einer anderen Fährte.

»Der Mann vom hohen Berg, das klingt irgendwie biblisch, finde ich.«

»Das fand ich auch«, sagte Irene. »Ich dachte tatsächlich an den Berg Ararat, wo Onkel Noah mit seinen Ziegen und so weiter gelandet ist. Der einzige Berg, der jemals als Hafen gedient hat. Da ist noch etwas, das darauf hindeutet, daß er Araber oder Orientale ist.«

»Was denn?«

»Daß sie Französisch miteinander gesprochen haben. Heutzutage spricht doch sonst kein Mensch mehr Französisch, nicht mal die Franzosen.«

Kristina warf ihr einen anerkennenden Blick zu.

»Sagen Sie, was sind Sie eigentlich, wenn Sie fertig studiert haben?«

»Arbeitslos.«

»Ja, und davon abgesehen?«

»Wissenschaftlerin. Ich will in der Wissenschaft arbeiten.«

»Ich finde, Sie sollten bei der Polizei anfangen.«

Irene lachte.

»Dann bringt mein Vater mich um. Er haßt Polizisten mehr als alles auf der Welt.«

»Und weshalb?«

»Weil sie ihm sämtliche Knochen im Körper gebrochen haben, als er in Griechenland im Gefängnis saß.«

Plötzlich fiel Kristina die Ähnlichkeit auf. Der wache, neugierige Blick, die Offenheit. Irene erinnerte sie an den Griechen im Café in Söder.

»Was macht Ihr Vater?« fragte sie.

»Er ist Konkursverwalter.«

Also nicht der Mann im Café.

»Ist er Jurist?«

»Nein, keineswegs. Er verwaltet seine eigenen Konkurse.«

»Das klingt spannend.«

»Fragen Sie mal meine Mutter!«

»Mein Vater hat eine Pizzeria«, sagte Maria, die sich ein wenig ausgeschlossen fühlte.

»Und Ihr Vater, was macht der?« fragte Irene.

Angesichts dieser Übermacht des Proletariats zögerte Kristina ein wenig, bevor sie widerwillig verriet, daß ihr Vater Lateinlehrer sei. Eine Antwort, über die sich die beiden anderen ausschütten wollten vor Lachen.

»So kommen wir nicht weiter«, sagte Kristina mißmutig. »Aber ich habe noch zwei Fragen. Es würde uns sehr helfen, wenn Sie die beantworten könnten.«

»Okay.«

»Hatte … Entschuldigung, hat Gabriella eine Puderdose?«

»Ja. Eine ganz kleine aus Metall.«

»Wieso wissen Sie das so genau?«

»Ich hab sie ihr geschenkt.«

»Würden Sie sie wiedererkennen?«

»Bestimmt. Obwohl es natürlich noch mehr von der Sorte gibt.«

»Hat Gabriella einen Massagestab?«

»Klar. Haben doch alle. Ich gehe ohne meinen gar nicht aus dem Haus. Macht nicht immer so viel Spaß, aber man wird wenigstens nicht schwanger davon.«

»Irene, Sie waren uns eine große Hilfe.«

Kristina stand auf. Sie gaben sich die Hand.

»Viel Glück für die Prüfung!«

»Vielen Dank«, sagte Irene. »Ich muß sie bestehen, sonst verliere ich das Stipendium.«

Draußen im Korridor machte Maria ein verärgertes Gesicht.

»Woher nehmen die nur eine derartige Selbstsicherheit? Ich bin knapp sieben Jahre älter wie sie …«

»Als sie«, berichtigte Kristina.

»... *als* sie, und es fühlt sich an, als wären wir in verschiedenen Jahrhunderten geboren. ›Ohne meinen Massagestab gehe ich nicht aus dem Haus‹ ...«

Maria imitierte Irene, und zwar richtig gut, aber Kristina konnte sich nicht darüber amüsieren, denn ihre Gedanken kreisten um die verschwundene Gabriella und ihren mysteriösen Liebhaber.

»Maria, glaubst du, daß Irene die Wahrheit sagt?«

»Ich wüßte nicht, warum sie uns anlügen sollte.«

»Nein, aber bei jungen Mädchen in dem Alter weiß man nie, was sie vorhaben. Vielleicht will sie mit allen Mitteln die Staatsgewalt behindern, oder einer Freundin aus der Klemme helfen, oder sonst etwas.«

»Wie eine Maoistin sieht sie eigentlich nicht aus«, sagte Maria, aber es klang jetzt weniger überzeugt, so als sei ihr ein neuer Gedanke gekommen.

Wenn Irene nicht log, dann war es mehr als wahrscheinlich, daß Gabriella nicht verschwunden war, sondern sich mit ihrem exotischen Liebhaber irgendwo versteckt hatte. Aber ebensogut konnte sie als verkohltes Skelett auf dem Fahrersitz des ausgebrannten Autos am Gömmarsee ihr Ende gefunden haben.

Bald würden sie es genau wissen. Die DNA-Analyse würde in ungefähr einer Woche vorliegen. Bis dahin konnten sie nichts tun, als den Mann zu suchen, mit dem Gabriella nach Solvalla gefahren war.

»Ich glaube, sie lügt«, sagte Maria plötzlich.

»Wieso denn das? Vor zwei Sekunden hast du das Gegenteil geglaubt.«

»Ich glaube, daß die beiden Mädchen was miteinander haben, oder hatten. Der Mann vom hohen Berg! Das hat sie erfunden. Sie ist doch eine richtige Psychopathin. Die Frau ist eine Vorstellung im Kopf des Mannes! Jesses! Wenn du mich fragst, dann hat sie Gabriella wahrscheinlich zerstückelt und die Teile in der Gefriertruhe versteckt.«

Kristina schaute sie nachdenklich an.

»Warum regst du dich denn so auf?«

»Weil ihr euch so verdammt gut verstanden habt! Athene und Zeus und haha und hihi. Man fühlte sich so ... irgendwie ausgesperrt. Du hattest schon immer was für Psychopathen übrig!«

Kristina lachte schallend.

»Wenn ich ein Mann wäre, weißt du, was ich jetzt sagen würde?«

»Glaubst du wirklich, daß mich das interessiert?«

»Du bist so süß, wenn du wütend wirst!« sagte Kristina und konnte nicht aufhören zu lachen, als Maria eine Grimasse schnitt, als ob sie sich übergeben wollte. Dann fuhr sie in ernsterem Ton fort: »Aber was die Psychopathen betrifft, hast du recht. Und jetzt müssen wir wahrscheinlich schon wieder einen suchen!«

»Wen denn?«

»Den Mann vom hohen Berg.«

»An die Geschichte glaube ich nicht. Das kann doch irgendein Idiot sein, der Eindruck schinden wollte.«

»Mit anderen Worten, du glaubst nicht, daß es zwischen dem Mord auf Solvalla und der Leiche am Gömmarsee einen Zusammenhang gibt?«

Maria überlegte.

»Nein, glaub ich nicht. Erstens wissen wir nicht, ob Gabriella überhaupt nach Solvalla gefahren ist. Zweitens wissen wir bis jetzt noch nichts über die Frau am Gömmarsee, weder über ihr Aussehen noch über ihr Alter, gar nichts. Natürlich kann es einen Zusammenhang geben, aber wir haben nichts in der Hand, was darauf hindeutet. Deshalb würde ich Gabriella bis auf weiteres lieber als verschwunden betrachten, nicht als tot. Und falls sie tot ist, muß ihr Mörder nicht der Mann sein, mit dem sie nach Solvalla wollte. Es kann jemand ganz anderes sein, ein verschmähter Liebhaber oder so. Ich glaube, ich werde mal diesen verdammten Fotografen suchen. Schon deshalb, weil wir ein Bild von Gabriella brauchen. Wir müssen wissen, wie sie aussah.«

»Das hat einiges für sich«, sagte Kristina schlicht.

Sie waren beim Auto angekommen. Maria lächelte zufrieden.

33

Thomas Roth saß mit Östen Nilsson beim Kaffee. Es war kurz vor drei Uhr nachmittags. Der Himmel war noch dunkler geworden, in der Cafeteria hatte man schon die Lampen eingeschaltet. Es war ein trauriger Gedanke, daß sie nun noch einen Monat vor sich hatten, in dem die Tage immer kürzer und die Nächte immer länger wurden. In dieser Jahreszeit wurden die meisten Kerzen verkauft.

Die beiden Polizisten schwiegen sich an. Was sollten sie auch sagen?

Thomas hatte einen mongoloiden Sohn, der fröhlich und liebenswürdig sein konnte, sich aber manchmal von einer Minute zur anderen in ein Monster verwandelte. Dann fing er an zu brüllen und bedrohte seine Mutter, die ohnehin mit den Nerven am Ende war.

Östen war von seiner Eva verlassen worden. Sie hatte schließlich nicht mehr anders gekonnt, als zu ihrem Mann und ihren Kindern zurückzukehren.

Beide erwarteten nicht viel von der Zukunft. Und mit jedem Tag, der ins Land ging, wurde der Himmel dunkler.

Thomas hörte sein Mobiltelefon piepsen. Er schaute auf das Display, erkannte aber die Nummer nicht.

»Roth.«

»Ruth.«

»Ruth?«

»Ja. Ruth Ivarsdotter. Ich habe doch gesagt, daß ich anrufen würde, falls mir noch etwas einfiele.«

»Einen Augenblick bitte!«

Thomas wandte sich an Östen und erklärte, daß das hier eine Weile dauern könne. Der Kollege konnte es nicht lassen, ein wenig zu sticheln, bevor er seiner Wege ging.

»Weiber?« fragte er und grinste anzüglich.

Thomas fertigte ihn mit einer Geste ab und nahm das Telefon wieder auf.

»Was ist Ihnen denn eingefallen?«

»Können Sie nicht herkommen? Damit ich es nicht am Telefon erzählen muß?«

»Der Teufel soll Kristina holen«, dachte Roth. »Sie hat recht gehabt.«

Sie hatte gesagt, daß Ruth auf jeden Fall anrufen würde. Aber warum auch nicht? Wozu in dieser tristen Cafeteria herumsitzen?

Eine Viertelstunde später begrüßte ihn Ruths andere Hälfte, der gähnende Hund. Die Tür zur Diele stand offen, und aus der Küche kam der Duft von Zimt. Er wußte nicht, warum er plötzlich Herzklopfen hatte.

Ruth stand gebückt vor dem Backofen und wartete einige Sekunden, bevor sie sich ihm zuwandte.

»Was passiert hier?« dachte Thomas. Sie schauten sich an wie zwei Fechter, die versuchten, die Tricks und die Schwächen des anderen einzuschätzen. Sie waren wie Gegner, wild entschlossen, den anderen zu vernichten oder sich vernichten zu lassen. Es endete damit, daß sie ein paar kurze, vernünftige Schritte aufeinander zu machten, bevor sie aufgaben und einander in die Arme fielen, als sei alles längst verabredet gewesen.

Die Kleidungsstücke waren rasch abgestreift, Hände streichelten nackte Haut und packten zu, der Atem wurde schneller, sie zogen einander zum Bett, gierig wie Teenager.

Einige Minuten später war der Sturm vorbei. Ihr Kopf ruhte an seiner Brust, sie hatte ihr langes Haar über ihn gebreitet wie ein Fell. Die frisch gewaschenen Bettlaken dufteten nach Sonne und Wind. Zwei erotische Zeichnungen und ein paar Aquarelle schmückten die Wände. Durch das Fenster sah man einen Apfelbaum, an dessen kahlen Zweigen noch einzelne Äpfel hingen.

»Ich begreife nicht, wie das gekommen ist.«

Obwohl Ruth die ganze Wahrheit kannte, beließ sie es bei der halben.

»Es stand in den Sternen«, sagte sie, und sie meinte es keineswegs scherzhaft. Am Morgen hatte sie ihr Horoskop gelesen, und da stand klar und deutlich: »Heute sollten Sie zu Hause bleiben. Bedeutsames kann sich ereignen. Haben Sie keine Angst vor Ihren Gefühlen.« Sie erzählte ihm nichts davon, so ganz glaubte sie ja auch nicht daran. Ebensowenig glaubte sie allerdings, daß das alles nur Unsinn sei.

»Ich bin noch nie fremdgegangen.«

Das stimmte, wenn auch mit Einschränkungen. Er hatte nie mit einer anderen Frau geschlafen, aber er begehrte seine Frau nicht mehr, und vermutlich hatte sie auch keine Lust mehr auf ihn. Sie betrogen einander nicht, sie waren einander nur untreu, indem sie gelegentlich miteinander schliefen und dabei eine Leidenschaft vortäuschten, die sie nicht mehr spürten.

Ruth legte ihre warme Hand auf seine Lippen. Darüber wollte sie jetzt nicht diskutieren. Wenn das himmlische Postamt einem ein Geschenk zustellt, soll man nicht kleinlich sein und kein schlechtes Gewissen haben. Man soll es einfach annehmen und sich bedanken.

Aber sie sagte nichts. Statt dessen erhob sie sich vom Bett, stand da in ihrer ganzen herrlichen Nacktheit und ging zum Backofen zurück. Die Zimtschnecken waren inzwischen fertig.

Er schaute sie an. Sie wußte das, und sie genoß es. Sie nahm die Schnecken heraus, eine nach der anderen, mit langsamen Bewegungen, bis er es nicht mehr aushielt.

Wie konnte ich nur so viel Lust so lange unterdrücken, ohne zu zerspringen? dachte er und rief: »Kommst du irgendwann mal zurück?«

Eine halbe Stunde später waren sie angezogen und tranken Kaffee.

»Jetzt bin ich wieder Polizist«, sagte Thomas.

»Redest du mit mir?« sagte Ruth.

»Nein, eigentlich nicht. Eher mit mir selbst. Na, und was ist dir eingefallen?«

»Schmecken dir die Zimtschnecken?«

»Herrlich.«

»Also ... du erinnerst dich, daß ich zwei Autos gesehen habe ... in dem einen saßen zwei Personen, in dem anderen nur eine.«

»Ja?«

»Das zweite war ein Volvo.«

»Bist du sicher?«

»Ja. Ich hab's überprüft. Ich bin bis zur Volvo-Filiale in Segeltorp geradelt, um sicher zu sein.«

»Weißt du, welches Modell es war?«

»Nein. Aber es sah neu aus.«

»Gut gemacht«, lobte er sie.

»Aber das ist noch nicht alles. Erinnerst du dich, daß ich sagte, in dem ersten Auto hätten zwei Frauen gesessen?«

»Ja.«

»Mir war so, als hätte ich die eine erkannt. Ich war mir nicht sicher, ich bin mir auch jetzt noch nicht ganz sicher, aber ... es ist nämlich so, ich habe eine Freundin, eine meiner ältesten Freundinnen, die Bibliothekarin in Örby ist. Sie ist heute fünfzig geworden, da habe ich sie angerufen, um ihr zu gratulieren, und sie sagte, ihre Tochter Gabriella sei verschwunden.«

»Und?«

»Das war sie, ihre Tochter, von der ich dachte, ich hätte sie im Auto gesehen. Ich hab natürlich nichts gesagt, ich wollte sie nicht noch mehr beunruhigen. Sie war sowieso schon ganz aufgewühlt. Arme Greta! Sie lebt nur für dieses Kind!«

»Warte mal! Das ist ungeheuer wichtig. Also, zuerst hast du ein schwarzes Auto mit zwei Frauen gesehen. Die eine könnte die Tochter deiner Freundin gewesen sein. Stimmt das?«

»Ja.«

»Aber es war dunkel, wie konntest du sie erkennen?«

»Ich wußte, daß du das fragen würdest. Aber siehst du, zufällig hat die eine Frau, gerade als sie hier vorbeifuhren, ein Streichholz angezündet und der anderen Feuer gegeben.«

»Wer hat geraucht? Die Tochter deiner Freundin oder die andere?«

»Gretas Tochter. Ich habe ihr Gesicht gesehen, als sie sich vorbeugte, um ihre Zigarette anzuzünden. Sie saß am Steuer.«

»Und wie sah die andere aus?«

»Sie hatte kurzes helles Haar, ungefähr wie deine Chefin.«

»Danach hast du einen weißen Volvo gesehen, in dem ein Mann saß.«

»Ja.«

»Entschuldige, aber woher willst du das wissen? Es war dunkel, du konntest doch gar nichts sehen.«

»Er hat ein Stück weiter weg angehalten, sich hingestellt und in den Straßengraben gepinkelt.«

»Aber das kann doch auch irgendein Nachbar gewesen sein.«

»Keiner meiner Nachbarn hat so ein Auto. Hier draußen in der Einöde haben wir einander unter Kontrolle, weißt du.«

»Mit anderen Worten, das Skelett, das wir gefunden haben, könnte die Tochter deiner Freundin sein, und der Mann, der sie ermordet hat, war vielleicht der Mann im Volvo. Was ist dann mit der anderen Frau passiert, die du gesehen hast?«

»Ich weiß es nicht.«

»Vielleicht war es gar keine Frau, sondern ein Mann?«

»Kann sein.«

»Es scheint dich nicht besonders zu interessieren.«

Ruth zuckte die Schultern und sah ihn nachdenklich an.

»Ich denke an meine Freundin. Wenn das alles stimmt, bringt es sie um.«

Thomas erschrak, als ihm klarwurde, daß er noch gar nicht an das Leid der Mutter gedacht hatte. Sobald eine wichtige Spur auftauchte, trat alles andere für ihn in den Hintergrund.

»Ich werde allmählich ein anderer Mensch«, murmelte er, als ob er mit sich selbst redete.

34

Östen Nilsson, ehemals aktiver Sportler, war auf dem besten Weg, Alkoholiker zu werden. Die Trennung von Eva hatte ihn aus der Bahn geworfen. Er spürte ihre Abwesenheit viel stärker, als er ihre Anwesenheit wahrgenommen hatte. Sein Tageslauf bestand nur noch aus einer Reihe von großen Löchern. Der Morgen, ohne ihre Atemzüge neben ihm, ohne ihre energische Zeitungslektüre und ihre bissigen Kommentare, zog sich endlos in die Länge. Wenn er aus dem Haus ging, vermißte er die fröhliche Umarmung an der Tür und den Luftkuß, den er bekommen hatte, wenn er sich am Auto noch einmal umdrehte. Sie war in der Tür stehengeblieben und hatte ihn angeschaut und dann plötzlich diese Handbewegung gemacht, die er von niemandem sonst kannte: Sie pustete den Luftkuß nicht weg, sondern warf ihn, wie man einen Stein in eine Fensterscheibe wirft. Wenn er im Büro war, fehlte ihm jetzt die Gewißheit, daß sie bei seiner Rückkehr zu Hause sein würde. Wenn er dann heimkam, war da gar nichts. Nur Leere und Sinnlosigkeit. Sein Leben war wie ein Buch, aus dem man alles herausgerissen hatte außer dem Inhaltsverzeichnis.

Die Arbeit gab ihm einen gewissen Halt, aber auch sie erschien ihm nicht mehr sinnvoll. Warum sollte er sich dafür interessieren, wer wen ermordet hatte? Nur seine Kollegen interessierten ihn noch, er wollte sie nicht enttäuschen, am allerwenigsten seine Chefin Kristina, die nie aufgehört hatte, ihn zu unterstützen und an ihn zu glauben.

Und so saß er um Viertel vor vier im »McEwan's«, wo die Schlägerei stattgefunden hatte, trank geruhsam ein Bier und unterhielt sich mit dem Kneipenbesitzer Jacko Leitonen, den er von früher kannte. Sie hatten im Verein von Stuvsta zusammen Fußball gespielt.

Das Tatwerkzeug war auf einer Müllcontainer-Station in der Nähe gefunden worden. Es war ein Schraubenzieher, den jemand ganz umweltbewußt in die Tonne für Metall geworfen hatte. Blut klebte daran, und die Untersuchung hatte ergeben, daß es sich um das Blut des Opfers handelte.

»Wer hat denn einen Schraubenzieher in der Tasche, wenn er in die Kneipe geht?« wollte Östen wissen.

»Wieso Tasche?« fragte Jacko und strich den Schaum von Östens Bierkrug.

»Was meinst du damit?«

Jacko war ein Mann, der lange nachdachte, bevor er etwas sagte.

»Ich meine … vielleicht hatte er Arbeitsklamotten an.«

»Wenn du was weißt, kannst du auch gleich Klartext reden«, sagte Östen.

»Klartext ist was für Schwule«, sagte Jacko, der aus seiner Homophobie keinen Hehl machte. »Aber hier gibt es eine Menge Leute, die nach ihrem normalen Job noch hart arbeiten. Ich finde, du solltest mal mit den Jungs reden, die in den Wohnwagen hinter dem Neubau hausen.«

»Und du hast wirklich nicht gesehen, wer ihn niedergestochen hat?«

»Nein.«

»Trotzdem danke. Ich rede mit ihnen. Aber kanntest du vielleicht das Opfer?«

»Ja. Er taucht ab und zu hier auf. Ein schweigsamer Typ. Sitzt immer ganz für sich, trinkt nie was anderes als Cidre. Entweder ist er Abstinenzler oder Moslem. Aber die Mädels sind verrückt nach ihm.«

»Aha.«

»Ja, wirklich. Er schleppt jedesmal eine ab. Ich weiß nicht, was er mit ihnen macht.«

»Was glaubst du wohl?« sagte Östen und trank sein Bier aus.

»Noch eins?« fragte Jacko.

Die Versuchung war groß.

»Nein, danke, ist gut so.«

Der Neubau lag nur zweihundert Meter entfernt. 154 neue Wohnungen sollten hier entstehen, so stand es auf einem großen Schild. Das Skelett war fertig, nur die Hülle fehlte noch, und Östen hoffte, daß man nicht wieder so grelle Farben wählen würde wie in Flemingsberg. Die meisten Bauarbeiter hatten schon Feierabend. Zwei ältere Elektriker waren noch bei der Arbeit. Östen entschied, daß sie nichts hergeben würden.

Die Wohnwagen standen auf der Rückseite des Gebäudes, fünf an der Zahl. In allen brannte Licht. Er wollte gerade an die erste Tür klopfen, als er von drinnen eindeutiges Stöhnen hörte. »Auch wenn er der Täter ist, darf er noch zu Ende vögeln«, dachte Östen und ging zum nächsten Wagen. Hier klang Gebrüll heraus; er tippte auf einen Fernseher.

Ein etwa vierzigjähriger Mann öffnete die Tür, er war hochgewachsen und hatte kleine, glitzernde blaue Augen. Er hatte einen Werkzeuggürtel umgeschnallt, wie ihn Zimmerleute tragen.

»Hallo, ich heiße Östen Nilsson und bin von der Polizei. Hätten Sie ein paar Minuten Zeit?«

»Klar. Kommen Sie herein.«

Er wirkte weder nervös noch besorgt. Im Gegenteil. Er streckte Östen die Hand zur Begrüßung hin.

»Stig Björnsson. Möchten Sie ein Bier?«

»Wenn Sie auch eins trinken.«

Der Wohnwagen war modern eingerichtet, und Stig Björnsson hielt ihn peinlich sauber. Er war gerade dabei, eine Tomatensauce zuzubereiten, die Spaghetti köchelten friedlich vor sich hin. Es roch gut, und Östen sagte anerkennend:

»Schön haben Sie es hier!«

»Ja, ja. Jedes Ding an seinem Platz, das ist der Sinn des Lebens!« rief Stig Björnsson und lachte über seinen eigenen Witz.

Er stellte zwei Dosen ›Sort Guld‹ und zwei große Gläser auf den Tisch.

»Das beste Bier der Welt«, sagte Östen.

Sie öffneten die Büchsen, und das Geräusch der entweichenden Luft erfüllte ihn mit Behagen.

»Zum Wohl also.«

»Skål.«

Dann ergriff Stig Björnsson das Wort.

»Ich hab damit gerechnet, daß Sie kommen.«

»Wieso das?«

»Weil ich der Täter bin. Wie geht's dem Jungen?«

»Der hat nicht viel abgekriegt.«

»Gott sei Dank! Ich war besoffen, und plötzlich hatte ich den Schraubenzieher in der Hand und er die Flasche. Ich wollte schon selber zur Polizei gehen, aber dann ist nichts draus geworden ... sie hat mich nicht gelassen.«

»Wer?«

»Meine Verlobte. Ihretwegen ist das Ganze passiert. Sie fand, wir sollten besser die Klappe halten. Sie hat zu der Alten, die sie verhört hat, kein Wort gesagt.«

»Wie heißt Ihre Verlobte?«

»Katja Olofsson. Der Mistkerl hat sie belästigt. Er hat sie den ganzen Abend angestarrt.«

»Hatten Sie ihn vorher schon mal gesehen?«

»Ja. Er kam ab und zu in die Kneipe. Und die Mädchen waren verrückt nach ihm. Vor kurzem hab ich mit eigenen Augen gesehen, wie er die schönste Braut von allen aufgerissen hat, obwohl sie nicht allein da war.«

»Scheint ja ein schwieriger Fall zu sein, der Junge.«

»Der hat irgendwie was Unheimliches. Sie hätten mal sehen sollen, wie der sich geprügelt hat! Hätte ich nicht zugestochen, dann hätte er mir bestimmt den Flaschenhals in die Fresse gerammt.«

Aber Östen war mit seinen Gedanken schon woanders.

»Sie sagten, daß er die schönste Braut aufgegabelt hat. Kennen Sie das Mädchen?«

»Nein. Ich hab nur gehört, daß sie Gaby genannt wurde.«

»Wer hat sie so genannt?«

»Ihr Typ.«

»Kennen Sie den?«

»Nein. Ich hatte die beiden noch nie gesehen.«

»Okay. Ich muß jetzt gehen. Danke für das Bier.«

»Was denn? Wollen Sie mich nicht einlochen?«

»Ich werde meiner Chefin Bericht erstatten. Dann sehen wir weiter.«

»Das nenne ich Demokratie«, sagte Stig Björnsson.

35

Als Arne Svedling sich von Antonio Salieri verabschiedet hatte, war er ganz sicher, daß der Mann viel mehr wußte, als er zugegeben hatte. Svedling hatte sogar den Verdacht, daß Antonio dabeigewesen war, als Kristina Vendel gefesselt wurde. Daß er es war, den man auf dem Foto sah. Als er es geleugnet hatte, war der vergnügte Unterton in seiner Stimme nicht zu überhören gewesen. Es hatte sich eher wie ein Geständnis angehört.

Allerdings konnte Svedling zwischen dem, was sich vor zwei Monaten in Kristina Vendels Schlafzimmer abgespielt hatte, und dem Mord an Gospodin keine konkrete Verbindung herstellen. Er hatte den Polizeizeichner ein Porträt der Mörderin anfertigen lassen, das auf Zeugenaussagen basierte. Und es war so etwas wie ein Porträt von Kristina Vendel geworden.

War das Zufall oder gab es da jemanden, der ihr die Sache anhängen wollte? Aber dieser Jemand hatte zugleich jeden Verdacht von ihr abgelenkt, als er oder sie den Schachgroßmeister Karpin ermordete. Svedling konnte sich denken, daß sie Gründe gehabt hatte, Gospodin zu töten, aber er konnte sich nicht vorstellen, warum sie Karpin hätte umbringen sollen.

Es war der Mord an Karpin, der ihm am meisten Sorgen machte. Wenn der Fall Gospodin sich nicht lösen ließ, würde man bei der Polizei nicht gerade Trauer tragen. Aber mit Karpin war es etwas anderes. Das würde einen Skandal geben. Er galt als zukünftiger Schachweltmeister. Er war französischer Staatsbürger. Die Franzosen würden toben. Abgesehen davon war ein Mord auch dem Ruf des Hotels nicht besonders zuträglich.

Das größte Kopfzerbrechen bereitete Svedling jedoch die

Mordwaffe. Karpin war erdrosselt worden. Aber womit? Und was auch immer es war, wie sollte man es finden?

Svedling wollte den letzten Tag in Karpins Leben möglichst genau rekonstruieren. Deshalb war er jetzt unterwegs zu Kurt Glansén, dem Vorsitzenden des Schachverbands. Glansén war keineswegs ein Unbekannter. Er hatte zum engsten Kreis um Olof Palme gehört, war Bankdirektor und Kolumnist bei ›Dagens Nyheter‹. Er trat oft in Talkshows auf, erschien mit diversen Damen in den Klatschspalten, und er war ein leidenschaftlicher Schachspieler. Außerdem war er sehr reich und bewohnte ganz allein eine große Villa mit Seegrundstück in Danderyd.

Als erstes nahm Svedling zur Kenntnis, daß sein Gastgeber Tennisshorts trug, aber wenigstens hatte er Schuhe an den Füßen. Im Haus herrschten sicherlich über 25 Grad.

Die Uhr zeigte kurz vor eins. Eine Haushälterin mit deutschem Akzent servierte starken, duftenden Kaffee. Svedling fand Glansén allmählich richtig sympathisch.

»Nun, und wie kann ich Ihnen behilflich sein?« fragte der und ließ sich in einem gewaltigen Sessel nieder, der fast so groß war wie Svedlings Einzimmerwohnung. Svedling setzte sich auf die Kante des Sofas, wie ein Schuljunge.

»Ich hätte gern einen möglichst detaillierten Bericht darüber, wie die Sache am Sonntag abgelaufen ist.«

Glansén war in seinem Element. Mit detaillierten Berichten hatte er sich sein Leben lang befaßt.

»Ich habe den Großmeister Karpin um halb elf im ›Grand Hôtel‹ abgeholt. Er war strahlender Laune, er liebte Simultanschach. Wenn er viele Leute in möglichst kurzer Zeit besiegen konnte, dann verschaffte ihm das fast so etwas wie sexuelle Befriedigung. Sagte er jedenfalls. Ich gab zu bedenken, daß es weniger auf die Anzahl der Gegner ankäme als auf deren Qualität. Das brachte ihn richtig in Fahrt. Nein, sagte er, nein. Das ist Marx, und Marx hatte unrecht. Auf bestimmten Gebieten schlägt Quantität in Qualität um, und auf anderen ist es umgekehrt. Die Welt besteht nicht aus Gegensätzen, sondern aus Verhältnissen. Marx hat das nicht begriffen, Foucault dagegen sehr wohl.«

Svedling spürte, wie ihm der Schweiß ausbrach. Warum, verdammt noch mal, hatte er seine Frage nicht anders formuliert? Glansén merkte, daß sein Gast sich in solchen Gedankengängen nicht recht heimisch fühlte, und lachte.

»Ja, ehrlich gesagt, ich hab auch nicht viel davon verstanden. Ich hab ihn zwar noch gefragt, was er damit meinte, aber glücklicherweise hatte er keine Zeit mehr zum Antworten. Wir kamen zum Spielort, das Spiel begann, und es lief glänzend für Karpin, mit einer einzigen Ausnahme. Eine junge Dame im Rollstuhl. Sie hatte offensichtlich eine Variante vorbereitet, die ihn überrumpelte.«

»Eine Dame im Rollstuhl? Wie heißt sie?«

»Ja, das möchte ich auch gern wissen.«

»Müssen die Leute sich denn nicht vorher anmelden?«

»Natürlich, aber wir wissen ja nicht, wer wer ist.«

»Da braucht man doch nur in der Liste nachzusehen. Sie war die einzige Frau.«

»Das habe ich schon getan. Es steht kein Frauenname auf der Liste. Was zu erwarten war. Wir können versuchen, jeden einzelnen Teilnehmer zu identifizieren, aber die Adressen liegen uns nicht vor. Wir sind schließlich nicht von der SÄPO*. Wer die Gebühren bezahlt hat, darf mitspielen.«

»Verstehe. Aber sind Sie ihr vielleicht schon einmal begegnet? Oder war jemand anders dabei, der sie kannte?«

»Nicht daß ich wüßte.«

»Ist sie allein gekommen?«

»Nein, mit einem jungen Mann.«

* Säkerhetspolisen, die schwedische Geheimpolizei (Anm. d. Übers.).

»Ist sie Schwedin?«

»Vermutlich nicht. Dann wüßten wir, wer sie ist. In Schweden gibt es nicht viele, die auf diesem Niveau Schach spielen. Möchten Sie noch etwas Kaffee?«

»Nein, danke. Sie war also richtig gut?«

»Wahnsinnig gut.«

»Waren viele Leute da?«

»Außergewöhnlich viele. Sogar eine Kollegin von Ihnen, mit ihrem Vater.«

»Wer denn?«

»Kristina Vendel. Man hat sie ja öfter im Fernsehen gesehen, und mit ihrem Vater bin ich persönlich befreundet. Der war früher ein hervorragender Schachspieler.«

»Kristina Vendel war also dabei?«

»Allerdings.«

»Kann sie Schach spielen?«

»Sie kennt die Regeln.«

Svedling brauchte einen Augenblick, um diese unerwartete Wendung zu verdauen.

»Haben Sie gesehen, ob sie mit Karpin gesprochen hat?«

Glansén schüttelte den Kopf.

»Niemand hat mit ihm gesprochen. Als er geschlagen war, ist er weggerannt, und ich mußte hinterherlaufen und ihm helfen, zum Hotel zurückzufinden. Er war völlig aufgewühlt. Ich habe ihn am Eingang abgeliefert. Den Rest kennen Sie besser als ich.«

Svedling holte ein Päckchen Fotos hervor, blätterte darin und wählte eins aus.

»Sagt Ihnen das etwas?« fragte er.

Glansén betrachtete das Bild.

»Ich glaube, das ist die Schlußsituation im Match zwischen Karpin und der jungen Dame. Wir haben diese Stellung im Club stundenlang diskutiert. Wo ist das Bild aufgenommen worden?«

»In seinem Hotelzimmer.«

»Er muß für sich allein die Partie noch einmal analysiert haben.«

»Oder er hat eine Partie mit seinem Mörder gespielt.«

»Dann wissen wir, wer der Mörder ist.«

»Wer denn?«

»Die junge Dame.«

»Ich bitte Sie: sie saß im Rollstuhl!«

»Ich kann auch im Rollstuhl sitzen«, sagte Glansén.

Er hatte recht. Aber Svedling wollte ganz sicher gehen.

»Wäre irgend jemand von denen, die dort waren, in der Lage, die Spielzüge auswendig zu lernen?«

»Leicht ist das nicht, aber es gibt bestimmt Leute, die es könnten. Ich weiß nicht mehr, was ich heute zu Mittag gegessen habe, aber Kasparov erinnert sich an jede einzelne seiner Partien, Zug für Zug.«

Svedling stand auf.

»Vielen Dank. Ich will Sie nicht länger stören. Es sieht so aus, als wollten Sie gerade zu einem Tennismatch. Ich weiß aus dem Fernsehen, daß Sie Tennis spielen.«

»Ich spiele Tennis, wie Kristina Vendel Schach spielt«, lachte Glansén. »Aber wenn ich Sie wäre, dann würde ich mich mal unter den Immigrantinnen umsehen. Russinnen, Armenierinnen, Ukrainerinnen. Ungarinnen vielleicht. Nur in diesen Ländern gibt es so starke weibliche Spieler.«

»Ja, nichts einfacher als das. Zwanzig- bis dreißigtausend Frauen ...«

»Nein, viel weniger. Sie war zwischen zwanzig und fünfundzwanzig, sagen wir: höchstens dreißig. Wie viele eingewanderte Frauen in dem Alter gibt es, die erstens im Rollstuhl sitzen und zweitens Schach spielen können?«

»Sie haben recht«, sagte Svedling.

»Ja, wissen Sie, ich bin ein alter Ingenieur«, sagte Glansén zufrieden.

So konnte man tatsächlich vorgehen. Er konnte beim Einwandereramt eine Suche in Auftrag geben. Erfahrungsgemäß würden sie sich dort querlegen. Er mußte seinen Chef dazu bringen, den Auftrag zu erteilen. Der würde sich ebenfalls querlegen. Der Gedanke, das Register einer anderen Behörde zu benutzen, war widerwärtig. Es war, als müßte man den Nachbarn bitten, auf seinen Teppich pinkeln zu dürfen.

Aber wie sonst sollte er die Frau im Rollstuhl finden?

36

Nachmittags um halb sechs hatte sich das sechste Dezernat der Huddinger Polizei in Kristinas Büro versammelt. Die Stimmung war schwer zu beschreiben. Alle hatten während des Tages gute Ergebnisse erzielt und waren trotzdem bedrückt. Von einem entscheidenden Fortschritt konnte nicht die Rede sein.

Gemeinsam versuchten sie, sich einen Überblick zu verschaffen über das, was an Fakten vorlag, an mehr oder weniger gesicherten Zeugenaussagen, an Vermutungen, Halbwahrheiten oder simplen Lügen.

Was sie in der Hand hatten, war folgendes:

Zunächst eine Frauenleiche, deren Identität unbekannt war. Man vermutete, daß es sich um Gabriella Larsson handelte, aber man mußte die DNA-Analyse der Leiche und des Taschentuchs abwarten, das Kristina aus Gabriellas Zimmer mitgenommen hatte. Das würde einige Tage dauern.

Ruth Ivarsdotter behauptete, Gabriella Larsson in der Nähe des Tatorts gesehen zu haben, zusammen mit einer anderen Frau. Diese Aussage war jedoch mit Vorsicht zu genießen, weil es dunkel gewesen war und weil die Zeugin nicht sofort damit herausgerückt war, sondern erst am nächsten Tag, so daß man nicht sicher sein konnte, wie gut ihre Erinnerung funktionierte.

Dieselbe Zeugin hatte etwas später am Abend außerdem einen weißen Volvo beobachtet, der von einem jungen Mann gesteuert wurde. Hier galten die gleichen Vorbehalte: Es war Nacht gewesen, und nachdem die Zeugin bei der ersten Befragung behauptet hatte, nichts von Autos zu verstehen, war sie nun plötzlich als Expertin aufgetreten. Manche Automarken sehen einander sehr ähnlich, und für ein untrainiertes Auge kann es schwierig sein, eine Marke von der anderen zu unterscheiden.

Zu guter Letzt hatte Stig Björnsson, der Mann, der Kemal Fahed niedergestochen hatte, eine junge Frau namens Gaby erwähnt, die kurz zuvor von Fahed aufgegabelt worden war. Gaby konnte natürlich eine Abkürzung von Gabriella sein, aber nichts deutete vorläufig darauf hin, das Gaby und Gabriella identisch waren. Überdies war Gabriella mit einer Frau gesehen worden, nicht mit einem Mann. Man mußte ganz einfach die Affäre Larsson und die Schlägerei in der Kneipe getrennt voneinander betrachten. Zumal der Zeuge zugleich Faheds Angreifer war und deshalb versuchte, das Opfer als einen Schürzenjäger darzustellen, der nur bekommen hatte, was er verdiente. Björnssons Angaben widersprachen im übrigen denen von Katja Olofsson, die einerseits ihre Beziehung zum Angreifer verschwiegen und andererseits ausgesagt hatte, der Angegriffene habe keineswegs mit ihr geflirtet.

»Ja, das ist alles, was wir haben«, sagte Thomas. »Jetzt können wir nur die DNA-Analyse abwarten.«

»Ich gebe auf«, sagte Maria.

»Jetzt schon?« fragten die drei anderen wie aus einem Mund – erstaunt, denn Maria war bekannt für ihre Hartnäkkigkeit.

»Eins steht jedenfalls fest«, sagte Kristina. »Wir alle haben heute gute Arbeit geleistet. Ich finde, wir sollten jetzt nach Hause gehen.«

»Wir hatten einfach Glück«, sagte Thomas.

»Ein guter Torwart hat immer Glück«, sagte Östen. »Das gilt auch für Polizisten.«

In diesem Augenblick klingelte das Telefon. Kristina nahm ab.

»Gut, daß du noch da bist.«

Es war Gustav Lindegren, der Gerichtsmediziner.

»Warum? Hattest du Sehnsucht nach mir?«

»Das Taschentuch, das du herübergeschickt hast, ist wertlos.«

»Wieso?«

»Da ist kein Rotz drin.«

»Was denn sonst?«

»Sperma.«

»Sperma?«

»Ja, Sperma. Ein Glück, daß unsere Techniker das sofort gesehen haben, sonst wären wir für alle Ewigkeiten zum Gespött geworden. Die DNA einer Frau mit Hilfe männlicher Spermien zu bestimmen! Das wäre bahnbrechend.«

»Danke, danke, es reicht!«

»Ich schicke es trotzdem weiter ans Labor. Man kann nie wissen, was sich daraus ergibt. Ich rufe an, wenn ich was erfahren habe.«

Kristina legte auf. Sie brauchte das Gespräch nicht zusammenzufassen, sie hatten alle über Lautsprecher mitgehört.

»Wenn es sich bei der Leiche um Gabriella handelt, dann kann es sehr gut sein, daß das Sperma von dem Mann stammt, mit dem sie nach Solvalla gefahren ist«, sagte Maria.

Kristina sah sie an.

»Das ist eine hübsche Vorstellung. Aber was nützt sie uns?«

»Wir können im DNA-Register suchen.«

»Da sind nur ganz wenige registriert«, sagte Thomas.

»Was machen wir mit meinem Handwerker?« fragte Östen. »Soll ich ihn festnehmen?«

»Es gibt keinen Haftbefehl«, sagte Kristina.

»Um so besser. Er ist ein feiner Kerl. Nur etwas dumm.«

Maria lachte.

»Was gibt es da zu lachen?« fragte Östen griesgrämig.

»Komm mit, Nilsson! Ich lade dich zu einer Pizza ein.«

Sie gingen. Thomas blieb. Er saß auf seinem Stuhl und

kratzte sich am Hals, wo sein Ekzem sich gerade wieder ausbreitete.

»Ich weiß nicht«, murmelte er wie zu sich selbst.

Kristina sah ihn besorgt an.

»Was weißt du nicht?«

Er warf ihr einen gequälten Blick zu.

»Ich hab heute was Blödes gemacht. Ich habe mit Ruth geschlafen.«

Kristinas wohlwollendes Lächeln erstarrte zur Grimasse.

»Was mache ich denn jetzt, verdammt? Soll ich die Klappe halten, oder soll ich es meiner Frau erzählen? Ich kann so schlecht lügen!«

Kristina setzte sich ihm gegenüber und nahm seine Hände in die ihren.

»Wir können alle viel besser lügen, als wir glauben. Das ist das eine. Das andere ist, daß du es für dich behalten solltest. Einmal ist keinmal.«

Sie verabscheute sich selbst, als sie sich so reden hörte.

»Es war wohl nicht das letzte Mal«, sagte Thomas und seufzte.

Kristina stand auf und machte eine Runde durchs Zimmer.

»Was du auch tust, es kann nur falsch sein.«

»Ich weiß.«

»Und du meinst, das war keine Eintagsfliege?«

»Ich glaube nicht.«

»Und scheiden lassen willst du dich nicht?«

»Wie könnte ich das? Soll ich sie mit meinem kranken Sohn allein lassen?«

Mit meinem kranken Sohn. Es war offensichtlich, daß Thomas sich die Schuld an der Krankheit des Sohnes gab.

Kristina kehrte zu ihrem Schreibtischstuhl zurück, als ob sie ihre Autorität wieder herstellen wollte.

»Wie auch immer, du kannst dich nicht mehr mit Ruth

treffen, solange sie Zeugin ist. So etwas sieht nicht gut aus, wenn es zum Gerichtsverfahren kommt.«

»Weiß ich auch.«

»Okay. Wir machen folgendes. Du bekommst ein paar freie Tage, ohne Gehaltsabzug. Du kannst über die Situation nachdenken und mit Ruth sprechen, sie ist ja kein kleines Kind mehr. Dann reden wir noch mal miteinander. Was meinst du?«

»Gerade jetzt ist hier so viel zu tun.«

»Das kriegen wir schon hin. Und, machen wir es so?«

Da saß er ihr nun gegenüber, groß und stark, flotte fünfzig Jahre alt. Verliebt, beschämt, erschrocken. Sie war seine Vorgesetzte, aber es hätte ebensogut umgekehrt sein können. Sie war auch seine Freundin. Und sie konnte nichts für ihn tun, als ihm ein paar Tage freizugeben, so daß er sich in aller Ruhe das Hirn zermartern konnte.

»Danke«, sagte Thomas.

Er stand auf und ging mit schweren Schritten hinaus. »Wie ein angeschossener Bär«, dachte sie und hatte plötzlich das Gefühl zu ersticken. Sie öffnete das Fenster und holte tief Luft, als ob sie die Aussicht einatmen wollte. Sie schaute auf die große Uhr am Bahnhofsgebäude, sie zeigte drei Minuten vor sieben. Die Hochhäuser gegenüber waren hell erleuchtet. Dort lebten Menschen ihr Leben. Etwas weiter weg, in einem kleinen Zimmer des Huddinger Krankenhauses, lag Kemal Fahed. Woran mochte er gerade denken?

Und was machte wohl Arne Svedling? Er hatte nichts von sich hören lassen. Das fand sie beängstigender als alles andere.

Und die Männer, die sie geschändet hatten? Saßen sie in einer schummrigen Bar und zeigten die Fotos herum?

Sie erinnerte sich daran, was Maria zu sagen pflegte, wenn jemand herumjammerte: »Gibt es vielleicht ein Problem, das du nicht hast?«

Ihr fiel keins ein. Sie war einsam, von Angst geplagt, voller Rachedurst, gedemütigt. Und sie sehnte sich danach, zu lieben und geliebt zu werden.

Viel schlechter konnte es ihr nicht mehr gehen, und doch hatte sie schon wieder einen Tag hinter sich gebracht.

Nun mußte sie nur noch die Nacht überstehen.

37

Die Korridore waren leer. Deshalb hörte man das Klacken ihrer Absätze deutlicher, als ihr lieb war. Vor Kemals Zimmertür blieb sie stehen, glättete ihren Rock und strich sich durch das Haar.

Dann ging sie hinein. Kemal war nicht da. Einen Moment lang glaubte sie, daß sie Halluzinationen gehabt hatte. Daß er nie dort gewesen war. Aber die Wirklichkeit kehrte schnell zurück.

»Suchen Sie jemanden?«

Eine junge Krankenschwester stand plötzlich hinter ihr. Eine Immigrantin, groß und stattlich, vermutlich aus Eritrea oder Somalia.

»Hallo! Ja, ich bin Kommissarin Vendel, Kristina Vendel, und ich suche Kemal Fahed.«

»Der ist nicht mehr hier.«

»Ist er entlassen worden?«

»Nein, wir haben ihn auf die allgemeine Station verlegt. Diese Abteilung ist nur für Notfälle.«

»Welches Zimmer?«

»Da muß ich nachschauen.«

Sie gingen ins Büro. Die Krankenschwester schaltete den Computer ein. Sonst war kein Mensch zu sehen.

»Sind Sie allein hier?«

»Bis auf weiteres, ja. Um zehn Uhr kommt noch jemand. Da haben wir ihn. Zimmer 124.«

»Wo ist das?«

»Sie gehen nach rechts und dann immer geradeaus.«

»Vielen Dank.«

»Keine Ursache.«

»Ich bin nicht ganz bei Trost!« dachte sie und folgte trotzdem den Anweisungen der Nachtschwester. Das Geräusch ihrer Absätze ging ihr jetzt noch mehr auf die Nerven. Sie zog die Schuhe aus und lief auf Strümpfen weiter.

»Barfuß wandere ich über Berg und Tal, über Feld und Heide, zu dem Mann, der seine Hände an meinem Herzen wärmt.«

Wo hatte sie das gelesen? Hatte sie es überhaupt gelesen? Oder war es ihr überhitztes Gehirn, das Beschwörungsformeln produzierte?

Erst vor der Tür von Zimmer 124 zog sie ihre Schuhe wieder an. Von drinnen hörte man Stimmen. Es waren jedenfalls keine Sterbenden, die dort lagen.

Sie trat ein. Vier Betten, zwei Männer mit Beinbruch, ein dritter mit gebrochenem Bein und gebrochenem Arm. Und im vierten Kemal, der aufrecht im Bett saß und las.

Er lächelte sie an, ohne eine Spur von Verwunderung.

Sie lächelte zurück.

»Wie geht es dir?«

»Ihm geht's gut«, antwortete einer der anderen Männer. »Wir sind es, denen was weh tut.«

Sie lachten.

Durch zufälliges Mißgeschick vereint, nutzten die Männer ihre Chance, sich wie kleine Jungen zu benehmen.

»Was liest du?«

Er zeigte ihr das Buch. Es war in arabischer Schrift.

»Ist das der Koran?« fragte sie, denn das war das einzige, was ihr einfiel. Zu ihrer Überraschung antwortete er ernst:

»Ja.«

Sie hatte den Faden verloren. Wenn jemand im Koran liest, kann man ihn nicht fragen: »Ist es gut?« oder »Wie geht es aus?«

Deshalb fragte sie etwas ganz anderes.

»Kannst du gehen?«

»Natürlich! Es ist ja nichts Ernstes. Morgen komme ich nach Hause.«

»Gut. Dann machen wir doch einen Spaziergang.«

Er zog den Krankenhausbademantel über den Krankenhauspyjama. Es machte sie fast traurig, ihn so zu sehen. Der Bademantel war alt, an den Rändern ausgefranst und außerdem viel zu groß.

Kemal hatte sich schon mit der Umgebung vertraut gemacht. Er öffnete die Tür zu einem weiteren leeren Korridor, der sich vor ihnen erstreckte. Er führte auf die Terrasse des Krankenhauses. Kemals Gang war ein wenig zaghaft, sonst war ihm nichts anzumerken.

Auf der Terrasse standen ein paar Stühle und Tische, die den Winter über draußen blieben.

»Hierher kommt man, wenn man rauchen will«, sagte er. »Rauchst du?«

»Ja. Aber ich versuche aufzuhören.«

»Das ist gut. Rauchen ist gefährlich.«

»Leben ist auch gefährlich.«

»Nichtleben ist gefährlich.«

»Alles ist gefährlich.«

»Das hier nicht.«

Er zog sie an sich, ohne viel Kraft aufwenden zu müssen, und nahm ihren Kopf zwischen seine Hände. Das war der Griff, mit dem er Gabriella das Genick gebrochen hatte, und anderen vor ihr. Für einen kurzen, absurden Moment überfiel ihn die Angst, seine Hände könnten stärker sein als sein Wille.

»Warum bist du hier?«

Seine Stimme war jetzt anders, heiserer, drängender, fast drohend.

Kristina hatte keine Angst. Seine Männlichkeit unter dem Bademantel verriet ihn. Es war das Begehren, das ihn grob werden ließ. Sie trat einen halben Schritt zurück.

»Sei vorsichtig mit mir. Es ist schon so lange her.«

Sie lächelte schüchtern, als ob sie sich dafür schämte.

Seine Hände hielten immer noch ihren Kopf, aber jetzt war der Druck seiner Finger nicht mehr fest.

Wie ähnlich sie ihm war, wenn er sich als Frau verkleidete, dachte er. Er würde ihr nicht weh tun. Langsam näherte er sich dem Gesicht, das dem ihrer heimlichen Doppelgängerin so sehr glich. Ihre Lippen zitterten, als ob sie weinen wollte. Er küßte sie wie jemand, der sein Abbild auf einer glatten Wasseroberfläche küßt. Mit offenen Augen, während sie ihre geschlossen hielt.

»Ich wußte, daß du kommen würdest.«

Seine Stimme war sanft und ruhig.

»Ich wußte es auch.«

»Und Assine hat es auch gewußt«, sagte Kemal.

Das wiederum war eine Überraschung.

»Wie kommt sie darauf?«

»Weil ich dich gebeten habe, zu ihr zu gehen. Sie hat nie eine von den Frauen kennengelernt, mit denen ich etwas zu tun hatte.«

»Und was hat sie gesagt?«

»Sie war wütend.«

»Warum?«

»Sie findet, daß ich jemand aus meinem eigenen Volk kennenlernen sollte, aus meiner Religion und meiner Sprache. Sie ist einem Mann begegnet, der keiner von uns war, und er hat ihr Leben zerstört.«

Hier draußen war es kalt. Er zog den Bademantel enger um sich, und sie ordnete ihre Kleidung.

»Bereust du es?« fragte sie.

»Nein! Wenn jemand mein Leben zerstört, dann möchte ich, daß du es bist.«

»Ich werde dein Leben nicht zerstören.«

Sie küßte ihn leicht auf den Mund.

Sie gingen zurück, aber Kristina kam nicht mit ins Zimmer, weil sie sich nicht den Blicken und den Scherzen der anderen Männer aussetzen wollte.

Es war eine kluge Entscheidung, denn kaum war Kemal

hineingegangen, hörte man stürmischen Applaus und fröhliche Pfiffe. Der Jäger kam mit der Beute heim, und sein Stamm feierte den Erfolg.

Ihr applaudierte niemand. Nicht einmal sie selbst. Vor einer Stunde hatte sie Thomas erklärt, wie unpassend es war, sich auf die Beziehung zu einer Zeugin einzulassen. Jetzt war sie auf dem besten Weg, etwas Ähnliches zu tun. Andererseits war Kemal weder Zeuge noch gab es irgendeinen Verdacht gegen ihn, abgesehen davon, daß er eine Frau kannte, die vielleicht Gaby hieß, was eine Abkürzung von Gabriella war, was wiederum eventuell der Name des Mordopfers am Gömmarsee sein konnte.

Aber das klang allzu weit hergeholt.

Sie kam nur langsam vorwärts. Es hatte gefroren, und die Straße war sehr glatt. Es kam darauf an, in gleichmäßigem Tempo zu fahren, Bremsmanöver zu vermeiden und Abstand zum Vordermann zu halten.

Die kurze Heimfahrt wurde zu einem Gleichnis dafür, wie sie künftig ihr Leben gestalten sollte.

Es gefiel ihr nicht, aber sie hatte keine Wahl.

38

Es war schön, ins Warme zu kommen.

»Eine Puttanesca für ihn und eine für mich!« rief Maria. Sie hatte Östen nach Hagsätra mitgenommen, in die Pizzeria ihres Vaters.

»Was bedeutet Puttanesca?« fragte er.

»Hurenmäßig.«

Als Vittorio seine Tochter erblickte, stürzte er auf sie zu, hob sie hoch und schwang sie im Kreis herum.

»Kinder, das ist mein Mädchen!« erklärte er seiner Kundschaft, die keine Erklärung brauchte, weil sie die gleiche Szene schon unzählige Male erlebt hatte.

Die Pizzeria war ein beliebter Treffpunkt. Am Eingang verkündete ein großes Schild, dies sei die erste Pizzeria Stockholms gewesen, eine Behauptung, die niemand je zu widerlegen versucht hatte. Die Einrichtung war sowohl einfach als auch geschmacklos, die Pizza hingegen von ausgezeichneter Qualität.

»Nicht mal die Italiener können mehr eine richtige Pizza machen«, pflegte der alte Vittorio zu klagen, der in den frühen sechziger Jahren aus Sardinien nach Stockholm gekommen und den Rezepten aus seiner Heimat treu geblieben war.

Die meisten Stockholmer Pizzerien wurden nicht mehr von italienischen Einwanderern betrieben, sondern von Türken, Iranern, Marokkanern, Syrern, Kurden, sogar Russen. Die Italiener waren in der sozialen Hierarchie aufgestiegen und besaßen jetzt Restaurants, mondäne Bars und Nachtclubs. Sie führten Läden für exklusive italienische Waren, für Schuhe, Kleidung, Wein oder Käse. Aus den ehemaligen Gastarbeitern war eine wohlhabende Mittelklasse geworden. Es gab natürlich Ausnahmen. Zu ihnen gehörte Vittorio. Er wollte es gar nicht so weit bringen, schon lange nicht mehr.

Er liebte es, früh am Morgen in den Markthallen von Årsta einzukaufen, einen schnellen Espresso bei einem seiner vielen Geschäftsfreunde zu trinken, ein bißchen über Fußball und Frauen zu reden. Das heißt, über den Fußball von früher und die Frauen von früher. »Gre-No-Li« *, sagte er, und seine Augen strahlten. »Nacka und Hamrin und Simonsson. Was für Spieler! Mamma mia!«

Mit den Frauen war es dasselbe. Harriet Andersson, Bibi Andersson, Ingrid Thulin. »Göttinnen! Keine unerzogenen Gören!«

Vittorio klebte an seiner Jugend wie eine Fliege an verkleckertem Honig. Eine lähmende, aber süße Gefangenschaft.

Seine Gäste wußten das. Wenn ihnen der Gesprächsstoff ausging, riefen sie Vittorio an den Tisch. »Erzähl uns noch mal, wie du im Kino einen Orgasmus hattest, als Harriet Anderson zu dem Kellner sagte: Vielen Dank!« So redeten junge Männer und Frauen aus einer Generation, die schon so viele Pornos gesehen hatte, daß sie Prüderie erregend fand.

Vittorio erzählte gern Geschichten. Von Dingen, die wirklich passiert waren oder von denen er sich wünschte, daß sie passiert wären, von solchen, die anderen Leuten zugestoßen waren, und manchmal auch von solchen, die nie stattgefunden hatten.

Nur zu gern übernahm er die Funktion eines Archivs, einer Datenbank vergangener Zeiten, für die Menschen, die aus diesen Zeiten hervorgegangen waren. Er war ein Dichter, der seinen eigenen Namen nicht schreiben konnte, im Gegensatz zu vielen anderen, die alles mögliche schreiben können, nur kein Gedicht.

»Dein Vater ist kein Pizzabäcker, er ist ein Homer unter

* Gren, Nordahl, Liedholm: legendäres schwedisches Fußballertrio, das in den fünfziger Jahren beim AC Mailand spielte (Anm. d. Ü.).

den Einwanderern«, hatte Kristina einmal gesagt, nachdem sie dem alten Mann stundenlang zugehört hatte.

Heute abend war er in Hochform. Er neckte Östen, weil er sich an ein Mädchen wie Maria nicht heranmachte, und Maria, weil sie ihm immer noch keine Enkelkinder geschenkt hatte. Die Pizza schmeckte wunderbar, genau wie der Wein, der sein bester war und den er extra hervorgeholt hatte, um ihnen zuzuprosten und sie hochleben zu lassen, als ob sie sich verloben wollten.

»Mein Vater hat meinen Exmann nie gemocht«, erklärte Maria.

»Hat den überhaupt irgend jemand gemocht?« fragte Östen mit vollem Mund.

Sie kniff ihn in den Schenkel, und er lachte vergnügt.

Nach einer Weile tauchte auch Marias Mutter auf, »der blauäugige Engel von Ulricehamn«, wie Vittorio sie zu nennen pflegte. Sie war alt geworden, aber ihre Augen leuchteten noch immer wie ein Bergsee in der Morgendämmerung. Und nicht nur das: Sie konnten auch sehr klar sehen. Sie sah, daß Östen für ihre Tochter noch nicht bereit war. Er war zerbrochen und mußte erst wieder zusammengeflickt werden. Sie versuchte es mit noch mehr Essen und noch mehr Wein.

Als sie das Lokal verließen, war es fast elf. Östen ging zu seinem Auto, das er in einiger Entfernung geparkt hatte. Er hatte viel zuviel getrunken und war nicht mehr fahrtüchtig, aber er merkte es nicht. Sein Kopf war klar und sein Herz leicht. Er war davon überzeugt, noch fahren zu können.

»Mit dir setze ich mich nicht ins Auto«, sagte Maria.

»Ich bin nicht betrunken!«

Sie hatte das alles schon einmal erlebt. Der Alkohol hatte ihre Ehe zerstört.

»Du darfst nicht fahren!«

Östen sah sie lächelnd an.

»Versuch doch, mich daran zu hindern!«

»Du glaubst wohl, das kann ich nicht?«

»Nein.«

»Nein, du hast recht. Du bist so groß und so stark, und du machst immer, was du willst«, sagte sie in zärtlichem Ton und kam mit kleinen Schritten auf ihn zu.

Er wußte nicht, was sie vorhatte. Er schaute sie an wie eine Figur im Fernsehen. Und peng, hatte er ein spitzes Knie zwischen den Beinen und knickte zusammen.

»Du kleine Hexe!«

Sie rannte weg, in Richtung Marktplatz, und er hinterher. Er erwischte sie nach fünfzig Metern. Er nahm eine Handvoll Schnee auf und rieb sie ihr in den Nacken. Sie rangen miteinander und wälzten sich lachend im Schnee. Schließlich ergab er sich und blieb ausgestreckt liegen, während sie rittlings auf seinem Brustkorb saß.

»Was würde ich ohne dich bloß machen?« sagte er atemlos.

Sie gab ihm einen schnellen Kuß und stand auf.

»Du würdest dich ans Steuer setzen!«

»Dich mag ich von allen Mädchen am liebsten. Schade, daß ich in eine andere verliebt bin.«

»Nein, das ist ein Segen. So können wir Freunde bleiben!«

Da saßen sie nun im nassen Schnee und lehnten sich aneinander, und sie froren beide.

39

Mittwoch, 5. Dezember

Wieder ein trister Dezembertag. Der Schnee, der über Nacht gefallen war, schmolz schnell. Überall bildeten sich trübe Pfützen, und die Menschen liefen herum wie Schlafwandler.

Auf dem Polizeirevier von Huddinge gab es nichts Neues. Östen Nilsson hatte einen halbherzigen Versuch gemacht, den weißen Volvo zu finden, den Ruth Ivarsdotter angeblich gesehen hatte. Aber Autos sind nicht nach Farben registriert. Normalerweise hätten sie diese Spur als aussichtslos verworfen. Andererseits hatte Ruth gesagt, das Auto sei groß und ganz neu gewesen. Es konnte sich demnach um einen Volvo S 80 handeln, der noch nicht lange auf dem Markt war. Wie viele weiße Exemplare mochte es davon geben? Es war ein Versuch, aber eine bessere Idee hatten sie nicht.

Östen rief bei der Volvo-Zentrale in Stockholm an. Wie viele weiße S-80-Modelle waren im letzten Jahr ausgeliefert worden? Und an welche Händler?

Der Angestellte, der das Gespräch entgegennahm, hatte offenbar an einer Schulung teilgenommen und gelernt, wie man Kunden behandelt, aber wie man mit einem Polizisten umgeht, wußte er nicht. Er versprach, demnächst zurückzurufen, was ebensogut am nächsten Tag wie in einem Monat sein konnte.

»Es handelt sich um Mord!« brüllte Östen.

»Es wäre einfacher, wenn Sie statt der Farbe das amtliche Kennzeichen wüßten«, bekam er zur Antwort.

»Dann hätte ich Sie nicht angerufen!«

»Genau.«

»Sie haben gewonnen.«

Östen legte auf.

Bei Maria lief es besser. Sie hatte wenigstens einen Namen, nach dem sie suchen konnte. Im Stockholmer Telefonbuch gab es keinen Fotografen, der Oskar mit Vornamen hieß. Blieb die Möglichkeit, daß er für eine Bildagentur arbeitete. Maria vermutete, daß Gabriella sich nicht mit irgendeinem unbedeutenden Fotografen eingelassen hatte. Deshalb fing sie gleich mit den großen Agenturen in Stockholm an. Die fünfte, die sie anrief, nannte sich »Veritas«, und ihr aufsteigender Stern hieß, wie Maria erfuhr, Oskar Sjölander.

Sie fuhr gleich hin. Die Agentur residierte in dem schönen Gebäude, das früher einmal die München-Brauerei gewesen war.

Oskar Sjölander, der gerade mit Fotos für eine Werbestrecke beschäftigt war, ließ sie zwanzig Minuten warten. Als er auftauchte, hielt er eins seiner Modelle in der Hand: eine Zweiportionenpackung von ›Marthas Hähnchen‹ für sein Mittagessen.

Weil er Hunger hatte, antwortete er ohne Umschweife auf alle Fragen.

»Kennen Sie eine gewisse Gabriella Larsson?«

»Ja, sicher. Wir hatten eine Beziehung, aber das ist schon eine Weile her.«

»Wie lange?«

»Ich hab sie ungefähr zwei Jahre nicht gesehen. Wieso? Ist ihr was passiert?«

»Ich stelle hier die Fragen«, sagte Maria, um ein wenig Spaß zu haben. Sie fuhr fort:

»Sie haben bestimmt eine Menge Fotos von ihr, oder?«

Sjölander wurde etwas unsicher.

»Ein paar habe ich wohl …«

»Darf ich mir die mal anschauen?«

»Ja, schon … aber da gibt's nicht viel zu sehen.«

»Was heißt das?«

»Sie werden schon sehen.«

Sie gingen in Sjölanders Privatbüro. An den Wänden hingen seine Werke, in einer abenteuerlichen Mischung: Frauen, Autos, Saucen. Er öffnete eine Schublade mit einem Schlüssel, den er aus einer anderen Schublade holte, nahm eine Mappe hervor und legte sie auf den Tisch.

»Bitte sehr.«

Eine nackte Frau, Bild für Bild. Verschiedene Perspektiven, wechselnde Beleuchtung, aber kein Kopf. Das heißt, der Kopf war mit einer sogenannten Räuberkapuze bedeckt. Es waren freche Fotos. Indiskret, das Geschlecht in Großaufnahme.

»Sie wollte es so«, erklärte Sjölander. »Sie konnte alles mit ihrem Körper machen, solange das Gesicht verdeckt war. Es war, als ob sie von ihrem Körper nichts wissen wollte, als ob sie ihn verachtete.«

»Aber Sie haben ihn nicht verachtet«, sagte Maria.

»Das ist mein Beruf.«

»Was wollen Sie mit diesen Fotos anfangen?«

»Vielleicht mache ich einen Bildband daraus. Oder ich verwende sie im Zusammenhang mit irgendeiner Werbung.«

»Haben Sie das schon getan?«

»Nein. Als zwischen uns Schluß war, wollte ich ihr nicht auch noch Geld schulden.«

»Wieso das?«

»Nun, es ist ihr Körper, nicht wahr? Sie müßte für jedes Bild, das ich benutze, ein Honorar bekommen.«

»Warum haben Sie sich getrennt?«

»Weil sie keine Ein-Mann-Frau sein wollte, wie sie sagte.«

»Waren Sie eifersüchtig?«

»Nein, eigentlich nicht. Aber sie kannte keine Grenzen. Manchmal rief sie mich mitten in der Nacht an, weil ich sie von irgendeiner Zufallsbekanntschaft abholen sollte. Irgendwann hatte ich es satt.«

»Nahm sie Drogen?«

»Nein.«

»Trank sie?«

»Nein.«

»Könnten Sie sie mir beschreiben?«

»Das ist gar nicht so leicht. Sie veränderte ihr Aussehen je nach Stimmung. Sie konnte an einem Tag wie ein Schulmädchen aussehen und am nächsten wie eine italienische Hure.«

Maria hatte jetzt ein klares Bild von Sjölander. Er war eingebildet, aber harmlos. Er hatte die Bilder von Gabriella aufbewahrt und machte keinen Hehl aus seinem Verhältnis zu ihr. Nein, Sjölander war nicht ihr Mann.

»Haben Sie nicht möglicherweise doch ein Porträt von ihr gemacht, ohne daß sie es gemerkt hat? Zum Beispiel im Schlaf?«

»Nein, so arbeite ich nicht.«

»Okay. Dann wärmen Sie sich mal Ihr Hähnchen auf«, sagte sie und ging.

40

Inzwischen hatte Kristina den Gerichtsarzt angerufen, um zu hören, ob es schon Neuigkeiten gäbe, aber das Resultat der DNA-Analyse lag noch nicht vor. Gegen halb zehn klingelte ihr Telefon. Es war Greta Larsson.

»Meine Tochter ist immer noch verschwunden. Es muß ihr etwas zugestoßen sein.«

»Wir wissen noch nichts.«

»Ich habe das deutliche Gefühl, daß etwas passiert ist.«

»So ein Gefühl hat man oft, wenn man sich Sorgen macht.«

»Jedenfalls habe ich etwas gefunden, das wichtig sein könnte.«

»Was denn?«

»Hätten Sie Zeit, in der Bibliothek vorbeizukommen?«

Kurz nach zehn war Kristina dort, die Bibliothek hatte gerade aufgemacht. Greta Larsson ging von Regal zu Regal mit einem Wagen voll zurückgebrachter Bücher, die wieder an ihren Ort gestellt werden mußten.

Kristina schaute ihr zu und beneidete sie. Aus dem kleinen Personalzimmer duftete es nach frisch gebrühtem Kaffee. Eine Wand war übersät mit den Unterschriften bekannter schwedischer Autoren, die den Überlebenskampf der Bibliothek unterstützt hatten – je unbedeutender der Schriftsteller, desto größer seine Signatur. Auf dem großen Tisch lagen die Tageszeitungen, und Greta wanderte gedankenvoll zwischen den Regalen hin und her. Stille, Geduld, Zeit. Das ist die Welt der Bücher.

Kristina wünschte, sie wäre in dieser Welt geblieben. Und doch war auch das keine Garantie. Man brauchte sich nur Greta Larsson anzusehen, in deren Leben gerade der Blitz eingeschlagen hatte. Sie hatte ihre liebe Not, die Ruhe zu bewahren, sie hielt sich an dem Bücherwagen fest, als sei er ein

Floß, während in ihrem Innern die Wölfe heulten. Ihr einziges Kind, ihre hochbegabte, ungezähmte Tochter, war noch immer verschwunden.

Sie setzten sich ins Personalzimmer. Auf dem Tisch standen Kaffee, Gebäck und Kerzen. Man mußte dem Dezemberdunkel Paroli bieten.

»Haben Sie gestern ordentlich gefeiert?« fragte Kristina, um nicht gleich mit dem Schwierigsten anzufangen.

Gretas Antwort war ein müdes Lächeln. Wie hätte sie feiern können, wenn ihre Tochter weg war? Sie hatte die Fassade aufrechterhalten, war nicht zusammengebrochen, sondern hatte die Gastgeberin gespielt, obwohl sie sich nichts anderes wünschte, als die Stimme ihrer Tochter zu hören. Mit anderen Worten, sie hatte jetzt keine Lust, über ihr Geburtstagsfest zu reden.

Hätte die Szene sich in einem amerikanischen Film abgespielt, dann hätte Greta laut Drehbuch sagen müssen, sie wisse genau, daß ihre Tochter noch am Leben sei, sie habe so ein inneres Gefühl. Aber es war kein amerikanischer Film, und Greta war Schwedin.

»Ich glaube, sie lebt nicht mehr.«

»So etwas dürfen Sie nicht sagen!« protestierte Kristina, obwohl sie dasselbe befürchtete.

»Sie hätte sonst etwas von sich hören lassen. Jetzt ist sie schon drei Tage weg.«

»Sie sagten, Sie hätten da etwas gefunden.«

»Ja, gestern. Als die Gäste gegangen waren, konnte ich nicht einschlafen. Ich war todmüde, aber furchtbar unruhig. Da habe ich angefangen, Wäsche für die Waschmaschine zu sortieren. Ich kehre immer die Taschen nach außen, bevor ich wasche, wer weiß, was da noch alles drin ist. In Gabriellas Jeans habe ich das hier gefunden.«

Sie holte ein zerknautschtes Stück Papier hervor, hielt es Kristina hin und fragte:

»Können Sie Französisch?«

Auf dem Zettel stand:

»Tu me manque deja. Ton C.«

Es war mit Bleistift geschrieben, in einer Handschrift, die man fast zierlich nennen konnte.

»Es bedeutet: Ich vermisse Dich schon jetzt«, sagte Greta Larsson.

»Ich weiß. So etwas sagt man, wenn man kurz vorher zusammen war. Und Sie haben keine Ahnung, wer dieser C. sein könnte?«

Greta Larsson schüttelte den Kopf.

»Franzose ist er jedenfalls nicht«, stellte Kristina fest.

»Woher wissen Sie das?«

»Er hat zwei Schreibfehler gemacht. Es heißt ›tu me manques‹, mit einem s am Ende, und ›déjà‹ hat einen Akzent auf dem e und auf dem a. Es ist also jemand, der zwar Französisch kann, es aber nicht in der Schule gelernt hat.«

»Und was bedeutet das?«

»Gar nichts. Es gibt Millionen Menschen, auf die das zutrifft. Einwanderer, Seeleute, Fußballprofis. Es kann sogar ein Schwede sein, der einfach findet, daß auf französisch alles besser klingt. Konnte ... verzeihen Sie: Kann Gabriella Französisch?«

»Fließend. Sie war sechs Monate als Au-pair-Mädchen in Paris. Sie mußte aufhören, weil der Familienvater sich in sie verliebt hatte.«

»Sie wissen nicht zufällig, wie er hieß?«

»Doch. Claude Bourlet.«

»Wann war das?«

»Das ist lange her.«

»Er könnte es gewesen sein, aber der Zettel sieht nicht so alt aus. Und ich glaube nicht, daß ihm diese Schreibfehler unterlaufen wären, es sei denn, die Leidenschaft hätte ihn zum Legastheniker gemacht. Nein, es dürfte eher ein Einwanderer sein, dem sie dort begegnet ist. Das ist doch das Übliche. Man reist irgendwohin, um die Menschen kennenzulernen, die dort leben, und dann trifft man doch nur andere Ausländer.«

Greta rang vor Verzweiflung die Hände.

»Der Zettel ist bestimmt nicht so alt. Ich habe diese Jeans schon öfter gewaschen, und da war er nicht drin.«

»Vielleicht hat er woanders gelegen, und sie hatte ihn gerade hervorgeholt. Wir müssen sie fragen, wenn wir sie gefunden haben. Darf ich den Zettel behalten?«

Greta nickte.

»Darf ich Ihnen noch ein paar Fragen stellen, die Sie vielleicht seltsam finden werden? Sie müssen sie nicht beantworten, wenn Sie nicht wollen.«

»Warum sollte ich denn nicht antworten?«

»Gut. Wie ist das Verhältnis zwischen Ihnen?«

Greta seufzte.

»Ich bin immer mit ihr allein gewesen. Sie hatte nie einen Vater, und sie hat auch nie nach ihm gefragt. Ich glaube, daß sie in all den Männern, mit denen sie herummacht, ihren Vater sucht. Wir haben oft Krach, aber wir lieben uns.«

»Als sie am Sonntag wegfuhr, hatten Sie da Krach?«

»Nein. Im Gegenteil. Sie war fröhlich und freute sich darauf, mir bei der Geburtstagsparty zu helfen. Außerdem sind wir nie lange verkracht. Sie stänkert eine Weile herum, aber dann tut es ihr leid, sie kocht mir Tee und will sich wieder mit mir vertragen. Man kann ihr nicht böse sein. Wenn Sie sie kennengelernt hätten, würden Sie das verstehen.«

»War sie … ist sie politisch interessiert?«

»Ja und nein. Sie hat sich auf verschiedenen Gebieten engagiert, für Umweltprobleme oder für irgendeine Einwanderergruppe, aber nie konsequent. Es hing immer davon ab, mit wem sie gerade zusammen war. Warum wollen Sie das wissen?«

»Es ist nur so ein Gedanke ... Was für Gebiete waren denn das?«

»Palästina war mal angesagt, dann die Kurden, dann die Umweltverschmutzung.«

»Ist sie religiös? Neigt sie zum Grübeln?«

»Gabriella? Ganz und gar nicht. Sie hat nichts für gläubige Menschen übrig, für sie sind das alles Dummköpfe. Sie büffelt ja, wie gesagt, Astrophysik. Die Welt ist nicht unbegreiflich, sagt sie immer. Nur die Menschen kann man nicht verstehen.«

Allmählich bekam Kristina eine Vorstellung von dem Mädchen, das sie suchen sollte. Eine ruhelose, begabte, frühreife junge Frau, die sich nach Verläßlichkeit sehnte, nach jemandem, der erwachsener war als sie. Wie traurig, wenn diese junge Frau in einem brennenden Auto den Tod gefunden hätte.

»Wir tun, was wir können. Wenn Ihnen noch etwas einfällt, melden Sie sich bitte sofort. Hier ist meine Privatnummer, Sie können mich rund um die Uhr anrufen.«

Das versprach Greta Larsson, obwohl sie glaubte, daß ihre Tochter nicht mehr am Leben sei. Ihr Berufsethos verbot Kristina, diese Auffassung zu teilen. Um so schlimmer, daß sie es dennoch tat.

Sie fuhr zum Bahnhof zurück, aß mit Maria und Östen zu Mittag und las die Abendzeitungen, obwohl ihre Gedanken unablässig von Kemal zu Gabriella, zu Gabriellas Mutter und zurück irrten. Sie schlief auf dem Sofa ein und wurde durch einen Anruf ihres Vaters geweckt, der sie zum Abendessen einladen wollte. Sie verabredeten sich für Sonntag.

Die Stunden verrannen nur langsam.

Sollte sie Kontakt mit Kemal aufnehmen? Sollte sie warten, bis er es tat? Sollte sie die Sehnsucht, die sie empfunden hatte, als er sie in seinen Armen hielt, zulassen oder verdrängen? Sollte sie die Lust und die Erfüllung, die sein Körper ihr versprach und die ihr Körper schon so lange vermißte, bejahen oder ablehnen?

Wieder klingelte das Telefon. Es war nicht Kemal.

Es war Arne Svedling.

41

Thomas kehrte später als gewöhnlich in sein Reihenhaus am Mossväg zurück, wo seine Frau Linnea dabei war, den Tisch für das Abendessen zu decken. Was zwischen ihm und Ruth geschehen war, hatte ihn veranlaßt, einen langen Spaziergang zu machen, als könne er auf diese Weise Abstand davon gewinnen.

Sein behinderter Sohn saß schon auf seinem Platz, hatte ein Lätzchen umgebunden und demonstrierte seine Ungeduld, indem er mit den Fäusten auf den Tisch trommelte und mit eintöniger Stimme wiederholte: »Essen. Essen. Essen.«

Linnea versuchte ihn zu beruhigen.

»Gleich, mein Junge, gleich.«

Als sie ihren Mann sah, hellte sich ihre Miene sofort auf. Seit fünfundzwanzig Jahren war es nun so, daß sie anfing zu strahlen, sobald er zur Tür hereinkam.

Wie hätte er ihr sagen sollen, daß er gerade mit einer anderen geschlafen hatte?

Aber auch der Sohn wurde still, als er seinen Vater erblickte, lächelte über das ganze Gesicht und machte ein paar linkische Boxbewegungen in seine Richtung. Thomas war in seiner Jugend ein guter Boxer gewesen und hatte ihm etwas beigebracht.

Das Essen war einfach und gut, wie immer. Große Fleischklöße, Reis und grüner Salat.

Nach Tisch ging der Junge in sein Zimmer, um am Computer zu spielen. Er war nicht besonders geschickt, aber er hatte Spaß daran, die virtuellen Figuren durch Knopfdruck zu kontrollieren.

Thomas saß eine Weile bei ihm und tätschelte ihm den Kopf, wenn er auf dem Bildschirm ein Flugzeug abgeschossen hatte.

Als Thomas wieder herunterkam, saß Linnea auf dem Sofa und las die Zeitung.

»Wie war dein Tag?« fragte sie.

Was sollte er darauf antworten?

»Wie immer. Und deiner?«

»Wie kommt ihr mit den Ermittlungen voran?«

»Nicht besonders.«

»Willst du dich nicht setzen?«

Er stand unschlüssig da.

»Ich werde ein bißchen am Auto rumbasteln.«

»Möchtest du keinen Kaffee?«

»Vielleicht später.«

Da saß sie und ahnte nichts. Sie bot ihm Kaffee an, während er die Absolution brauchte. Aber zuerst mußte er beichten.

Er ging hinaus und öffnete die Motorhaube, obwohl er wußte, daß mit dem Auto alles in Ordnung war. Er wollte noch einmal über das Ganze nachdenken, er brauchte mehr Zeit. Ruth hatte ihn nicht einmal gefragt, ob er verheiratet war. Ihr gegenüber brauchte er also kein schlechtes Gewissen zu haben. Aber sollte er Linnea belügen?

Sie war immer so loyal gewesen, gegen ihn und gegen den Sohn. Sie war es, die das familiäre Gefüge zusammenhielt. Sie hätte ihren Mann niemals angelogen.

Er verbrachte fast eine Stunde in der Garage, ohne zu einem Entschluß zu kommen. Aber er konnte ja nicht die ganze Nacht dort sitzen bleiben. Er ging wieder hinein.

Linnea kam gerade aus dem Zimmer des Jungen.

»Schläft er?«

»Er war den ganzen Tag nicht richtig auf der Höhe. Hoffentlich ist es keine Grippe. Möchtest du jetzt Kaffee?«

»Ich bin kurz vor dem Zerspringen, und du liegst mir mit Kaffee in den Ohren!« brach es aus ihm heraus.

»Kriegst du auch die Grippe?« fragte sie lächelnd.

»Ich muß mit dir reden.«

Sie wartete.

Er setzte sich aufs Sofa.

»Ich habe mit einer Frau geschlafen.«

Linnea legte die Zeitung weg, ohne etwas zu sagen.

»Es tut mir leid.«

Schweigen. Dann sagte sie:

»Ich mache jetzt den Kaffee.«

»Ist das alles, was dir dazu einfällt?«

»Was willst du denn hören?«

»Irgendwas.«

»Wer ist sie?«

»Das spielt doch keine Rolle.«

»Und was hast du jetzt vor?«

»Ich weiß nicht. Was möchtest du denn?«

Linnea sah auf ihre Hände.

»Davon geht die Welt nicht unter«, sagte sie schließlich. »So etwas passiert eben. Wir haben ja seit Monaten nicht miteinander geschlafen. Aber ich will nicht, daß du dich weiter mit ihr triffst.«

Er fühlte sich von ihrer Ruhe fast provoziert. Hatte sie denn so wenig Interesse an ihm? Warum wurde sie nicht wütend?

»Ich glaube nicht, daß ich so einfach aufhören kann, sie zu sehen.«

»Ja, das ist mir klar.«

»Wie meinst du das?«

»Willst du das wirklich wissen?«

»Ja.«

»Ich war auch mal mit einem anderen Mann zusammen. Das ist aber schon lange her. Ich habe mit ihm Schluß gemacht, deinetwegen und wegen des Jungen.«

Auf diese Wendung des Gesprächs war er nicht vorbereitet gewesen. Widerwillig mußte er sich eingestehen, daß er eifersüchtig war. Deshalb also hatte sie sich ihm so lange entzogen.

»Wie lange ist es denn her, wenn man fragen darf? Und wie heißt der Mistkerl?«

»Das spielt doch keine Rolle.«

»Ich will es wissen.«

»Komm her«, sagte sie nur und zog ihn an sich.

Sie roch gut, schon immer, und jetzt hatte sie Tränen in den Augen. Er trocknete sie, zuerst mit der Hand, dann mit einem Kuß und dann mit einem zweiten. Das Sofa war schmal, und er war breiter geworden, aber sie hatte denselben Körper wie vor fünfundzwanzig Jahren, und die Lust stieg in ihm auf, und er wollte sie zurückerobern, das Bild des anderen Mannes aus ihrem Kopf vertreiben, und weil er zu ihrem Gehirn keinen Zugang hatte, versuchte er es über ihren Schoß.

Linnea kam ihm wollüstig entgegen. Mit raschen Bewegungen zog sie ihren Slip aus, öffnete seinen Reißverschluß und setzte sich auf ihn. Er war wieder dort, wo er hingehörte, und er wußte, daß er nicht mehr entkommen konnte.

42

Die Stimmung in der Bar des »Grand Hôtel« war nicht so ausgelassen wie sonst. Der Mord an Karpin war jetzt in aller Munde. Man spekulierte über verschiedene Motive. In der Zeitung ›Expressen‹ hatte Beata Viklund, genannt »das Loch«, die Theorie verbreitet, daß Karpin ein Opfer der Gruppe »Mohammeds Löwen« geworden sei, einer Unterabteilung von al-Qaida. In einem Interview mit ›Le Monde‹ hatte Karpin behauptet, der Mangel an großen Schachspielern in der muslimischen Welt sei ein Beweis für deren kulturelle Unterlegenheit.

»So etwas wird nicht einfach toleriert. Es gibt Kreise, die das sehr übelnehmen, und sie haben genug Macht und Geld, um jeden zu beseitigen, der ihnen nicht paßt«, hatte die Viklund geschrieben.

»Die Frage ist nur, wer als nächster auf der Liste steht. Auch V. S. Naipaul, der Träger des Literaturnobelpreises, nimmt im Hinblick auf den Islam kein Blatt vor den Mund. Kann die Polizei seine Sicherheit garantieren?«

In derselben Nummer der Zeitung hatte eine Reihe von islamischen Organisationen gegen derartige Unterstellungen protestiert. Niemand, hieß es dort, dächte auch nur im entferntesten daran, dem Nobelpreisträger ein Haar zu krümmen. Andererseits bestätigten anonyme Informanten aus seinem Umkreis, daß er Drohbriefe erhalten hatte.

Die Geschäftsleitung des Hotels war nervös, wagte aber kein zusätzliches Wachpersonal anzufordern, um die Gäste nicht zu beunruhigen. Auch die schwedische Polizei war nervös, denn sie hatte kaum Erfahrung mit Terroristen. Die Nobel-Clique war nervös und zugleich gespannt.

Arne Svedling war ebenfalls nervös. Dies war nun schon sein dritter Besuch im Hotel innerhalb von zwei Tagen. Nick der Grieche tat so, als würde er ihn nicht erkennen, aber der Kleine Russe kam auf ihn zu.

»Möchten Sie was trinken, Kommissar?« fragte er.

»Haben Sie Menschenblut mit einem Schuß Gin und Tonic?« sagte Svedling.

Er war miserabler Laune. Er hatte eine Falle aufgestellt. Aber wen würde er darin fangen?

Jetzt saß er da wie ein Idiot und beobachtete die Mädels, die sich hier ein paar Groschen verdienten oder auch nur darauf hofften. Würde die Frau, mit der Karpin geredet hatte, wieder herkommen? Das war durchaus möglich, wenn sie unschuldig war, und wenn sie eine Frau war, was ja noch gar nicht feststand. Ziemlich sicher war dagegen, daß es sich beim Mörder Karpins und Gospodins um ein und dieselbe Person handelte. Karpin und Gospodin hatten zwei Dinge gemeinsam. Sie waren Russen, und sie hatten die Muslime beleidigt. Ein anderes Motiv konnte Svedling sich nicht vorstellen. Er nahm die Drohung gegen den Nobelpreisträger vollkommen ernst. Im übrigen konnte er die Muslime selbst nicht leiden.

Der Kleine Russe brachte einen ›Virgin Mary‹.

»Was macht das?« fragte Svedling.

»Das geht aufs Haus.«

»Kommt nicht in Frage!«

Svedling holte einen Fünfzigkronenschein hervor und legte ihn auf den Tisch. Der Kleine Russe lächelte mitleidig.

»Und Sie glauben, das reicht, Kommissar?«

»Was kostet das Dreckszeug denn?«

Der Kleine Russe würdigte ihn keiner Antwort. Ein anderer Kunde winkte ihn an seinen Tisch.

Svedling versank in Grübeleien. Das Merkwürdige war, daß die Stimmen um ihn herum ihn nicht störten, im Gegenteil: Sie halfen ihm, klarer zu denken.

»Ich bin schon viel zu lange allein«, murmelte er zu sich

selbst. Einen Tag nach der Scheidung hatte die Einsamkeit sich angefühlt wie ein reinigendes Bad, aber nach kurzer Zeit hatte er gemerkt, daß er noch immer im selben Wasser lag. Er käute dieselben Gedanken wieder, er blieb an denselben Hindernissen hängen, er scheiterte an denselben Unbegreiflichkeiten. Warum hat sie mich verlassen? War ich nicht gut genug im Bett? Wie konnte sie so etwas tun, nach all den Jahren?

Es war kurz vor zehn. Sie hatte gesagt, sie würde in einer Stunde dasein, und konnte also jeden Augenblick auftauchen. Am Telefon hatte sie sich fröhlich angehört. Was mochte der Grund dafür sein?

Plötzlich stand Kristina am Eingang und sah sich suchend um. Sie war in ihrem Leben auf vieles gefaßt gewesen, aber nicht darauf, daß Arne Svedling sie zu einem Drink in die Bar des »Grand Hôtel« einladen würde. Sie war sehr dezent, fast unscheinbar gekleidet: schwarze Hose, schwarze Jacke und ein dunkelroter Rollkragenpullover. Trotzdem drehten sich viele Männer nach ihr um.

Svedling begriff jetzt den Grund für ihre Fröhlichkeit. Es war eine verliebte Frau, die dort an der Tür stand. Man konnte in ihr lesen wie in einem offenen Buch. Und die Männer sahen ihr nach, weil sie versuchten, die Schrift zu entziffern.

Genauso war es bei seiner Frau gewesen, als sie anfing, ihn zu betrügen. Sie war nach Hause gekommen, hatte ihre alten Trainingshosen angezogen, die ihr viel zu groß waren, hatte sich an den Herd gestellt, und um sie herum hatte es geleuchtet. Es hatte eine gewisse Zeit gedauert, bis er die Schrift auf ihrer Stirn lesen konnte.

Als er Kristina zuwinkte, ohne sich aus seinem Sessel zu erheben, kam der Kleine Russe angerannt.

»Das ist sie!« flüsterte er aufgeregt.

»Sind Sie sicher?«

»Natürlich! Das ist sie!«

»Danke«, sagte Svedling.

Kristina hatte ihn inzwischen entdeckt und kam an seinen Tisch. Er empfand idiotischerweise so etwas wie Stolz, als ob sie zu ihm gehörte, rückte ihr sogar den Stuhl zurecht und wartete, bis sie sich hingesetzt hatte.

»Was möchten Sie trinken?« fragte er.

»Ein Glas Weißwein ... trocken.«

»Sehr trocken?« fragte der Kleine Russe.

»Ja, bitte.«

»Dann würde ich ein Glas Montserrat vorschlagen.«

»Gute Idee.«

»Ich wußte gar nicht, daß Sie Weinexpertin sind«, sagte Svedling, als der Kleine Russe verschwunden war.

»Ich wußte auch nicht, daß Sie in solchen Lokalen verkehren.«

»Sie wissen, warum wir hier sind, oder?«

»Ehrlich gesagt, nein. Wissen Sie es?«

»Lassen Sie uns nicht gleich wieder alles verderben, wie beim letzten Mal.«

Er holte das Foto aus seiner Tasche und überreichte es ihr wie eine Rose.

»Bitte sehr!«

Kristina zögerte einen Moment, bevor sie begriff.

»Sie haben herausgekriegt, was passiert ist.«

»Ja.«

Sie sah auf ihre Hände. Ihr Geheimnis war gelüftet. Sie hatte befürchtet, daß es so kommen würde, und jetzt fühlte sie sich plötzlich erleichtert.

»Darf ich fragen, wie?«

Ihre Stimme war kaum hörbar.

»Ich hatte das Glück, denjenigen zu erwischen, der das Bild an Gospodin verkauft hat.«

Er machte eine Pause. Dann fuhr er fort:

»Ich bin bereit, Ihnen alles zu sagen, was ich weiß. Als Gegenleistung verlange ich, daß Sie dasselbe tun. Abgemacht?«

Sie nickte.

»Ich habe Sie hierher eingeladen, um festzustellen, wie ähnlich Sie der Frau oder dem als Frau verkleideten Mann sehen, der oder die wahrscheinlich Gospodin und Karpin umgebracht hat. Nicht um mir meinen Verdacht gegen Sie bestätigen zu lassen – den habe ich schon abgeschrieben –, sondern um Sie davon zu überzeugen, daß die Ähnlichkeit existiert. Der Kellner hat in Ihnen die Frau erkannt, die mit Karpin hier war. Wenn Sie es bezweifeln, können wir ihn fragen.«

»Nein, das ist nicht nötig. Ich glaube Ihnen.«

»Danke. Aber Sie kannten Gospodin, und Sie waren auch dabei, als Karpin seinen Auftritt hatte. Ich muß Sie also fragen: In welcher Beziehung standen Sie zu diesen Männern?«

Das war eine plausible Frage. An seiner Stelle hätte sie es genauso gemacht. Sie hatte sich gewundert, als er anrief, um sie ins »Grand Hôtel« einzuladen. Jetzt kannte sie den Grund.

»Ich hatte mit Mikael Gospodin kein Verhältnis. Ich mochte ihn, und er mochte mich ... er war sogar ein bißchen hinter mir her, aber es gab keinerlei Vertraulichkeiten. Ich weiß nichts von seinen Geschäften, von seinen Freunden oder Feinden. Aber einmal habe ich erlebt, daß er Angst hatte. Vor ungefähr einem halben Jahr. Er war nach Rußland zurückgefahren, und als er wiederkam, war er sehr beunruhigt, ja, er hatte richtig Angst. Ich fragte ihn, was passiert sei, aber er sagte nichts. Zufällig erfuhr ich, daß er in Waffengeschäfte verwickelt war. Ein anderer Russe, den wir im Zusammenhang mit Frauenhandel festgenommen haben, hat uns davon berichtet.«

»Das mit den Waffengeschäften habe ich auch gehört«, sagte Svedling.

»Zu Karpin kann ich überhaupt nichts sagen. Ich war mit

meinem Vater bei der Vorführung, er ist Schachliebhaber. Ich habe Karpin spielen sehen, aber das war auch alles.«

Der Kleine Russe kam mit ihrem Wein. Sie kostete, er war hervorragend. Kristina wartete, bis er wieder gegangen war.

»Nun sind Sie an der Reihe«, sagte sie. »Wer hatte das Foto von mir?«

»Warum haben Sie eigentlich keine Anzeige erstattet?«

»Ich habe mich geschämt.«

Svedling dachte über die Antwort nach.

»Das kann ich verstehen«, sagte er. »Aber es würde Ihnen doch niemand vorwerfen, daß Ihnen etwas Schlimmes passiert ist.«

Sie lachte kurz.

»In solchen Fällen ist nie die Rede davon, daß einer Frau etwas Schlimmes passiert ist. Wenn es nach der öffentlichen Meinung geht, dann hat sie nur bekommen, was sie verdient.«

Svedling mußte zugeben, daß sie recht hatte. Es ist schwer für eine Frau, zu beweisen, daß sie einen Schwanz nicht freiwillig in den Mund nimmt.

»Wie auch immer«, sagte er, »das ist jetzt geklärt. Ich wollte Ihnen sagen, daß ich nicht die Absicht habe, dieses Bild für irgend etwas zu benutzen, und daß ich Sie nicht mehr verdächtige, was den Mord an Gospodin betrifft. Es ist vielmehr so, daß ich Hilfe brauche.«

»Sie können soviel Hilfe bekommen, wie Sie wollen, wenn Sie mir den Namen des Mannes verraten, der das Bild hatte.«

»Sie wollen doch wohl keinen privaten Rachefeldzug starten?«

»Nein. Ich will nur wissen, wer er ist.«

Er glaubte ihr nicht.

»Sie bekommen den Namen, wenn es an der Zeit ist, das verspreche ich Ihnen. Aber zuerst müssen wir uns mit anderen Dingen befassen.«

»Ich höre.«

Bevor er loslegte, atmete Svedling tief durch, wie vor einem Tauchgang im Meer.

»Ich habe zwei Morde aufzuklären. Den an Gospodin, der mich nicht besonders interessiert, und den an Karpin, für den ich mich interessieren muß. In beiden Fällen wurde eine Frau gesehen, die Ihnen ähnelt. Es ist, als sei das für mich inszeniert worden. Und für Sie. Fällt Ihnen irgend jemand ein, der Ihnen Böses will?«

»Ja, aber er ist tot.«

»Sie meinen den, der die Fotos gemacht hat? Sonst gibt es da niemanden?«

»Nein.«

»Gut. Es spielt auch keine große Rolle mehr. Ich bin jetzt fast sicher, daß es ein Mann war, der sich als Frau verkleidet hat, oder eine Frau, die sich eine Perücke aufgesetzt hat, um auszusehen wie Sie. Vielleicht sieht sie Ihnen sonst überhaupt nicht ähnlich, aber die Frisur genügt schon. Die Leute schauen ja nicht so genau hin, sie achten auf ein Detail, und das war's dann. Wenn es bei Gospodin geblieben wäre, dann wären Sie mich nicht mehr losgeworden. Denn in diesem Fall hätte ich mir denken können, daß Sie ein Motiv hatten. Wegen des Fotos und so. Aber was hätten Sie für ein Motiv gehabt, Karpin zu töten? Heute habe ich mit einem Zeugen gesprochen, der bei dem Match am Sonntag dabei war. Daher weiß ich, daß Sie ebenfalls dort waren. Ich habe auch erfahren, daß Karpin gegen eine Frau verloren hat – oder hätte verlieren können –, die im Rollstuhl saß. Offenbar weiß niemand, wer sie ist. Haben Sie sie gesehen?«

Svedling hatte wirklich eine Begabung, sie mit Problemen zu konfrontieren. Sollte sie jetzt lügen? Das hatte sie beim letzten Mal getan, und er hatte trotzdem die Wahrheit herausgefunden. Andererseits, warum sollte sie Assine in eine Geschichte hineinziehen, mit der sie ganz gewiß nichts zu tun hatte? Sie entschied sich für die Wahrheit. Es war einfacher so.

»Natürlich! Ich kenne sie sogar. Ich war vorgestern bei ihr zu Hause.«

»Warum?«

»Ihr Bruder war ins Krankenhaus eingeliefert worden.«

»Sie hat also einen Bruder?«

»Allerdings.«

»Kennen Sie den auch?«

»Ja.«

Etwas in ihrer Stimme hatte sich verändert, und es war ihm nicht entgangen.

»Was wissen Sie über das Geschwisterpaar?«

»Eigentlich nichts. Er heißt Kemal Fahed, und sie heißt Assine Fahed. Sie sitzt im Rollstuhl, weil sie von der Taille abwärts gelähmt ist.«

»Sind die beiden Muslime?«

»Ja.«

»Und woher stammen sie?«

»Das weiß ich nicht.«

»Ich habe den Eindruck, daß Sie die beiden ein wenig besser kennen. Na ja. Es geht mich nichts an. Aber ich werde mit ihnen reden.«

»Warum denn das?«

»Weil Karpins Mörder mit seinem Opfer Schach gespielt hat, bevor er oder sie die Tat verübte.«

»Du lieber Gott, Assine sitzt im Rollstuhl!«

»Ich kann auch im Rollstuhl sitzen!« gab Svedling zurück und dankte im Geiste Kurt Glansén für den Tip.

Er hatte recht. Sie konnte nicht wissen, ob Assine wirklich gelähmt war.

»Sie wohnen am Rosenhill in Huddinge.«

»Danke!«

»Darf ich jetzt erfahren, wie er heißt?«

Svedling entschied, daß nun der richtige Augenblick gekommen sei, um seine Informationen zu verkaufen.

»Antonio Salieri. Er wohnt am Ugglegränd 1 A.«

»Danke!«

»Möchten Sie noch ein Glas?«

»Nein, danke, ich muß fahren.«

Sie saßen einen Augenblick schweigend da.

»Es gibt da eine Sache, die mir Sorgen macht«, sagte Kristina. »Wir haben draußen am Gömmarsee die verbrannte Leiche einer jungen Frau gefunden. Leider wissen wir noch immer nicht, wer sie ist. Aber eine Zeugin hat dort eine Frau mit kurzen, blonden Haaren gesehen, mit meiner Frisur. Später hat sie ganz in der Nähe einen jungen Mann beobachtet. Wäre es vorstellbar, daß es zwischen Ihren Morden und meinem einen Zusammenhang gibt?«

»Einen Zusammenhang welcher Art?«

»Es könnte derselbe Täter gewesen sein.«

Svedling lachte.

»Sie haben eine lebhafte Phantasie. Junge Frauen werden jeden Tag ermordet. Und Sie wissen so gut wie ich, daß der Täter immer jemand aus ihren Kreisen ist, meist der Mann, den sie lieben, oder der Mann, den sie verlassen haben. Warten Sie, bis Sie erfahren, wer das Opfer ist, dann werden Sie den Täter auch bald haben.«

Kristina mußte sich eingestehen, daß er recht hatte, genau wie Maria.

»Kann ich Sie irgendwohin fahren?« fragte sie.

»Nein, danke. Ich brauche etwas frische Luft.«

Kurze Zeit später trennten sie sich vor dem Hotel.

43

Donnerstag, 6. Dezember

Es war der erste schöne Morgen seit zwei Monaten. Die Sonne leuchtete hinter dünnen Wolkenschleiern, es schneite ruhig und gleichmäßig, und es war windstill. Auch Kristina war ruhig.

Als sie sich am Tag zuvor von Svedling verabschiedet hatte, war sie es noch nicht gewesen. Da hatte sie im Auto gesessen, ohne den Motor anzulassen, hatte die Hitze am ganzen Körper gespürt und ein leichtes Zittern ihrer Hände. Die Stunde der Rache war gekommen. Alles, was sie sich über diesen Augenblick zusammenphantasiert hatte, kehrte nun schlagartig in ihr Bewußtsein zurück, und zwar mit einer Klarheit, als würde ein Film abgespult. Herr Salieri sollte der erste sein, der es mit ihrer Wut und ihrer Scham zu tun bekam. Und sie würde ihm alle Zeit der Welt geben, um zu begreifen, was er ihr angetan hatte.

Es kostete sie große Anstrengung, den Wagen nach Hause zu steuern. Sie fuhr langsam und vorsichtig wie eine Betrunkene. Als sie angekommen war, trank sie noch ein großes Glas Wein, um sich zu betäuben. Bevor sie ins Bett ging, holte sie die neue Axt hervor und betrachtete sie lange, als ob sie die Zukunft aus ihr lesen wollte.

Sie schlief unruhig, träumte von Engeln mit langen Schwertern und Lanzen und von sich selbst in der Rolle des heiligen Sebastian, der von Pfeilen durchbohrt war, vom Marquis de Sade und seinen Folterinstrumenten. Mal war sie das Opfer, mal der Henker, und in beiden Fällen war die Erniedrigung die gleiche.

Der Kampf dauerte die ganze Nacht, aber als sie aufwachte, war ihr Inneres ruhig und klar wie der Dezembermorgen draußen vor dem Fenster. Sie wußte jetzt, was zu tun war. Sie frühstückte und las die Zeitung. Nichts Neues über Gospodin oder Karpin, abgesehen davon, daß die verantwortlichen Stellen sich zunehmend um die Sicherheit der Nobelpreisträger sorgten. Es gab Gerüchte über geplante Terrorakte, vor allem gegen Naipaul.

In diesem Moment interessierte sie sich nicht dafür.

Um Viertel vor neun war sie am Ugglegränd. Das war eine kurze Gasse, die über eine Treppe die Brännkyrkagata mit der Tavastgata verband. Ein wunderschöner, ausgewachsener japanischer Kirschbaum stand am Ende der Treppe, wie zum Zeichen dafür, daß hier ein anderer Stadtteil begann.

Bis in die siebziger Jahre war das eine verfallene Gegend gewesen, mit Fixerbuden, Massageinstituten und kleinen Handwerksbetrieben von Klempnern, Malern oder Schneidern. Die Häuser hatten keine Zentralheizung, und nicht selten befand sich die Toilette im Hof. Es roch immer nach Exkrementen. Es gab ein einziges Café, in dem die Männer des Viertels ihr Pilsner tranken und Pfeifen mit kurzem Schaft rauchten, und die Kellnerinnen, die meistens ebenso alt waren wie die Gäste, hatten für jeden von ihnen ein freundliches Wort.

Inzwischen hatte sich alles vollkommen verändert. Das Gebiet war in den Siebzigern gründlich saniert worden, und die Mieten waren in schwindelnde Höhen gestiegen. Man hatte den alten Mietern gekündigt; eingezogen waren erfolgreiche Schriftsteller, Künstler, Galeristen und Kommunalpolitiker. Dann hatten sich Kneipen im irischen Stil angesiedelt, spanische, griechische und italienische Eßlokale. Es roch nicht mehr nach Exkrementen, es roch nach Geld.

Das Haus Nr. 1 A war ockerfarben und sah vornehm aus.

Sie klingelte. Es dauerte eine Weile, bis sich etwas rührte.

Sie betrachtete die japanische Kirsche, auf deren kahlen Zweigen sich Schneeflocken wie weiße Schmetterlinge niederließen.

»Wer ist da?« fragte eine Frauenstimme im Lautsprecher.

Sie klang jung und munter, im Hintergrund hörte man ein Kind lachen, so herzerwärmend, wie es nur Kinder können.

»Jemand von der Polizei.«

»Scheiße«, sagte die Frau und drückte auf den Türöffner.

Die Wohnung lag drei Treppen hoch. Die Stufen waren abgetreten, man glaubte ihnen die Geduld anzusehen, mit der sie Jahr um Jahr, Jahrzehnt um Jahrzehnt ihren Benutzern gedient hatten. Menschen gehen hinauf und hinunter, alte Leute gehen zum Einkaufen und Kinder zum Spielen, Frauen zu ihren Männern und Männer zu ihren Frauen, Frauen zu den Männern anderer Frauen und Männer zu den Frauen anderer Männer. Briefträger und Reklameverteiler, Handwerker und schließlich Bestattungsunternehmer, sie alle tun das ihre dazu, daß die Treppenstufen mit der Zeit abgewetzt und blank werden.

An der Sprechanlage hatte sich eine Frau gemeldet, aber es war ein Mann, der Kristina die Tür öffnete. Sie war darauf vorbereitet.

»Herr Antonio Salieri, I presume?« sagte sie lächelnd.

Den alten Witz fand Antonio natürlich gar nicht komisch. Ihre Stimme war trocken und sachlich, aber ihr Herz klopfte wie wild.

Vor ihr stand einer der Männer, die sie geschändet hatten. Ein ganz gewöhnlicher, völlig unbedeutender junger Mann, dessen Haar schon dünn wurde und der versuchte, die Ruhe zu bewahren, während von der linken Seite seines Halses her eine Röte sein Gesicht überzog, die seine Nervosität verriet.

»Was ist los, Tony?«

Es war Sara, die Ehefrau, die aus der Küche rief.

»Nichts«, antwortete er.

Was nicht ganz der Wahrheit entsprach. Kristina war in diesem Augenblick alles andere als »nichts«. Sie hatte Lust, ihn anzuspucken, ihm in den Unterleib zu treten, ihn niederzuschlagen und mit ihren Absätzen auf seinem Gesicht herumzutrampeln.

»Bitte, kommen Sie herein«, sagte Antonio.

Die Diele war eng, vollgestopft mit Kleidungsstücken und Spielsachen. In der kleinen, aber hellen Küche saß Sara im Morgenrock und wiegte einen Säugling in den Schlaf. Ihr gegenüber saß ein dreijähriges Mädchen, das Antonio offensichtlich gerade fütterte.

»Wer bist du?« fragte die Kleine, die im Gegensatz zu ihrem Vater keinen Grund zur Furchtsamkeit hatte.

»Ich bin Polizistin.«

»Eine richtige Polizistin?«

»Ja.«

»Iß jetzt, Kleines!« sagte Sara.

»Willst du meinen Papa mitnehmen?«

Auf diese Frage gab es nur eine Antwort.

»Nein. Ich will mich nur ein bißchen mit ihm unterhalten. Wie heißt du?«

»Ich heiße Cassandra. Aber meine Freunde nennen mich Cassi.«

»Wie soll ich dich denn nennen?«

»Bist du meine Freundin?«

»Das will ich gerne sein.«

»Dann darfst du Cassi sagen.«

Aber schon hatte Cassandra das Interesse verloren und rannte aus der Küche. Antonio folgte ihr.

»Du hast nichts gegessen, Cassandra! Komm her!« rief er.

»Ich will nicht!«

»Ich glaube, wir gehen zum Reden lieber woanders hin«, sagte Kristina.

Antonio zog eine wattierte Jacke an und rief über die Schulter: »Ich komme gleich wieder.«

Sie gingen zu »Lavazza« in der Hornsgata, wo gerade erst geöffnet wurde. Noch waren keine anderen Gäste da. Sie bestellte sich einen Espresso und fragte ihn, was er trinken wolle.

»Dasselbe.«

Nachdem sie bezahlt hatte, gingen sie in den ersten Stock hinauf, wo man rauchen durfte. Sie holte eine Zigarette hervor, besann sich jedoch und steckte sie wieder zurück. Antonio dagegen nahm einen tiefen Zug und atmete den Rauch durch Mund und Nase aus. Er erinnerte sie an einen Posaunenengel mit aufgeblasenen Backen.

Er sah nicht aus wie ein Vergewaltiger. Aber wie sahen die überhaupt aus? Zu ihrem Entsetzen spürte sie, daß ihre Rachegelüste sich schon verflüchtigt hatten, daß der Zorn, den sie monatelang mit ihrem Herzblut genährt hatte, verschwunden war. So ging es vermutlich den meisten vergewaltigten oder mißhandelten Frauen: Wenn sie ihrem Peiniger von Angesicht zu Angesicht gegenüberstanden, wollten sie ihn nur noch trösten.

»Sie wissen sicher, worüber ich mit Ihnen reden will.«

»Ja.«

»Wie sind Sie an das Bild gekommen?«

Er leierte noch einmal die Lüge herunter, die er schon Gospodin und Svedling aufgetischt hatte. Von dem Mann, dem er im Knast begegnet war und den sie in Anspielung auf sein riesiges Glied »das Pferd« nannten.

»Ich glaube Ihnen nicht«, sagte sie ruhig. »Ich glaube vielmehr, daß Sie in dieser Nacht selbst mit dabei waren. Ich glaube sogar, daß Sie der Mann auf dem Bild sind.«

Er machte eine Handbewegung, die bedeuten sollte: »Glauben Sie doch, was Sie wollen.«

»Sie wissen genau, daß ich den Typen ausfindig machen

kann, von dem Sie das Foto angeblich bekommen haben. Es gibt für alles Register, sogar für Spitznamen. Übrigens habe ich das schon geprüft. Der einzige Gangster, der als ›Pferd‹ bekannt war, ist vor zwei Jahren gestorben.«

Ihre Stimme klang gleichmütig, so als wäre sie selbst gar nicht betroffen. Aber sie bluffte nur. Sie hatte noch nie etwas von einem Gangster namens »Pferd« gehört.

»Sie wissen auch, daß ich Ihnen das Leben schwermachen kann. Deshalb schlage ich vor, daß Sie mir einfach die Wahrheit sagen. Wenn Sie das tun, dann verspreche ich Ihnen, daß nichts weiter passiert. Aber ich will die Wahrheit wissen. Verstehen Sie das?«

Er nickte.

»Also, wer war dabei?«

Antonio war noch unentschlossen. Es stimmte, daß sie ihm das Leben sauer machen konnte. Aber sollte er ihr trauen? Und: welche Alternative hatte er?

»Wenn ich Ihnen alles erzähle, sind wir dann quitt?« fragte er.

»Quitt können wir niemals sein, aber ich verspreche Ihnen, Sie in Ruhe zu lassen. Sie haben zwei Kinder, Sie haben eine reizende Frau. Ich will Ihr Leben nicht zerstören, aber als Gegenleistung will ich die Wahrheit. Die ganze Wahrheit. Sind wir uns jetzt einig?«

Es war einen Augenblick still, während Antonio sich sammelte.

»Wir waren zu dritt, wie Sie wissen. Paolo, der inzwischen tot ist. Ein Autounfall. Lars, der sich ins Ausland abgesetzt hat, auf irgendeine griechische Insel, glaube ich, er hat da eine Schwulenbar. Und ich. Wir sind gut bezahlt worden.«

»Was ist passiert, während ich betäubt war?«

»Nicht viel. Der Holländer wollte, daß wir Sie vögeln, aber das haben wir nicht hingekriegt. Mit einer Frau, die fest schläft, ist das nicht so einfach. Aber er konnte seine Aufnahmen machen.«

»Hat nur er fotografiert?«

»Ja.«

»Wie kam es, daß Sie das Foto hatten?«

»Er hat es mir gegeben.«

»Warum?«

»Weil ich mit drauf bin. Nimm es, sagte er, dann hast du was, das du deinen Enkeln erzählen kannst! Er war völlig pervers.«

»Jetzt ist er tot«, sagte Kristina.

»Das habe ich gehört.«

»Verstehen Sie, ich möchte Ihnen gerne glauben. Aber warum sollte ich das tun?«

»Weil Paolo und Lars schwul waren, sie waren ein Paar. Und ich wollte es nicht ohne Kondom machen, weil ich an die DNA-Analyse und den ganzen Mist dachte. Dann hätte ich ja auch gleich meine Visitenkarte dalassen können.«

Da saßen sie einander nun gegenüber, als würden sie sich schon lange kennen. Kristinas Zorn war wie weggeblasen.

»Ich weiß nicht, ob es was nützt«, sagte er, »aber mir tut das alles furchtbar leid.«

Sie sah ihn an.

»Haben Sie noch mehr Abzüge von dem Bild?«

»Nein.«

»Okay.«

»Was wollen Sie jetzt machen?«

»Nichts. Ich wollte es nur wissen, und jetzt weiß ich es. Aber ich bin mir nicht sicher, ob man es den Enkeln erzählen sollte, Ihren oder meinen.«

Plötzlich spürte sie diese Müdigkeit, die sie zuweilen überkam. Dann erschien ihr die ganze Menschheit als ein einziger Irrtum. Das mit der Rache war so vollkommen sinnlos. Antonio hatte diese Schweinerei für ein lausiges bißchen Geld getan, genau wie die anderen. Sie hatte sich rächen wollen, um sich nicht mehr schämen zu müssen, aber jetzt war ihr klar, daß man sich von der Scham nicht durch Rache befreit, sondern dadurch, daß man die Scham mit demjenigen teilt, der sie verursacht hat.

»Gehen Sie jetzt«, sagte sie. »Ihre Tochter wartet.«

44

Sie blieb noch eine Weile in dem Café sitzen, um Ordnung in ihre Gedanken und Empfindungen zu bringen, aber sie entglitten ihr wie ein aufgeschreckter Fischschwarm und ließen sie mit einem Gefühl der Leere zurück. Sie mußte an das Interview mit einem Marathonläufer denken, das sie in der Zeitung ›Sportnytt‹ gelesen hatte.

»Wie fühlen Sie sich jetzt, nach Ihrem Sieg?« fragte der Reporter.

»Habe ich denn gesiegt?« fragte der Läufer.

Im Polizeirevier brodelte es nicht gerade vor Aktivität. Maria und Östen waren mit ihren Ermittlungen nicht weitergekommen und saßen gemeinsam über dem Kreuzworträtsel im ›Svenska Dagbladet‹.

»Das ist wohl das einzige, was wir hier noch lösen können«, sagte Kristina spitz.

Sie nahmen es ihr nicht übel. Maria fragte fröhlich:

»Gottesgeschenk, fünf Buchstaben?«

»Gnade«, antwortete Kristina sofort, ohne zu überlegen.

»Ich werd verrückt, das paßt!« sagte Östen.

»War irgend etwas?« fragte Kristina.

»Nein.«

Sie ging in ihr Zimmer, holte das Foto aus ihrer Tasche und schaute es lange an, ohne zu wissen, was sie damit anfangen sollte. Schließlich zerriß sie es in winzige Stückchen, verstreute sie über die Schreibtischplatte und versuchte dann, sie wieder zusammenzusetzen. Es gelang ihr nicht.

»Ich werde es als Puzzle aufbewahren«, dachte sie. In langen Winternächten könnte sie sich die Zeit damit vertreiben. Irgendwie war es doch auch originell, sich selbst als Puzzle zu besitzen. So hatte sie sich noch nie gesehen. Völlig ausgeliefert, hemmungslos, genußsüchtig, obwohl sie nicht bei Bewußtsein war, oder gerade deshalb. Ihr Körper führte ein Eigenleben, das sie zugleich erschreckte und faszinierte.

Sie sammelte die Schnipsel ein, legte sie in einen Aschenbecher und zündete sie an. Es war ein wenig wie eine Selbstverbrennung. Kleine Partikel ihres Körpers, ihres Gesichts verschwanden in den Flammen, ein Teil ihres Armes, ihres Mundes, ein Auge, ihr Schoß.

Wenn sie nur mit jemandem darüber hätte reden können, aber mit wem? Ihren Vater wollte sie nicht beunruhigen, für ein Gespräch mit den Kollegen war es zu spät, und richtig enge Freundinnen gab es in ihrem Leben nicht mehr.

Würde Kemal es verkraften, von der Sache zu erfahren? Wie würde er reagieren? Würde er sie verstoßen, als ob sie unrein wäre, oder würde er sie verstehen?

Was wußte sie von ihm? Nichts, abgesehen davon, daß sie sich zu ihm hingezogen fühlte, und das war nicht genug.

Es klopfte an der Tür. Thomas stand draußen, er war bleich und sah aus, als hätte er zwei Nächte nicht geschlafen.

»Geschafft«, sagte er, aber ohne eine Spur von Freude in der Stimme.

»Was ist geschafft?«

Er verzog den Mund zu einem traurigen Lächeln.

»Ich werde Ruth nicht mehr sehen. Ich komme gerade von ihr.«

»Und wie hat sie es aufgenommen?«

»Sie sagte, ich sei ein Idiot. Bin ich das?«

Sie konnte nicht an sich halten.

»Besonders klug bist du wirklich nicht. Mein Gott, Thomas! Alle Leute haben mal eine Affäre. Sie halten die Klappe, und nach ein paar Monaten ist das Ganze vorbei. Diese schwedische Manie, dauernd die Beichte abzulegen!«

»Ich kann einfach nicht lügen!«

Sie sah ihn zweifelnd an.

»Nein, ich kann das nicht. Und nun ist es geschafft. Sie wissen es beide.«

»Geht es dir jetzt besser?«

»Nein. Ich fühle mich auch Ruth gegenüber wie ein Stück Dreck. Sie hatte ja nichts von mir verlangt, nichts erwartet. Sie hat mich beschimpft. Mit welchem Recht ich sie in mein armseliges, kleinbürgerliches Leben hineingezogen hätte. Mit welchem Recht ich meiner Frau ihren Namen verraten hätte. Ich könne ja über mein Leben reden, soviel ich wolle, aber wie käme ich dazu, ihr Leben vor anderen auszubreiten? Sie hat geschrien: Ich habe mit einem Mann geschlafen, der Thomas heißt. Er trug keinen Stempel, der ihn als Staatseigentum deklarierte! Sie glaubt an Lust und Begierde, und sie glaubt nicht daran, daß moralische Erwägungen eine Rolle spielen, wenn man mit jemandem schläft. Sie hat einen Wutanfall bekommen und mich schließlich rausgeworfen.«

Während er erzählte, kam ihr die Erkenntnis, daß er sie, Kristina, als Freundin betrachtete. Nicht als Chefin oder Kollegin, sondern als Freundin. Der große, finstere Thomas verließ sich auf sie und vertraute sich ihr an. Vielleicht konnte sie das umgekehrt auch tun. Aber nicht heute. Heute ließ sie ihm den Vortritt.

»Ja, und was nun?« fragte sie.

»Ich kann jetzt nur noch an ein großes starkes Bier und eine Wurst denken. Ich habe einen Mordshunger.«

Maria und Östen kamen mit. Sie fuhren zum Restaurant »Udden«.

Dort saßen einige Leute, die sie kannten. Staatsanwälte, Richter, andere Polizisten. Draußen auf dem Marktplatz standen die fleißigen Iraker und verkauften ihre Waren, ohne sich um die Kälte zu kümmern. Alles sah aus wie immer.

»Es ist lange her, daß wir alle vier zusammen ausgegangen sind«, sagte Maria.

Der Kellner kam, und sie bestellten.

»Heute ist mein zweiter Geburtstag in diesem Jahr«, sagte Kristina. »Ich lade euch ein.«

Sie fragten nicht, was sie damit meinte. Sie glaubten es zu wissen. So ist es immer. In jeder Freundschaft gibt es eine gewisse Anzahl von Mißverständnissen, ohne die sie nicht funktionieren würde.

45

Nachmittags rief sie im Labor an, um zu fragen, ob schon ein Ergebnis da sei, aber die Untersuchungen waren noch nicht beendet. Sie wollte bei Kemal anrufen, ließ es jedoch bleiben, weil sie nicht aufdringlich erscheinen wollte.

Die Stunden vergingen langsam. Sie steckte in schwierigen Ermittlungen und kam einfach nicht weiter. Im Schach nennt man das Patt. Das Spiel steht still.

Sie faßte die Situation noch einmal für sich zusammen. Drei Menschen waren ermordet worden. Gospodin, Karpin und eine unbekannte Frau. Zwischen zwei Opfern hatte Svedling immerhin die Verbindung hergestellt, daß beide bei verschiedenen Gelegenheiten mit fanatischen Muslimen in Konflikt geraten waren. Außerdem glaubte er, daß der Täter in beiden Fällen derselbe gewesen sei.

Sie ging noch einen Schritt weiter als Svedling. Sie glaubte, daß die Frauenleiche vom Gömmarsee etwas damit zu tun hatte, auf die eine oder andere Art.

Mit wem war sie zusammen gewesen, und was hatte sie getan?

»Nichts!« sagte Kristina laut zu sich selbst.

Das war das einzig Schlüssige. Sie hatte nichts getan, sie hatte sich nur öffentlich gezeigt. Das war ihre Aufgabe gewesen, und als sie diese Aufgabe erfüllt hatte, wurde sie beseitigt.

Es konnte auch so gewesen sein, daß man sie beauftragt hatte, Gospodin und Karpin zu töten, und als das erledigt war, wurde sie von ihren Auftraggebern umgebracht.

So war es möglicherweise die Mörderin Gospodins und Karpins, die sie in dem ausgebrannten Auto gefunden hatten. Dann brauchten sie nur noch ihren Mörder zu suchen.

Aber welche Frau ist so kaltblütig, daß sie an ein und demselben Tag zwei Männer ermorden kann?

Jedenfalls nicht Gabriella Larsson. Nichts von dem, was Kristina über sie erfahren hatte, deutete darauf hin. Sie war etwas konfus, womöglich manisch, zugleich begabt und hochsensibel. Nicht der Typ einer Berufskillerin. Aber sie schien dafür geeignet, eine andere Rolle zu spielen, als Lockvogel und Helferin, und von denen macht man nur ein einziges Mal Gebrauch.

Maria hatte schließlich ein Bild von ihr aufgetrieben, das vom Schulfotografen in Örby stammte. Es zeigte ein vierzehnjähriges Mädchen, das auf dem besten Weg war, eine unwiderstehliche Frau zu werden.

Wenn Gospodin und Karpin von religiösen Fanatikern aus dem Weg geräumt worden waren, dann war das Grund genug, die Drohung gegen den Literaturnobelpreisträger ernst zu nehmen. Noch gestern abend hatte er im Fernsehen wieder kräftig gegen den Islam gewettert. Aber die Mullahs hatten keine Fatwa über ihn verhängt, sie hatten aus dem Fiasko mit Salman Rushdie gelernt, den sie zum Helden und Märtyrer gemacht hatten, wo doch ihr einziges Ziel gewesen war, ihn zu Tode zu erschrecken.

Sie holte den Zettel hervor, den sie von Greta Larsson bekommen hatte.

»Tu me manque deja. Ton C.«

Wer war dieser C.?

Spontan hatte sie an französische Namen wie Claude oder Christian gedacht. Aber es konnte genausogut Chris oder Christos oder Cole sein, jeder beliebige Vorname, der mit C anfing. Auch ein Spitzname konnte sich dahinter verbergen, den nur er und Gabriella kannten. Vielleicht sogar einer, den nur sie ihm gab, zum Beispiel »mon chou«, was auf französisch eigentlich »mein Kohlkopf« heißt, aber gern als Kosename benutzt wird.

Sie mußte sich eingestehen, daß diese Spur sie nicht weiterführte.

Was sie beunruhigte, war der Hinweis, daß Kemal in der Kneipe eine Frau aufgerissen hatte, die Gaby hieß. Konnte das Gabriella gewesen sein?

Sie rief Greta Larsson in der Bibliothek an.

»Verzeihen Sie die Störung, aber ich habe eine Frage. Wird Gabriella von Ihnen Gaby genannt?«

»Nein, bestimmt nicht. Gaby, das klingt wie ein Computerspiel.«

»Gibt es sonst jemanden, der sie so nennt?«

»Nein. Gabriella würde fuchsteufelswild werden. Sie hat grundsätzlich etwas gegen Abkürzungen, vor allem bei Namen. Warum wollen Sie das wissen?«

»Ist schon gut.«

Sie fühlte eine enorme Erleichterung. Kemal hatte nichts mit der Sache zu tun. Es war fast sechs Uhr, und sie fuhr nach Hause. Sie heizte den Kamin an, zauberte aus Avocado und geräuchertem Lachs ein kleines Abendessen, schenkte sich ein Glas Weißwein ein und setzte sich aufs Sofa, mit dem Gesicht zum Feuer.

Sie stellte keine Musik an. Sie lauschte dem Knacken der Holzscheite, schaute in die züngelnden Flammen und dachte an Kemal. Sie wünschte sich, daß er bei ihr wäre, aber es war schon mehr als genug, daß es ihn überhaupt gab.

Früher oder später würden sich ihre Wege wieder kreuzen. Und wieder tauchte der sonderbare Gedanke von neulich auf.

Du sollst dein Schicksal nicht zur Eile drängen.

46

Freitag, 7. Dezember

Und noch ein schöner Morgen. Fünf Grad unter Null, Windstille und klarer Himmel. Vielleicht würde es diesmal einen richtigen Winter geben. Kinder, die mit fröhlichem Geschrei Schlitten fuhren, zugefrorene Seen, auf denen man Schlittschuh laufen konnte.

Kristina frühstückte mit gutem Appetit, während sie einen großen Artikel über die Proben für die Nobelpreisverleihung las. Wie viele Schritte die Preisträger bis zum König zurücklegen mußten, wie sie sich zu verneigen hatten, wie sie wieder an ihren Platz gelangten, ohne ihm den Rücken zuzuwenden, und so weiter.

In diesem Jahr war die Zeremonie besonders wichtig, weil gleichzeitig das hundertjährige Jubiläum des Nobelpreises gefeiert wurde und viele frühere Preisträger angereist waren, um dem Fest zusätzlichen Glanz zu verleihen.

Die Polizei hatte besondere Maßnahmen angekündigt, um die Sicherheit der Gäste zu gewährleisten. Kristina wußte, was das bedeutete, nämlich gar nichts. Die Polizei war gar nicht dafür ausgerüstet, eine so große Veranstaltung mit so vielen Teilnehmern zu überwachen. Außerdem war es kurz vor Weihnachten, und wie alle anderen Leute hatten die Polizisten jetzt in erster Linie ihre Geschenklisten im Kopf.

Apropos, was sollte sie ihrem Vater schenken? Und, noch wichtiger, Angelika? Es wurde Zeit, daß ihr etwas einfiel.

In der Zeitung fand sie einen Artikel über den Mord an Schachgroßmeister Karpin, doch er handelte hauptsächlich von seinen brillanten Leistungen als Spieler. Der Mord an Gospodin war schon vergessen.

Pünklich um acht war sie im Büro, und der erste Anruf

kam von ihrem Vater, der Frühaufsteher war. Angie hatte ihn beauftragt, sie an das gemeinsame Abendessen am Sonntag zu erinnern.

Dann rief der Gerichtsmediziner Lindegren an. Die DNA-Analysen waren fertig.

Sie hätten Glück gehabt, sagte er. In dem Papiertaschentuch, das Kristina aus Gabriella Larssons Zimmer mitgenommen hatte, seien auch Speichelspuren gefunden worden.

»Und?« fragte sie ungeduldig.

»Ja, bei der Toten handelt es sich leider tatsächlich um Gabriella Larsson. Ich beneide dich nicht darum, es ihrer Mutter zu sagen.«

»Was ist mit der Spermaprobe?«

»Ich habe sie mit unserem Register und mit dem Register des Einwandereramtes verglichen. Nichts gefunden.«

»Okay. Vielen Dank.«

»Keine Ursache. Und sonst, wie geht es dir? Du hast neulich müde ausgesehen.«

»Ich fühle mich schon wieder besser. Es war alles sehr anstrengend. Und du?«

»Ich werde wieder Vater!«

»Glückwunsch! Wie geht es Lena?«

»Sie fühlt sich immer am wohlsten, wenn sie schwanger ist.«

»Gratuliere ihr auch von mir.«

»Das mache ich.«

»Es gibt doch noch glückliche Menschen«, dachte sie.

Sie rief die Kollegen zusammen, um sie zu informieren.

»Ruth hat sich also nicht geirrt«, sagte Thomas, und er konnte eine gewisse Befriedigung nicht verbergen. »Aber die Frage ist, warum sollte jemand Gabriella ermorden wollen?«

»Ich habe eine Theorie«, sagte Kristina. »Aber es ist noch zu früh, um darüber zu sprechen.«

Dann war Östen an der Reihe.

»Ich habe den Eigentümer des Mercedes gefunden. Er arbeitet auf den Kanarischen Inseln, ich habe mit ihm telefoniert. Das Auto wurde am letzten Samstag gestohlen, am Tag seines Abflugs. Er hat bei der Polizei in Eskilstuna angerufen und Anzeige erstattet.«

»Wann kommt er zurück?« fragte Thomas.

»Das wußte er noch nicht genau. Seine Firma baut da unten eine Feriensiedlung. Ich glaube nicht, daß er uns viel nützen wird. Ich habe seine Daten überprüft. Guter Ruf, fünfzig Jahre alt, finnlandschwedischer Bauunternehmer. Keine Probleme, finanzielle oder sonstige.«

»Weder finanzielle noch sonstige, heißt das«, sagte Maria.

»Fängst du jetzt auch schon an?« Östen war beleidigt.

»Bald werden nur noch die Einwanderer korrektes Schwedisch sprechen«, gab sie zurück, Kristina imitierend, die eine notorische Sprachkritikerin war.

Dann wurde sie ernst.

»Wer benachrichtigt die Mutter?« fragte sie.

»Du und ich, weil sie uns schon kennt«, sagte Kristina.

Maria hatte noch etwas auf dem Herzen.

»Ich finde, wir sollten uns diesen Kemal Fahed mal etwas genauer ansehen. Wir haben sein Blut an dem Schraubenzieher, wir können eine DNA-Analyse machen lassen und das Ergebnis mit der Spermaprobe vergleichen, ohne daß er etwas davon mitkriegt.«

»Du hast dir den armen Kerl in den Kopf gesetzt«, sagte Thomas. »Was ist mit dir los? Hast du was gegen Muslime oder nur gegen ihn?«

»Ich hab nichts gegen Muslime, und ich hab auch nichts gegen ihn. Aber wir kommen nicht darum herum, daß ein Zeuge ausgesagt hat, Fahed habe eine Frau namens Gaby aufgelesen. Ich habe beim Einwandereramt nachgefragt, er hat in Frankreich gewohnt, bevor er nach Schweden kam. Er spricht also höchstwahrscheinlich Französisch, und wir wissen, daß Gabriella sich mit ihrem mysteriösen Liebhaber auf französisch unterhalten hat.«

»Ich habe Gabriellas Mutter danach gefragt. Sie wurde nicht Gaby genannt!« sagte Kristina.

»Vielleicht nur von ihm«, antwortete Maria.

»Außerdem fährt er einen weißen Volvo S 80, und davon war in einer Zeugenaussage die Rede.«

»Woher weißt du, daß er so einen Wagen hat?« fragte Kristina.

»Er hat ihn natürlich nicht auf seinen Namen angemeldet. Aber der Kellner in der Kneipe hat gesehen, daß er auf dem Marktplatz parkte. Er stand zwei Tage dort. Als ich gestern abend dort vorbeikam, war er weg. Ich finde, wir sollten auf Maria hören«, sagte Östen.

Kristina durchfuhr es heiß.

»Warum erfahre ich das alles erst jetzt?«

Maria sah sie an, ohne etwas zu sagen. Das übernahm Östen.

»Wir wollten unsere Informationen erst absichern, bevor wir damit herausrückten. Außerdem ...«

Er hielt inne.

»Außerdem ... was? Ich will es wissen«, sagte Kristina.

»Okay. Du scheinst ihn zu mögen!« sagte Maria.

»Woher willst du das wissen? Spioniert ihr mir nach?«

Das war katastrophal.

»Ich finde auch, daß ihr euch klarer ausdrücken solltet«, sagte Thomas.

Maria sah verbissen aus, aber dann besann sie sich.

»Wir spionieren dir nicht nach. Aber wir sind Polizisten. Wir nehmen zur Kenntnis, was die Leute uns erzählen. Wir wissen, daß du zweimal im Krankenhaus warst. Du bist nämlich nicht unsichtbar.«

Lange Zeit sagte niemand etwas.

Kristina erkannte, daß sie einlenken mußte.

»Ich will euch mal was sagen. Ich weiß, daß ich euch in der letzten Zeit enttäuscht habe. Ich hatte eine schwierige Phase, aber die liegt jetzt hinter mir. Ich betrachte es als großes Glück, euch als Kollegen und als Freunde zu haben. Daran dürft ihr niemals zweifeln. Thomas, du kümmerst dich um die DNA-Analyse. Östen kann weiter nach dem Volvo suchen. Maria kommt mit mir.«

Es war wirklich ein schöner Dezembervormittag.

»In zwei Wochen ist die Wende«, sagte Maria auf dem Weg zum Auto.

»Wie, was?«

»Sonnenwende. Die Tage werden länger.«

»Nicht für Gabriella«, dachte Kristina, aber sie sagte nichts.

In ihrem tiefsten Innern glaubte sie nicht daran, daß Kemal etwas mit der Sache zu tun hatte. Deshab hatte sie es eilig, das Ganze aufzuklären, damit seine Unschuld für alle erwiesen wäre.

Aber wenn sich nun das Gegenteil herausstellte?

Im Augenblick konnte sie keine Pläne machen. Sie mußte das Resultat der DNA-Analyse abwarten. Es war Freitag, die Leute machten früher Feierabend, es war nicht anzunehmen, daß das Labor vor Montag etwas von sich hören ließ.

Bis auf weiteres mußte sie ihn für unschuldig halten. Sogar das Gesetz verpflichtete sie dazu, und das Gesetz war nicht in ihn verliebt.

47

Greta Larsson kam am liebsten frühmorgens in die Bibliothek, lange vor der Öffnung für den Publikumsverkehr. Sie ging die Neuerwerbungen durch und blätterte in Zeitschriften, denn sie wollte stets in der Lage sein, den Besuchern gute Leseempfehlungen zu geben.

An diesem Morgen war sie dabei, alte Bücher auszusortieren, die verkauft werden sollten, damit man neue anschaffen konnte. Das war eine traurige Arbeit, denn sie liebte Bücher, besonders die alten. Aber ihre Arbeitgeber standen da auf einem anderen Standpunkt.

»Verkaufen Sie den Dreck«, hatte der Vorsitzende des Kulturausschusses gesagt, der noch nie etwas anderes gelesen hatte als seine Kontoauszüge.

Die letzten Tage waren schrecklich gewesen und die Nächte noch schlimmer. Die Sorge um Gabriella höhlte sie völlig aus. Es fühlte sich an, als sei sie in kurzer Zeit um zehn Jahre gealtert. Sie aß fast nichts, schlief nur wenig und erwachte dann oft schweißgebadet aus einem Albtraum.

Was hatte sie falsch gemacht? Was hatte sie versäumt? Jedesmal, wenn sie sich diese Fragen stellte, tauchten neue Versäumnisse, neue Fehler vor ihrem inneren Auge auf. Sie war entweder zu streng gewesen oder zu nachlässig, sie hatte Gabriella ihren Vater vorenthalten, und sie hatte sie der Freude beraubt, eine glückliche Mutter zu haben.

Immer wieder ging sie ins Zimmer der Tochter, schaute sich ihre Kleider an, ihre Bücher, ihre Schallplatten, als könnte sie dort eine Antwort finden. Sie versuchte zu lesen, aber die Tränen machten es ihr unmöglich, sie versuchte zu trinken, aber nach einem Glas Wein wurde sie nur noch trauriger.

Schließlich hielt sie es nicht mehr aus. In ihrer Verzweiflung tat sie etwas, das vielleicht ihr Leben verändern würde.

Sie beschloß, den Mann anzurufen, der Gabriellas Vater war. Seit jenem grauenhaften Vormittag vor zweiundzwanzig Jahren, als sie ihm erzählt hatte, daß sie ein Kind von ihm erwartete, hatte sie keinen Kontakt mehr zu ihm gehabt. Damals hatte er so getan, als würde er sich freuen, hatte sie auf seinen starken Armen hochgehoben und herumgeschwenkt. Noch am selben Abend wollte er mit seiner Frau über die Scheidung sprechen. Er wollte ein neues Leben anfangen.

Sie schliefen damals miteinander, als ob sie ihre gemeinsame Zukunft feiern wollten, und ihre Raserei war wilder als je zuvor. Das war ihre Art, sich zu lieben, und sie hatten sich nie gefragt, warum. Sie ahnten nicht, daß die Zukunft längst da war, daß sie zwischen ihnen stand. Greta hatte immer gespürt, daß er sie verraten würde, und auch er hatte es die ganze Zeit gewußt. Ihre Angst, verlassen zu werden, verschmolz mit seinem schlechten Gewissen, und diese Mischung verwandelte ihre Liebesbegegnungen in ein leidenschaftliches Kriegsspiel ohne Worte. Es herrschte Schweigen, obwohl so viel zu sagen gewesen wäre.

Statt sich scheiden zu lassen, war er mit seiner Frau in eine andere Stadt gezogen, nach Gränna, wo er zu einem erfolgreichen Bonbonfabrikanten aufstieg. Seine Ehe blieb kinderlos, und dem einzigen Kind, das er hatte, war er nie begegnet.

Greta hatte seinen Lebenslauf aus der Ferne verfolgt. Mit den Jahren waren Enttäuschung und Bitterkeit abgeklungen, er tat ihr leid. Sie hatte seine Tochter, dieses wilde, phantasievolle Mädchen, das ihr das Leben zwar schwermachte, ihm aber auch einen Sinn gab. Und was hatte er außer seinen Pfefferminzstangen?

Sie rief ihn also an. Es war gegen acht Uhr abends. Sie erwartete, daß seine Frau ans Telefon gehen würde, aber er war es selbst.

»Olof?«

»Ja. Wer ist da?«

»Hier ist Greta, Greta Larsson, falls du dich an mich erinnerst.«

»Wo bist du? Bist du hier in der Stadt?« fragte er, und es klang, als hätte er die ganze Zeit nur an sie gedacht.

»Nein, ich bin in Stockholm. Störe ich dich?«

»Ja, aber viel zu selten.«

Gegen ihren Willen lachte sie leise. Das war schon immer seine Stärke gewesen – sie zum Lachen zu bringen.

»Du hast eine Tochter, Olof.«

Am anderen Ende blieb es still. Sie fürchtete, er würde auflegen. Deshalb beeilte sie sich, ihm zu erklären, daß sie nichts von ihm wollte, weder Geld noch sonst etwas, daß sie einfach nur mit ihm reden wollte. Darüber, daß er eine Tochter hatte, und daß diese Tochter seit fünf Tagen verschwunden war.

Olof Wilsén, der in Gränna zu den Stützen der Gesellschaft zählte, zitterte am ganzen Körper. Er hatte eine Tochter?

»Das ist wie ein Wunder!« sagte er.

Sie redeten eine ganze Weile. Wilsén wollte alles über seine Tochter wissen, und Greta wollte alles über ihn wissen. Es stellte sich heraus, daß seine Frau vor einem Jahr gestorben war, daß er allein in einer großen Villa mit Aussicht auf den Vättersee wohnte, aber in seinem Leben nichts anderes mehr sehen konnte als eine große Leere.

»Ich weiß nicht mehr, wofür ich lebe«, sagte er. »Aber jetzt ist alles anders. Wir werden sie finden, ich verspreche es dir.«

Er wollte noch am nächsten Abend nach Örby kommen.

Kristina und Maria kamen ihm zuvor.

Greta senkte den Blick, als ob sie nicht sehen wollte, was in ihren Gesichtern zu lesen war, aber es war schon zu spät. Ihre Brust hob sich in einem tiefen Atemzug, und sie wollte ihren Schmerz herausschreien. Es gelang ihr nicht. Die Stimme versagte ihr, sie schwankte und wäre auf dem harten Boden der Bibliothek zusammengebrochen, hätte Kristina sie nicht festgehalten.

Maria brachte ein Glas Wasser, und nach ein paar Minuten war Greta wieder ansprechbar.

»Es tut mir ... es tut uns so furchtbar leid«, sagte Kristina.

»Wie ist sie gestorben? Hat sie sehr leiden müssen?«

»Nein, es ging schnell.«

»Ich möchte sie sehen. Wann kann ich sie sehen?«

Diese Frage war viel schwerer zu beantworten.

Wie sagt man einer Mutter, daß ihr Kind zu Asche verbrannt ist?

»Ich weiß nicht«, sagte Kristina ausweichend.

Greta Larsson faßte sich an die Stirn.

»Und nun? Wie soll ich nun weiterleben?« fragte sie.

Auf diese Frage gab es erst recht keine Antwort.

48

Der Tag nahm seinen Lauf, wie Freitage es eben tun. Irgendwann nach dem Mittagessen fängt das Wochenende an. Man überlegt sich, was man unternehmen will, man plant ein Essen mit Freunden oder einen Besuch bei Verwandten, einen Kino- oder Theaterabend.

Östen wollte einen kurzen Ausflug nach Gotland machen, um nach seinem Sommerhäuschen zu sehen, deshalb ging er schon um drei. Thomas verabschiedete sich fast gleichzeitig, weil er bei Systembolaget noch Getränke für das Versöhnungsessen besorgen mußte. Maria blieb bis vier, aber dann ging sie auch, denn sie hatte einen Friseurtermin. Sie wollte mit Laszlo zu Abend essen.

So war nur noch Kristina da, als Arne Svedling gegen halb fünf anrief. Er sprach sie auch gleich darauf an.

»Sie sind noch im Büro, an einem Freitagnachmittag?«

»Sie wissen ja, der Papierkram.«

Das war nicht der Grund, aber nachdem sie entdeckt hatte, wie sehr kleine Lügen das Leben vereinfachen, bediente sie sich ihrer ziemlich ungeniert.

»Gut. Ich bin in der Nähe. Ich komme in zehn Minuten vorbei.«

Sie bot ihm Kaffee und Zimtschnecken an, weil Zimt gut gegen Rheumatismus ist. Sie bemerkte, daß er einen gutsitzenden Anzug trug und sein Haar ordentlich gekämmt hatte. Er sah sich in dem geräumigen Zimmer um und warf einen prüfenden Blick auf die Pflanzen am Fenster.

»Wie alt ist der Weihnachtskaktus?«

»Den habe ich von meinem Exmann. Vielleicht drei Jahre.«

»Nein, der ist älter. Die blühen nur so, wenn sie ausgewachsen sind. Ich würde auf mindestens fünf Jahre tippen.«

»Sind Sie da so eine Art Experte?«

Er lächelte geschmeichelt.

»Meine Ex-Frau hat mir alles darüber beigebracht. Bis sich herausstellte, daß sie selbst ein seltener Kaktus mit tödlichen Stacheln war.«

Er wunderte sich selbst über seinen leichten Ton und mußte sich eingestehen, daß dieses Mädchen ihm guttat.

»Sie hatten angerufen«, sagte er.

»Ja. Ich glaube, daß wir denselben Mann suchen.«

»Ich höre.«

Kristina setzte sich hinter ihren Schreibtisch.

»Es ist nur eine Theorie, aber im Augenblick liegen die Dinge wie folgt. Wir wissen, daß es sich bei der toten Frau um Gabriella Larsson handelt. Wir wissen, daß sie am letzten Sonntag mit ihrem Liebhaber nach Solvalla gefahren ist. Ich glaube, daß sie ihm auf irgendeine Weise bei dem Mord an Gospodin geholfen hat. Das verbrannte Auto, das wir gefunden haben, ist ein schwarzer Mercedes. Sie haben selbst gesagt, daß eine Zeugin kurz nach dem Mord auf Solvalla zwei junge Frauen in einem schwarzen Mercedes wegfahren sah.«

»Aber warum suchen wir nach einem Mann, wenn die einzige Zeugenaussage, die wir haben, auf eine Frau hindeutet, die außerdem auch noch Ihnen ähnelt? Ich bin zwar Ihrer Meinung, aber ich weiß nicht recht, warum.«

»Weil Gabriella sich mit einem Mann getroffen hat. Das wissen wir. Er hat sich als Frau verkleidet, entweder in dem Auto, das Gabriella steuerte, oder auf der Toilette von Solvalla. Er ist ins VIP-Zimmer hinaufgegangen, hat Gospodin erschossen und den Tatort verlassen, zusammen mit Gabriella, die er entweder in seine Pläne eingeweiht oder zur Beihilfe gezwungen hatte. Sie hat ihn zu der Hütte am Gömmarsee gefahren, und dort hat er sie umgebracht und das Auto und die Hütte in Brand gesteckt. Er ist in ein anderes Auto umgestiegen, in einen weißen Volvo, und weggefahren. Einige Stunden später hat er dieselbe Verkleidung benutzt, um Karpin zu töten.«

»Mit anderen Worten, wir haben es mit einem Berufskiller zu tun«, sagte Svedling und seufzte.

»Ja. Und wenn das stimmt, dann hält er sich vermutlich nicht mehr in Schweden auf.«

»Nein, sicher nicht. Und wir wissen nicht genug, um so etwas wie einen Steckbrief herzustellen und ihn über Interpol suchen zu lassen.«

»Wir wissen nur, daß er sich als Frau verkleidet und daß er Französisch spricht. Mit Gabriella hat er Französisch gesprochen und vermutlich auch mit Karpin. Wir wissen also fast gar nichts.«

Svedling seufzte wieder.

»Ich habe auch gehört, daß Sie mit dem lieben Antonio gesprochen haben.«

»Ja.«

»Wollen Sie ihn laufenlassen?«

»Er ist ein Niemand. Und er hat zwei kleine Kinder.«

»Na gut. Saubere Arbeit. Dann gehen Sie nach Hause und trinken Sie ein Glas, das haben Sie sich verdient.«

Er stand auf.

»Das werde ich tun«, sagte sie. »Schönes Wochenende!«

»Sie können mich jederzeit anrufen, wenn etwas ist. Ich bin das ganze Wochenende zu Hause.«

Sie hörte an seiner Stimme, daß er eigentlich noch nicht gehen wollte. Er hatte ihr nichts von dem Gespräch mit seinem Chef erzählt, der mit seinem bisherigen Einsatz überhaupt nicht zufrieden war und daran dachte, den Fall einem anderen zu übergeben. »Wir haben den rechten Schwung verloren«, hatte er im Pluralis majestatis gesagt, wie es das Idiom des modernen Managements verlangte.

Svedling war an jenem Freitag ein einsamer, trauriger Mann. Und Kristina war eine einsame, traurige Frau. Eine einfache Gleichung, aber sie ging an diesem Abend nicht auf.

Denn Kristina war jetzt bereit, auf ihr Schicksal zuzugehen.

49

Samstag, 8. Dezember

Gegen sieben Uhr wachte sie erholt auf und blieb noch eine Viertelstunde im Bett liegen, nicht aus Faulheit, sondern aus reiner Lebenslust. Es folgten, in aller Ruhe, das Frühstück und die Zeitungslektüre. Dann war es Zeit für die wöchentliche Bäckerei. Vier große Brote, eins für ihren Vater, eins für die Kollegen, und eins würde schon heute verputzt werden, wenn Maria, die schlank wie eine Ziege war, aber essen konnte wie ein Pferd, zum Mittagessen vorbeikam. Sobald das Brot im Ofen lag, füllte sie die Waschmaschine und bearbeitete das ganze Parterre mit dem Staubsauger. Als das Brot fertig war, machte sie sich an den ersten Stock. Danach leerte sie die Waschmaschine und hängte die Wäsche in den Trokkenschrank. Nun zu Kungens Kurva für den Großeinkauf, den Mantel zur Reinigung bringen, ein Paar neubesohlte Stiefel vom Schuster abholen und um halb zwölf wieder zu Hause sein, um ein leichtes Essen zuzubereiten, Bauernomelette und Champignonsalat mit Walnüssen. Der Tisch war gedeckt, als Maria kam. Sie brachte von ihrem Vater, dem Pizzabäcker, ein großes Stück Bel Paese mit und einen trockenen Castello della Sala.

»Das ganze Haus duftet!« sagte Maria. »Es geht nichts über den Duft von frisch gebackenem Brot.«

Sie hatte viel zu erzählen, denn sie hatte sich am Abend zuvor mit Laszlo getroffen.

»Wir waren die ganze Nacht zugange. Schließlich habe ich zu ihm gesagt: Mein Lieber, jetzt ist wohl keine Körperöffnung mehr übrig außer dem Ohr! Und er hat sich sofort ans Werk gemacht. Er war noch ausgehungerter als ich.«

»Und was ist nun? Läßt er sich scheiden?«

»Glaube ich nicht. Ich glaube, das mit uns ist bald wieder vorbei.«

»Warum glaubst du das?«

»Es geht immer vorbei. Schau doch, wie es bei Östen war. Nun sitzt er da und versteht gar nichts mehr.«

»Hat Laszlo Kinder?«

»Natürlich.«

Maria strich sich die Butter dick aufs Brot.

»Ich muß wieder zu Kräften kommen«, erklärte sie.

»Er war also richtig gut?«

Sie hatten die Weinflasche schon halb geleert.

»Nun ja … ein ungarischer Ackergaul!«

Sie hatten es sich angewöhnt, sich samstags zu treffen, wenn keine von ihnen Dienst hatte. Es war sehr entspannend, denn sie mochten einander. Maria war klug, Kristina gebildet, sie waren ein gutes Gespann.

»Was ist denn mit Alberto?«

»Ich habe keinen Kontakt zu ihm.«

»Und Östen?«

»Ich bin nicht mehr scharf auf ihn. Eva hat ihn praktisch kastriert.«

»Es gibt eben zuwenig Männer.«

»Genau.«

Als Maria ging, war es schon kurz vor drei. Kristina legte sich aufs Sofa, um zu lesen, aber sie nickte ein und wurde eine Viertelstunde später vom Telefon geweckt. Es war Thomas.

»Ich schaffe es nicht.«

»Was schaffst du nicht?«

»Ich vermisse Ruth.«

Er mußte ins Telefon flüstern, weil er von zu Hause anrief.

»Fahr doch zu ihr!«

»Das geht nicht.«

»Dann bleib, wo du bist.«

»Das geht auch nicht!«

»Hast du schon mal was von Buridans Esel gehört?«

»Nein.«

»Also, Buridan war ein französischer Philosoph, der einen hungrigen Esel zwischen zwei gleich großen Heuhaufen angebunden hatte. Der Esel konnte sich nicht entscheiden und verhungerte.«

»Verstehe.«

Sie hörte, wie sein Sohn nach ihm rief.

»Ich muß auflegen«, sagte er. »Aber ich rufe vielleicht später noch mal an, darf ich?«

»Du kannst anrufen, wann du willst.«

»Danke!«

Beim nächsten Klingeln dachte sie, er wäre es, aber sie irrte sich. Es war Kemal. Seine Stimme klang drängend. Er war wieder zu Hause. Die Wunde war gut verheilt. Er sei gerade dabei, für seine Schwester und sich das Abendessen zu richten. Ob sie ihnen nicht Gesellschaft leisten wolle? Gegen sieben?

Ihr blieben knapp drei Stunden. Sie schlief noch ein Weilchen, um wieder nüchtern zu werden, und stand danach lange unter der Dusche. Sie zog einen knielangen, ungeschlitzten Rock an und ein schwarzes Oberteil mit großzügigem, wenn auch nicht provokantem Ausschnitt. Bei der Unterwäsche zögerte sie zwischen Schwarz und Rot und wählte schließlich einen roten Slip mit weißen Spitzen und passendem BH.

Sie war gekleidet, als ob sie erwartete, ausgezogen zu werden, und sie konnte nur hoffen, daß Assine sie nicht durchschaute.

War sie denn gar nicht nervös? Wie konnte sie das Mißtrauen ihrer Kollegen gegenüber Kemal vergessen? Wollte sie sich in die Arme eines Mannes werfen, der womöglich ein Mörder war? Aber sie glaubte nicht daran. Ihre Intuition hätte sie sonst gewarnt, da war sie sich ganz sicher.

Nur: gesetzt den Fall, daß die Kollegen doch recht hatten und sie unrecht. Was war dann?

Sie hatte ihn schon geküßt. Nichts von dem, was dieser Kuß bedeutet hatte, würde sich ändern, wenn er ein Mörder war. Was hatte Ruth Ivarsdotter zu Thomas gesagt? Man schläft nicht aus moralischen Erwägungen mit einem Menschen. Man schläft mit seinem Körper, mit der Wärme in seinem Blick, mit seinen Liebkosungen, mit der Kraft seines Begehrens.

Alles andere wäre Heuchelei.

50

Kemal empfing sie in weißem Hemd und luftigen schwarzen Hosen. Jeder andere Mann hätte darin wie ein Kellner ausgesehen, nur nicht er. Seine Haltung, sein ernster Blick erinnerten sie an einen Stierkämpfer.

Er zog sie an sich und hielt sie sehr fest, ohne sie zu küssen. Eine grotesker Gedanke stieg in ihr auf: Es fühlte sich an wie eine Leibesvisitation. Die Vorstellung verflog, als sie an ihrem Bauch etwas spürte, das ganz eindeutig keine Pistole war.

»Danke, daß du gekommen bist«, sagte er und trat einen Schritt zurück.

Assine begrüßte sie mit reservierter Freundlichkeit, die sich im Laufe des Abends in rückhaltloses Entzücken verwandelte. Sie zeigte sich begeistert von Kristinas Kleidung, von ihrer Frisur, ihrem Parfüm, und sie machte Scherze über ihren Bruder, der endlich erwachsen werden müsse.

Die wechselseitige Begeisterung schlug geradezu in Verliebtheit um, als sie anfingen, über Bücher zu reden. Es stellte sich heraus, daß sie beide Max Frisch schätzten und ganze Passagen auswendig zitieren konnten.

Kemal servierte inzwischen Leckereien auf kleinen Tellern und Ouzo in winzigen Gläsern. Kristina stellte fest, daß er nichts trank, während sie und Assine schon nach kurzer Zeit beschwipst waren wie Teenager. Um die Verschwisterung komplett zu machen, nahm sie schließlich ihren Mut zusammen.

»Ist der Zopf wirklich aus deinem eigenen Haar?«

»Absolut!« antwortete Assine wahrheitsgemäß.

Als Hauptgericht gab es ›Imam baildi‹, das Kemal nach dem Rezept seiner Großmutter zubereitet hatte. Er hatte Auberginen in Scheiben geschnitten, und zwar der Länge nach, und grobkörniges Salz darübergestreut, das den bitteren Geschmack aufsaugte. Deshalb wurde es wieder abgewischt, aber nicht mit Küchenpapier, sondern mit einem Tuch, das in Olivenöl getaucht worden war. Die Auberginen nahmen ein wenig Öl auf und das Öl den größten Teil des Salzes.

Er briet die Scheiben kurz in sehr heißem Olivenöl an und legte sie dann in den Topf, zusammen mit Zwiebeln und Knoblauch. Erst nach einer halben Stunde fügte er Tomatenmark und frische, zerkleinerte Tomaten hinzu, die ihre blutrote Farbe behalten sollten. Wenn man sie zu lange kocht, werden sie bräunlich. Noch ein wenig Wasser, Salz und Pfeffer, Oregano und Thymian, und während der letzten halben Stunde gab er Kartoffeln in dicken runden Scheiben dazu.

Kristina fragte in regelmäßigen Abständen, ob er Hilfe brauche, aber er lehnte ab. Sie wollte ihm gern beim Kochen zuschauen und schlich sich in die Küche, unter Assines ermunterndem Blick.

Kemal stand am Herd, ruhig und in aufrechter Haltung. Sie legte behutsam einen Arm um seine Taille und küßte ihn auf den Nacken. Zuerst rührte er sich nicht, aber nach einigen Sekunden überließ er sich ihren Lippen und Händen auf beinahe weibliche Art. Er übernahm gern die passive Rolle, und ihr gefiel es.

Doch dann wehrte er sie ab.

»Ein scharfer Koch verdirbt das Essen«, sagte er.

So ging der Abend dahin. Die Liebe der beiden Geschwister zueinander schien förmlich die Zimmerdecke anzuheben, es war luftig und hell zwischen ihnen. Das Begehren zwischen Kemal und Kristina dagegen löschte jede Distanz aus.

Assine erzählte von ihrem Dorf, von den Verfolgungen, von den Verwandten, die in alle Himmelsrichtungen zerstreut waren. Sie dachte daran, die Geschichte ihres Clans aufzuschreiben, bevor es zu spät war.

»Vor zwanzig Jahren waren wir fast fünfzigtausend. Jetzt sind noch knapp zehntausend von uns übrig. Am traurigsten finde ich, daß ich niemals Kinder haben werde. Es macht mir nichts aus, für den Rest meines Lebens zur Unbeweglichkeit verdammt zu sein, aber daß kein Leben in mir wachsen kann, das ist kaum zu ertragen. Du mußt Kinder bekommen, Kristina, solange du es noch kannst!«

Gegen halb elf wurde Assine müde. Kristina bat Kemal, ein Taxi zu rufen, denn sie hatte zuviel getrunken, um noch fahren zu können.

»Bleib doch hier!« sagte er.

»Aber ja!« sagte Assine. »Wir haben ein Gästebett.«

Kemal half seiner Schwester bei der Abendtoilette, und schließlich trug er sie ins Bett. Es war wie modernes Tanztheater. Alle Bewegungen, auch die anstrengendsten, wirkten mühelos und routiniert.

»Niemand hat solche Hände wie mein Bruder«, sagte Assine, bevor sie die beiden bat, ihre Schlafzimmertür zu schließen.

Jetzt waren sie allein in dem großen Wohnzimmer, das plötzlich zu schrumpfen schien. Decke und Wände bewegten sich aufeinander zu und drohten sie zu zermalmen. Schutz gewährte nur der Körper des anderen, sie mußten ineinander aufgehen und ineinander verschwinden wie zwei flüssige Wachskerzen, aus denen man eine einzige gießt.

Sie versuchte, Widerstand zu leisten, sie dachte an all die guten Gründe, die ihr verboten, noch einen Schritt weiterzugehen. Aber diese Gründe galten anscheinend in einem anderen Universum, nicht in diesem, das nur von ihr und ihm bewohnt wurde.

In diesem Universum blieb nur eines übrig – sich zu öffnen wie eine Pfingstrose im Juli.

Danach lag sie neben ihm und atmete heftig, während er ihren Rücken streichelte und ihren Nacken küßte. Sein Glied war immer noch hart, aber nicht mehr fordernd. Sie legte vorsichtig ihre Hände darüber wie über ein Vogeljunges, das wegfliegen wollte.

Sie hatte noch nie mit einem Mann geschlafen, der zu solcher Lust fähig war. Sein Körper kannte keinen Vorbehalt. Sie mußte an den Streit zwischen Aphrodite und dem Kriegsgott Ares denken, bei dem es darum ging, wer bei der Liebe den größeren Genuß verspürt, der Mann oder die Frau. Sie konnten sich nicht einigen und riefen schließlich den berühmten Wahrsager Kalchas hinzu, der ein Leben als Mann und als Frau geführt hatte. Wer genießt am meisten? Neunzig Prozent fallen auf die Frau, antwortete Kalchas. Für die Männerwelt war das ein statistisches Armutszeugnis.

Aber für Kemal galt es nicht. Um so weniger, als er, genau wie Kalchas, mit der männlichen und der weiblichen Rolle vertraut war.

Die Erschöpfung nach der Liebe hatte Kristina nüchtern gemacht.

Es fiel ihm also leicht, sich wie eine Frau zu verhalten. Sicher war es genauso leicht für ihn, sich als Frau zu verkleiden. Mit anderen Worten, es konnte gut sein, daß sie hier mit dem Mann lag, der Gospodin und Karpin und Gabriella auf dem Gewissen hatte.

Warum hatte sie keine Angst? Warum ekelte sie sich nicht vor sich selbst? Oder vor ihm?

Sie konnte es nicht. Seine Hände, die sie langsam streichelten, seine Zunge, die ihren ganzen Körper liebkoste, sein Glied, das sich unter ihren gewölbten Händen ruckweise aufbäumte, sprachen eine andere Sprache.

Er glitt wieder in sie hinein, und alle Zweifel wurden vertrieben wie Morgennebel, wenn die Sonne hervorkommt.

Er flüsterte etwas in seiner Sprache. Es gefiel ihr. Sie brauchte nicht zu wissen, was es bedeutete. Das spielte keine Rolle. Wichtig war nur, daß er sich bei ihr zu Hause fühlte.

Es wurde eine lange Nacht. Sie ruhten sich ein wenig aus, eng aneinandergeschmiegt, sammelten frische Kräfte und liebten sich von neuem.

»Ich habe fast zwei Jahre nachzuholen«, sagte sie.

Er deutete das als Aufforderung und tat sein Bestes, um ihr die verlorene Zeit zurückzuschenken. Er war unermüdlich, er war zugleich Mann und Frau, er machte sie abwechselnd zur Geliebten und zum Liebhaber. Sie überwanden die Grenzen ihrer Körper. In einer einzigen Nacht machten sie eine Reise, die den meisten Menschen während eines ganzen Lebens nicht vergönnt ist.

51

Sonntag, 9. Dezember

Sie schlief lange. Als sie aufwachte, war es beinahe zehn. Sie wußte sofort, wo sie war. In der Küche hörte sie Kemal und Assine reden. Sie streckte sich im Bett aus und hatte das Gefühl, daß ihr Körper unendlich sei.

So wollte sie von nun an jeden Morgen aufwachen.

Sie sah seinen Morgenmantel über einem Stuhl hängen. Sie zog ihn an, teils um ihre Blöße zu bedecken, teils aus dem kindlichen Bedürfnis heraus, sich etwas von Kemal anzueignen. Der Stoff war warm und ein wenig rauh, er kitzelte sie. Auf der Vorderseite hatte der Mantel ein eigenartiges Loch, das genau über ihrer linken Brustwarze saß. Wenn Assine nicht in der Küche gesessen hätte, dann wäre sie jetzt so zu ihm hinausgegangen. Aber er kam schon herein. Er brachte zwei frische Handtücher mit und lachte, als er die Brustwarze aus dem Loch hervorgucken sah.

»Sollte man den nicht nähen oder einen neuen kaufen?« fragte sie.

»Nein«, antwortete er ernst. »Das ist ein Einschußloch. Mein Onkel hat ihn getragen, als er in seinem eigenen Haus vor meinen Augen hingerichtet wurde.«

»Verzeih mir.«

»Das konntest du nicht wissen.«

Sie zog den Morgenmantel aus. Beim Anblick ihres nackten Körpers knirschte er mit den Zähnen.

»Was ist denn?«

»Du bist so schön! Ich könnte dich aufessen.«

»Bin ich nicht zu dick?«

»Dick? Du siehst aus wie eine Bergziege! Du mußt ordentlich essen. Je mehr von dir da ist, desto besser.«

Nach einer schnellen Dusche gab es Frühstück. Kaffee, kleine schwarze Oliven, ein Stück Feta, Brot.

»Hast du gut geschlafen?« fragte Assine.

»Himmlisch!«

Kemal sagte nichts. Er schien damit zufrieden zu sein, sie einfach nur anzuschauen.

»Hör mal, ich wollte dich fragen, was du von Naipaul hältst«, sagte Assine.

»Ich habe nichts von ihm gelesen.«

»Ich lese gerade ›Das Rätsel der Ankunft‹.«

»Worum geht es darin?«

»Um Heimkehr. Aber die Heimat ist England, nicht das Land, in dem er geboren wurde. Ein merkwürdiges Buch, es handelt von einem Mann, der vergessen will, wer er ist, um jemand zu werden, der er nicht ist.«

»Das ist doch nicht unbedingt ein Fehler.«

Es wurde still.

»Wer hat denn von einem Fehler geredet? Ich spreche von Verrat!« sagte Assine nach einer Weile mit ruhiger, kalter Stimme.

Kristina merkte, daß es nicht ratsam war, diese Diskussion fortzusetzen. Aber sie konnte es nicht lassen.

»Wieso Verrat? Auch mein Vater hat sein Land verlassen, als er die Unterdrückung, die Korruption und die Bigotterie nicht mehr ertrug. Er hat es nicht mehr ausgehalten, unter diesen Umständen ein Deutscher zu sein. Vielleicht hält Naipaul es auch nicht aus, der zu sein, zu dem man ihn machen will. Vielleicht will er einfach er selbst sein. Ist das nicht unsere erste Pflicht? Uns selbst treu zu sein?«

Assine schüttelte den Kopf.

»Der westliche Mensch sieht sein Spiegelbild und ernennt sich zum Gott! Das Ich, immer nur das Ich. Ich will. Ich bekomme. Ich kann. Es ist wie bei der bösen Königin, die den Spiegel fragt, ob sie nicht die Schönste im ganzen Land sei.

Niemand denkt darüber nach, was das eigentlich für ein Spiegel ist, in dem sie sich betrachtet. Mein Spiegel ist unsere Kultur, unser Volk. Außerhalb der Beziehung zu meinem Volk bin ich nichts. Der westliche Mensch ist König in einem Reich ohne Untertanen. Schriftsteller, die ihr Volk verraten, sind Schweine und sollten erschossen werden!«

Kemal fand, daß es nun allmählich zu weit ging.

»Hört mal, draußen scheint die Sonne. Wollen wir nicht lieber einen Spaziergang machen?«

Assine hatte keine Lust, und Kristina hatte nichts anzuziehen.

»Ich leihe dir eine Jacke«, sagte er.

Die kühle Luft tat ihr gut. Nach ein paar hundert Metern war das unbehagliche Gefühl vergessen, das die Unterhaltung mit Assine zurückgelassen hatte. Kristina ging neben Kemal und merkte, daß ihre Schritte den gleichen Takt hielten. Mit ihrem Exmann war das nie so gewesen.

»Es war phantastisch gestern«, sagte er.

»Ich habe überall Muskelkater.«

Sie gingen die schmale, kurvenreiche Hageby-Schleife entlang, vorbei an einem Gelände voller Autowracks. Hinter einer grünen Umzäunung hörte man Schüsse, obwohl kein Mensch zu sehen war.

»Das ist ein Schützenverein, der da übt«, erklärte Kemal.

Erst als sie auf den breiten Vistaväg stießen, kamen ihnen Leute entgegen, die mit ihren Hunden, ihren Kinderwagen oder miteinander spazieren gingen – ein ganz gewöhnlicher Sonntagvormittag.

»Glaubst du, daß Assine mir böse ist?«

»Das vergeht schnell. Meine Schwester regt sich beim geringsten Anlaß auf, außer wenn sie Schach spielt.«

Aber Kristina war mit sich selbst unzufrieden.

»Irgendwie hat sie trotzdem recht. Ich rede, als ob ich eine Ahnung davon hätte, was es bedeutet, von Geburt an auf der

Flucht zu sein. Kein Zuhause zu haben, kein Land, das man sein eigen nennen kann.«

Er nahm ihre Hand.

»Ich habe jetzt ein Zuhause und ein Land.«

Sie spürte, wie ihr Tränen in die Augen stiegen, und beschleunigte ihren Schritt, als wollte sie vor dem plötzlich aufflammenden Begehren flüchten.

Zu ihrer Linken führte ein schmaler Weg in den Wald, dem folgten sie. Sie lehnten sich an eine alte Kiefer und küßten sich, und sie hätten sich wohl noch lange geküßt, wären sie nicht von einem mageren grauen Kätzchen unterbrochen worden, das aus dem Nichts auftauchte und um ihre Beine strich.

Kristina hatte für Katzen nicht viel übrig, und außerdem hatte sie eine Katzenhaarallergie. Kemal aber nahm das Kätzchen auf, streichelte es und sprach mit ihm. Als er es schließlich losließ, lief es nicht weg, sondern lief ängstlich miauend hinter ihnen her.

»Es sucht auch ein Zuhause«, sagte er.

Das Tier folgte ihnen noch lange.

Assine saß vor ihrem Laptop und schloß ein wenig zu hastig die Datei, mit der sie gerade beschäftigt war, als Kristina und Kemal zurückkamen.

Für Kristina war es Zeit, nach Hause zu fahren. In ein paar Stunden war sie mit ihrem Vater verabredet.

Kemal brachte sie zum Auto.

»Ich rufe dich morgen an«, sagte er.

Ein schneller Kuß, und sie war fort.

52

Karl und Angelika hatten eine Überraschung für Kristina. Sie hatten beschlossen, Weihnachten in Deutschland zu feiern, in Angelikas Heimatstadt Freiburg, wo sie noch eine kleine Wohnung mitten im alten Stadtkern besaß.

Ob sie nicht mitkommen wolle?

Kristina hatte immer vorgehabt, irgendwann mit ihrem Vater nach Deutschland zu reisen. Nun würde er diese Reise mit Angelika machen.

Unter anderen Umständen wäre sie verletzt gewesen, aber heute war ihr Herz geradezu überschwemmt von Glück.

Natürlich wollte sie mitkommen, es würde bestimmt sehr nett werden.

Karl warf ihr von Zeit zu Zeit einen verwunderten Blick zu. Hatte sie etwa einen Mann kennengelernt?

Schließlich fragte er: »Wie heißt er denn?«

Kristina war nicht überrascht. Aber sie hatte keine Lust zu antworten, es war noch zu früh, ihre heimliche Freude mit anderen zu teilen. Karl hakte nicht weiter nach.

Sie aßen gut, sie tranken mäßig, sie lachten viel. Es war ein Sonntagsessen, wie man es sich nur wünschen kann.

53

Montag, 10. Dezember

Kristina kam um Viertel vor acht ins Büro. Thomas und Östen waren schon da. Maria verspätete sich üblicherweise, aber sie tauchte pünktlich um acht zum »Morgengebet« auf.

Die Nacht war ruhig gewesen, bis auf ein paar kleinere Einbruchsdelikte im Zentrum. Thomas wirkte gefaßt – sie durfte nicht vergessen, später noch einmal mit ihm zu reden –, und Maria war wie immer. Östen hatte auf Gotland etwas Farbe bekommen, was ihm gut stand. Für sie selbst hatte der Tag mit einer nagenden Unruhe begonnen, ohne daß sie recht wußte, warum.

Als sie mitten im Gespräch waren, rief der Gerichtsmediziner Lindegren an. Sie schaltete den Lautsprecher ein, so daß alle mithören konnten. Er kam gleich zur Sache.

»Kemal Fahed könnt ihr vergessen.«

Sie zuckte zusammen.

»Wieso?«

»Es ist sein Blut an dem Schraubenzieher, aber die DNA stimmt nicht mit derjenigen überein, die wir aus dem Sperma in Gabriellas Taschentuch gewonnen haben.«

»Bist du sicher?«

Das war eine dumme Frage, die ihn ärgerte.

»Nein, ich hab es nur geträumt«, blaffte er sie an und legte auf.

Sie atmete tief durch. Sie hatte recht gehabt. Ihre Intuition hatte sie nicht getäuscht. Der Mann, den sie liebte, war kein Mörder. Die anderen sahen, wie erleichtert sie war, und sie freuten sich über ihr Glück. Obwohl sie mit den Ermittlungen jetzt von vorn anfangen mußten.

»Es muß Spuren geben, die wir übersehen haben«, sagte Thomas.

»Es kann doch sein, daß Gabriella mehrere Liebhaber gleichzeitig hatte.«

Maria wollte von ihrer Theorie noch nicht lassen.

»Genau«, sagte Östen. »Wenn Gabriella mehrere Liebhaber hatte, dann kann einer von denen sie umgebracht haben. Warum beißt du dich so an dem armen Kemal fest?«

Sie sah ein, daß er recht hatte, und schüttelte resigniert den Kopf.

»Dann können wir Kemal Fahed also abschreiben!« stellte Kristina fest. »Wir müssen versuchen, noch mehr über Gabriella herauszubekommen. Östen, du redest mit ihrer Freundin. Thomas kümmert sich um die Mutter. Maria kann Östens Bauarbeiter übernehmen, und ich werde mit Ruth sprechen. Wir machen das ganze Szenarium rückgängig und fangen von vorn an.«

Sie fühlte sich jetzt stark und voller Energie, und sie rief sofort bei Ruth an, aber es meldete sich nur der Anrufbeantworter. Ruth würde erst gegen zwei Uhr nach Hause kommen. Das paßte ihr gut. Sie hatte einen Haufen Papierkram zu erledigen.

Sie arbeitete konzentriert und effektiv, obwohl sie zwischendurch ein paar Gespräche führen mußte. Ihr Chef schaute kurz herein, um zu fragen, wie die Untersuchung voranging. Jemand von der Polizeihochschule rief an und bat sie, einen Vortrag zu halten, über die Arbeitsbedingungen einer weiblichen Führungskraft bei der Polizei und so weiter.

Um elf meldete sich Arne Svedling.

»So geht es, wenn man keine Ahnung hat. Sie erinnern sich, daß ich der Meinung war, Karpin habe mit seinem Mörder Schach gespielt?«

»Ja.«

»Ich habe mich geirrt. Am letzten Freitag habe ich ein Foto

von dem Schachbrett in Karpins Zimmer dem Vorsitzenden des Schachverbands gezeigt. Er sagte, daß er diese Spielsituation nie vergessen würde. Es war die Schlußstellung zwischen Karpin und der Frau im Rollstuhl, die Sie ja kennen.«

»Und was bedeutet das?«

»Es bedeutet, daß Karpin mit sich allein Schach gespielt hat. Er hat die Partie analysiert. Fazit: Ich habe nichts in der Hand.«

»Aber Sie wissen, daß er erwürgt wurde, und das kann er wohl kaum selbst getan haben.«

»Sie brauchen nicht boshaft zu werden!«

»Nein, entschuldigen Sie, ich habe es nicht so gemeint. Ich meine nur, daß Sie noch einmal von vorn anfangen müssen. Es gibt immer etwas, das man übersehen hat. Hier bei uns liegen die Dinge übrigens genauso.«

»Der Gerichtsmediziner glaubt nicht, daß es ein schlaffes Seil oder ein Nylonstrumpf war, mit dem Karpin erdrosselt wurde. Die Abdrücke sind nicht gleichmäßig. Er denkt eher an ein Schiffstau oder so etwas.«

»Es gibt einen wunderbaren Laden auf Skeppsholmen, der Schiffszubehör verkauft. Die wissen dort alles über Taue. Sie können ja mal mit ihnen reden. Wer weiß, vielleicht haben Sie Glück? Vielleicht erinnert man sich dort an einen auffälligen Kunden.«

Sie arbeitete weiter und summte dabei leise vor sich hin. In wenigen Stunden schon würde sie Kemal wiedersehen. Sie hätte ihn gern angerufen, aber sie beherrschte sich.

Gegen zwölf aß sie allein zu Mittag, um ungestört an Kemal und die Freuden der Nacht denken zu können. Ihr Körper erinnerte sich an jede Einzelheit. Sie machte einen langen, geruhsamen Spaziergang, bevor sie ins Büro zurückkehrte.

54

Er hatte nichts dem Zufall überlassen. Er wußte, daß das Aufgebot an Sicherheitskräften riesig und die Kontrollen rigoros sein würden.

Seit jenem Tag im Oktober, an dem die Nobelpreisträger bekanntgegeben wurden, hatte er sich vorbereitet. Damals hatte er sofort eine Mail von dem Unsichtbaren bekommen, das heißt, von dem Mann, der ihn mit dem Gospodin-Job beauftragt hatte. »V. S. Naipaul muß in würdiger Form gefeiert werden.« Kemal wußte, was das bedeutete. Er mailte eine kurze Frage zurück: »Die gleichen Konditionen wie beim letzten Mal?« Blitzschnell kam die Antwort: »Ja.«

Mitte Oktober hatte er das Konzerthaus in Augenschein genommen, wo die Preisverleihung stattfinden würde. Er hatte eine Konzertkarte gekauft, war aber nicht in den Saal gegangen, sondern umhergewandert, und niemand hatte sich um ihn gekümmert. Schließlich hatte er gefunden, was er suchte.

Er war noch mehrmals dorthin zurückgekehrt, um sich mit dem Gebäude vertraut zu machen, bis er es in- und auswendig kannte.

Pia Gerberau arbeitete einige Abende pro Woche als Garderobenfrau, um ihre magere Haushaltskasse aufzubessern. Sie war zweiundzwanzig und studierte Filmgeschichte, obwohl sie eigentlich Schauspielerin werden wollte. Ihr kurzes, blondes Haar stand nach allen Seiten ab. Aber auch ihre Blicke gingen in alle Richtungen, und natürlich registrierte sie den dunkelhaarigen Mann, der immer so auffallend freundlich war und ihr ein besonders hohes Trinkgeld gab.

Als Kemal sie zum Essen einlud, nahm sie an, und seitdem trafen sie sich mehr oder weniger regelmäßig.

Gestern, nachdem Kristina weggefahren war, hatte er die letzten Vorbereitungen getroffen. Unter anderem hatte er eine E-Mail an den Unsichtbaren geschickt: »Morgen findet das Fest statt!«

Gegen Abend fuhr er zu Pia, die eine Einzimmerwohnung in Gröndal hatte. Während sie auf ihn wartete, kochte sie Spaghetti mit Hackfleischsauce und machte gleichzeitig ein paar Dehnübungen, einfach aus Freude daran, die Elastizität ihres Körpers zu spüren. Sie strahlte ein natürliches Wohlbehagen aus, ihre Bewegungen gingen geschmeidig ineinander über. Jeder Mann hätte sich in sie verlieben können, aber sie war in den einen verliebt, der vorhatte, sie umzubringen.

Sie gingen miteinander ins Bett, und der Rotwein, den er mitgebracht hatte, ließ sie in einen schweren Schlaf fallen.

Er blieb ein paar Stunden neben ihr liegen, neben der Frau, die er töten mußte.

Aber er wollte nur noch töten, wenn es unbedingt notwendig war. Wie zur Probe griff er nach ihrem Kopf, sie lächelte im Schlaf, und seine Hände zitterten.

Morgens beim Frühstück mischte er ihr pulverisiertes Rohypnol in den Kaffee. Es dauerte nicht lange, bis sie sagte, sie fühle sich müde und schläfrig und könne nicht zur Arbeit gehen. Er riet ihr, sich wieder ins Bett zu legen, und das tat sie. Er versprach, bei ihrem Arbeitgeber anzurufen.

Pia hatte eine so starke Dosis bekommen, daß sie mindestens acht Stunden schlafen würde. Bis dahin würde sein Auftrag vermutlich erledigt sein. Wenn alles gutging, was er nicht bezweifelte, dann bliebe ihm noch genügend Zeit, in Pias Wohnung zurückzukehren. Wenn es nicht gutging, dann hatte er sie jedenfalls verschont.

Er beendete sein Frühstück, las die Zeitung, duschte und machte sich zurecht. Der Nachbar, der ihn aus der Wohnung kommen sah, rief fröhlich:

»Hej, Pia!«

Kemals kurze blonde Haare standen nach allen Richtungen ab. Pias Führerschein und die Kontrollkarte für das Konzerthaus lagen in seiner Tasche.

55

Es war kurz nach eins, als Arne Svedling anrief.

»Sie müssen sofort zum Konzerthaus kommen. Da ist was im Gang.«

»Ich komme sofort. Aber warum gerade ich?«

»Weil wir jede Unterstützung brauchen, die verfügbar ist.«

Fünfundzwanzig Minuten später war sie dort, und Svedling wartete am Eingang auf sie. Sie hatte ihn noch nie so nervös gesehen.

»Was ist denn los?« fragte sie.

Svedling zog sie ein wenig zur Seite.

»In der englischen Fahndungszentrale haben sie ein paar verdächtige E-Mails abgefangen. Sie glauben, daß Naipaul in Gefahr ist.«

»Es könnte also derselbe Mann sein wie bei Gospodin und Karpin?«

»Ja, und wie bei Gabriella Larsson, falls Ihr Verdacht stimmt. Und nur Sie und ich wissen etwas über ihn. Die SÄPO benötigt unsere Hilfe. Also, was machen wir?«

Kristina überlegte nicht lange.

»Wir müssen äußerst diskret vorgehen. Wir haben ja nichts Konkretes in der Hand. Wenn wir Alarm schlagen und er nicht auftaucht, dann haben wir ohne Grund die Nobelpreisverleihung gesprengt. Der Saal muß geräumt werden, Panik bricht aus, und wir kriegen einen Riesenärger. Wenn wir Alarm schlagen und es ihm trotzdem gelingt, Naipaul zu liquidieren, dann gerät die ganze schwedische Polizei in den Ruf, inkompetent zu sein. Es ist besser, im Stillen zu arbeiten. Nur Sie und ich. Wenn er hier ist, dann finden wir ihn auch.«

Sie hatte schon das Kommando übernommen. Svedling

begriff allmählich, warum sie so schnell Karriere gemacht hatte.

»Aber wie sollen wir ihn unter zweitausend Menschen herauspicken?« fragte er wie ein Untergebener. Offenbar hatte er anerkannt, daß sie die Entscheidungen traf.

»Er wird sich nicht unters Volk mischen. Das ist ein Profi, kein Selbstmordattentäter. Der hat nicht vor, mit einer Pistole in der Hand durch die Gegend zu rennen. Er versteckt sich irgendwo und hat den Fluchtweg schon ausgekundschaftet.«

Svedling konnte sich ihrer Logik nicht verschließen.

Sie gingen in den Konzertsaal und fragten einen der Aufseher nach dem hauseigenen Sicherheitschef.

»Den gibt es nicht. Wir beschäftigen die Securitas.«

»Wo finden wir einen Plan des Hauses?«

»Der Hauptaufseher hat einen in seinem Büro.«

»Und wo finden wir den?«

»Da kommt er.«

Ein elegant gekleideter Herr in den Fünfzigern näherte sich mit eiligen Schritten.

»Gibt es ein Problem, meine Herrschaften?« fragte er säuerlich auf Finnlandschwedisch.

»Wir müssen unter vier Augen reden«, sagte Kristina. Sie gingen in sein Büro, das genauso elegant war wie er. Etwas rätselhaft wirkte dort ein großes Bettsofa, das beinahe das halbe Zimmer in Anspruch nahm.

»Wir brauchen einen Plan des Hauses. Mit allen Schlupfwinkeln, allen Orten, an denen man sich verstecken kann«, erklärte sie.

Der Hauptaufseher lachte, ihre Ahnungslosigkeit genierte ihn fast.

»Das ist ein altes Haus. Verstecken kann man sich überall, vom Keller bis zum Dach. Man kann sich in einem Schrankkoffer in den Kulissen verkriechen, man kann in einem Umkleideraum verschwinden oder in einem Ruheraum. Eigentlich überall.«

»Ausgezeichnet. Und jetzt geben Sie uns bitte den Plan«, sagte Svedling.

»Wonach suchen Sie eigentlich?« wollte er wissen.

»Das wissen wir, wenn wir es gefunden haben!« sagte Kristina.

Sie fingen im Keller an. Sie durchsuchten die Toiletten. Sie gingen von Stockwerk zu Stockwerk.

Inzwischen waren die königlichen Hoheiten eingetroffen. Die Preisträger saßen schon auf ihren Plätzen. Kristina erkannte einige von ihnen. Nadine Gordimer, Günter Grass, den kleinen Chinesen, dessen Namen sie sich nie hatte merken können. »Naipauls großer Kopf ist nicht zu übersehen«, dachte sie und hastete weiter.

Als sie auf dem vierten Rang ankam, hörte sie den Ständigen Sekretär der Schwedischen Akademie in wohlgesetzten Worten über Naipauls Werk reden. Gleichzeitig bemerkte sie eine weißgestrichene Tür, die anders aussah als die anderen. Sie schaute auf den Plan. Die Tür war nicht eingezeichnet. Entweder hatte man sie vergessen, oder sie war später hinzugefügt worden. Sie hielt Ausschau nach Svedling, aber er war nirgends zu sehen.

Sie trat vorsichtig näher. Aus den Lautsprechern hörte man immer noch den Ständigen Sekretär der Akademie. Sie öffnete leise die Tür.

Drinnen herrschte Halbdunkel. Ein Lichtstreifen fiel durch eine Luke, durch die man auf die Bühne sehen konnte. Der Raum hatte offenbar einmal anderen Zwecken gedient, aber jetzt glich er einer Rumpelkammer.

Sie spähte durch die Luke. Von hier aus hatte man einen perfekten Überblick über die Bühne. Die Nobelpreisträger saßen nebeneinander, ein bedrohlicher Haufen Männer und sehr wenige Frauen, wie die Feministin in ihr konstatierte.

»Der Zusammenhang zwischen Testikeln und Intelligenz muß erst noch bewiesen werden«, murmelte sie, aber sie wollte damit vor allem ein unbehagliches Gefühl verjagen, die Ahnung, daß dies hier der bewußte Ort war. Mit einer guten Waffe und einem wirksamen Schalldämpfer konnte man von hier aus beliebig viele Menschen umbringen, ohne sich zu zeigen. Man konnte in Ruhe zielen, in Ruhe schießen und sich dann entspannt unters Publikum mischen. Sie saß da und versuchte sich auf das zu konzentrieren, was der Ständige Sekretär erzählte, aber ihr Blick blieb an der schönen Königin und ihren schönen Kindern hängen.

Würde sie selbst kinderlos sterben müssen?

»Jetzt ist nicht der Augenblick für solche Sorgen«, wies sie sich selbst zurecht, holte ihre Dienstwaffe hervor und entsicherte sie mit einer entschiedenen, fast eleganten Bewegung.

Sie versuchte, Svedling auf dem Mobiltelefon zu erreichen, bekam aber keine Verbindung.

56

Kemal parkte in der Tiefgarage unter dem Supermarkt. Obwohl er sich auf seinen Auftrag konzentrieren mußte, kreisten seine Gedanken um Kristina. Wenn das hier vorüber war, würde er sich aus dem Geschäft zurückziehen, sich nur noch ihr widmen, eine Familie gründen.

Der Wachmann am Personaleingang des Konzerthauses hatte keinen Grund, der hübschen Blondine zu mißtrauen, die da mit ihrer Kontrollkarte vor ihm stand. Er bat sie dennoch, ihre Reisetasche zu öffnen, was sie ohne Zögern tat. Er durchsuchte sie, es waren Sportkleidung und Schuhe darin und, in einem durchsichtigen Futteral, ein Vibrator, bei dessen Anblick er rot wurde. Das war beabsichtigt. Er ließ sie passieren. Wie konnte er ahnen, daß die Tasche einen doppelten Boden hatte und das Blaser-Gewehr, in seine Bestandteile zerlegt, darin versteckt war? Kemal hatte die Waffe in Norwegen gekauft, in Risor, von jemandem, der nicht mehr reden konnte.

Er wußte, daß viele Polizisten im Einsatz sein würden. Und doch war er erstaunt, als er sah, wie viele es waren. Ihm wurde klar, daß nicht alles so war, wie es sein sollte, aber er machte sich keine Sorgen. Das einzige Problem war die Reisetasche. Sie war zu auffällig, um die Polizei nicht neugierig zu machen.

Er steuerte die Umkleideräume für das Personal an, ging aber weiter bis zu einem kleineren Raum, in dem ausgediente Möbel verwahrt wurden, Stühle, Schreibtische, kaputte Computer und dergleichen. Dort öffnete er die Tasche und stopfte die Waffenteile in eine speziell dafür vorgesehene Weste, die direkt auf dem Körper getragen wurde. Er hatte sich auf diese Situation vorbereitet. Er wischte die Tasche sorgfältig ab und schob sie unter ein durchgesessenes Sofa.

Aber er war noch nicht zufrieden. Er brauchte noch ein luftigeres Kleidungsstück, um die Weste zu kaschieren.

Er kehrte zum Umkleideraum zurück und wartete, bis alle herausgekommen waren. Dann ging er hinein und suchte sich einen eleganten Mantel aus. Jetzt war er fertig. Die Polizisten sahen der schönen Frau nach, die leichten Schrittes vorbeiging, aber niemand kam auf den Gedanken, sie näher in Augenschein zu nehmen.

Alles lief so, wie er gehofft hatte. Mit einer Ausnahme. Plötzlich stand Kristina da, wenige Meter von ihm entfernt, und redete lebhaft mit zwei Herren. Was machte sie hier? Er betete stumm zu seinem Gott, daß sie nicht auf ihn angesetzt worden war. Denn dann mußte er sie töten. Wäre er dazu imstande? Er verscheuchte die Frage und eilte an der Stelle vorbei, wo Kristina stand. Er ging ins Foyer des zweiten Rangs hinauf und blieb dort.

Jetzt war er fast sicher, daß irgend etwas vor sich ging. Hatte es mit seinem Auftrag zu tun, oder hatte es einen anderen Grund? War Pia aufgewacht und hatte im Konzerthaus angerufen?

Aber es war ohnehin zu spät. Der Auftrag mußte ausgeführt werden, und wenn Kristina sich ihm in den Weg stellte, hatte er keine Wahl.

Ein Herr mittleren Alters, der ihn für eine attraktive und zugängliche Frau hielt, kam auf ihn zu, und Kemal wollte ihn nicht enttäuschen. Er fuhr sich rasch mit der Zunge über die Lippen, um eine Andeutung seiner Fertigkeiten zu vermitteln. Das Resultat war, daß der Mann sich sofort sehr interessiert zeigte, näher kam und diskret fragte:

»Wieviel?«

»Tausend Kronen.«

»Wann?«

»Nach der Zeremonie.«

»Wo?«

»Wo du willst.«

»Wo finde ich dich?«

»Ich finde dich schon.«

Der Glückliche stolzierte seines Weges und steckte die Hand in die Hosentasche, wie um zu prüfen, ob er noch die erforderliche Ausrüstung besaß.

Wieder waren ein paar Minuten vergangen. Niemand wäre auf die Idee gekommen, eine Dame zu belästigen, die sich mit einem distinguierten Herrn unterhielt.

Das Foyer leerte sich jetzt rasch. Die festlich gekleideten Menschen eilten in den Saal. Alle sollten an ihren Plätzen sein, bevor die königliche Familie eintraf. Die Nobelpreisträger waren schon da, unter ihnen der Mann, der sein Opfer sein sollte, V. S. Naipaul. Sein großer Kopf war kaum zu verfehlen. In wenigen Minuten würden die Elite Stockholms und Millionen von Fernsehzuschauern diesen Schädel in Stücke zerspringen sehen.

57

Der Ständige Sekretär der Akademie redete noch immer über V. S. Naipaul, als hinter ihr leise die Tür aufging. Sie drehte sich um, die Pistole im Anschlag.

Verwundert erblickte sie eine Frau, die aussah wie sie. Sie hätte ihre Zwillingsschwester sein können. Sie hob die Waffe, aber sie wußte, daß es ihr schwerfallen würde, abzudrücken – es war, als ob sie auf sich selbst schießen sollte.

»Bleiben Sie stehen!« flüsterte sie heiser.

Die andere Frau lächelte nur. Scheinbar furchtlos nahm sie ihre Perücke ab.

Es war keine Überraschung, daß Kemal vor ihr stand. Sie hatte noch immer inständig gehofft, daß er es nicht sein würde.

»Willst du mich daran hindern?« fragte er ruhig.

Seine Stimme vermischte sich mit der Stimme des Ständigen Sekretärs der Akademie. Einzelne Worte waren herauszuhören. Große, schöne Worte vom Menschen und seinem Schicksal. Wer würde von ihrem Schicksal reden? Davon, daß sie den Mann töten mußte, den sie liebte, wenn sie nicht von ihm getötet werden wollte?

»Ja.«

Sie versuchte mit aller Kraft, ihre Stimme ruhig zu halten, aber ihr Herz schlug wild.

Kemal zog seinen Mantel aus, dann seine Jacke und sein Hemd, zum Schluß auch die Spezialweste. Er fing an, seine Waffe zusammenzusetzen, den Blick fest auf Kristina geheftet. Bei dem, was er tat, brauchte er nicht hinzuschauen, er konnte es im Schlaf.

Sie suchte verzweifelt nach den entscheidenden Worten, die ihn umstimmen würden. Es gab diese Worte nicht. Das einzige, was ihn aufhalten konnte, war ihre Pistole.

»Zwing mich nicht, zu tun, was ich nicht tun will«, flehte sie.

Er antwortete nicht. Er hatte seine Vorbereitungen abgeschlossen und bedeutete ihr mit einer Geste, daß sie die Luke freigeben solle.

»Zwing mich nicht«, wiederholte sie scharf.

Er machte einen Schritt auf sie zu, dann noch einen. Im Hintergrund hörte man rauschenden Beifall. V. S. Naipaul nahm aus den Händen des schwedischen Königs den Preis entgegen. In diesem Augenblick war er am wenigsten geschützt. Nicht einmal ein Blinder hätte ihn jetzt verfehlen können. Groß und deutlich sichtbar stand er vor dem König, mit leicht geneigtem Kopf. Kemal hob die Waffe, und Kristina drückte ab. Ein Schuß, ein einziger nur. Der Knall ertrank im Applaus.

Kemal fiel hintenüber. Sie hatte ihn mitten ins Herz getroffen.

Sie beugte sich über ihn. Sie sahen einander lange in die Augen, ohne etwas zu sagen. Er war es, der das Schweigen brach:

»Ich bin froh, daß du es warst.«

Sie kniete sich neben ihn und legte seinen Kopf in ihren Schoß.

»Stirb nicht, bitte stirb nicht«, war alles, was sie sagen konnte.

Aber er hatte nur noch zehn Sekunden zu leben. Sie genügten ihm für seine letzten Worte.

»Grüße von Gospodin.«

»Nicht sprechen.«

»Ich nehme deinen Blick mit. Ich sterbe unter deinen Augen.«

Dann war es vorbei.

Sie tastete nach seinem Puls.

Sie bettete ihn auf den Boden, ganz vorsichtig, als könnte

sie ihm jetzt noch weh tun. Dann saß sie einfach nur da, in der vergeblichen Hoffnung, daß sie verstehen und akzeptieren würde, was geschehen war.

So saß sie noch immer da, als Svedling hereinkam.

58

Charles wollte gerade gehen, als Kristina klingelte. Er fragte, ob sie etwas trinken wolle, aber sie lehnte ab.

»Geh du nur, mein tapferer Krieger«, rief Assine. »Cemal muß gleich nach Hause kommen.«

Jetzt erst hörte Kristina, wie sein Name ausgesprochen wurde. Nicht Kemal, sondern ›Djemal‹. Alle Schweden sagten Kemal. Zögernd betrat sie das Wohnzimmer. Assine hatte ›Das Rätsel der Ankunft‹ von Naipaul auf den Knien liegen. »Djemal«, wollte Kristina beginnen, aber es erschien ihr plötzlich unpassend.

»Kemal wird nicht kommen. Er kommt überhaupt nicht mehr.«

Ruhig hob Assine den Blick.

»Einmal mußte es ja passieren.«

Kristina hielt den Atem an.

»Du wußtest es also?«

Assine antwortete mit einer Frage.

»Warst du es?«

»Ja.«

»Dann haben wir etwas gemeinsam. Wir haben ihn beide geopfert.«

Es wurde still zwischen ihnen. Schließlich war es Assine, die das Schweigen brach.

»Ich habe ihn beauftragt, Gospodin zu ermorden. Nicht aus politischen Gründen. Jemand, der Gospodin aus dem Weg haben wollte, hat sehr viel Geld dafür geboten. Ich habe die Bestellung entgegengenommen und Cemal den Auftrag erteilt.«

»Warum?«

»Weil wir das Geld brauchten. In Chicago gibt es einen Spezialisten, der bereit wäre, mich zu operieren. Dann hätte ich eine Chance, wieder gehen zu können, aber es kostet eine Menge Geld. Cemal hätte alles für mich getan, deshalb hat er den Auftrag angenommen, des Geldes wegen. Er wußte nicht, daß ich es war, die die Bestellung weitergeleitet hat. Er dachte, genau wie alle anderen, ich wäre im Rollstuhl völlig machtlos. In Wirklichkeit ist es umgekehrt. Wer die Macht hat, ist immer unbeweglich. Denk an meine Worte. Ich habe ihm auch den Naipaul-Auftrag vermittelt. Auch damit hätten wir viel Geld verdient. Iraner und Libyer wollten dafür zahlen. Ich habe ihn geopfert, weil ich mir das Leben erleichtern wollte.«

Kristina mußte plötzlich an die Schachpartie denken.

»Weißt du, was mein Vater gesagt hat, als er dich gegen Karpin spielen sah? So schöne Opfer habe er noch nie gesehen.«

Jetzt hatte Assine Tränen in den Augen.

»Manche Opfer sind schön. Andere sind notwendig. Aber du hast ihn für einen Dummkopf geopfert.«

In ihrer Stimme war kein Zorn, nur Traurigkeit.

»Naipaul ist kein Dummkopf. Und vor allem: Er ist unschuldig!« entgegnete Kristina mit einer gewissen Schärfe.

»Es gibt keinen unschuldigen Menschen. Nicht einmal die Neugeborenen sind ohne Schuld!«

»Ich finde es furchtbar, so etwas zu sagen.«

»Noch schlimmer ist es, damit leben zu müssen. Aber daß Karpin sterben sollte, das war nicht meine Entscheidung. Ich weiß nicht, ob Cemal es getan hat, vielleicht wollte er mich rächen. Karpin ist der Grund dafür, daß ich im Rollstuhl sitze, aber das ist eine lange Geschichte.«

»Wie schreibt sich Kemal?« fragte Kristina.

»Cemal. Mit C.«

»Mit C?«

»Ja.«

»Ich weiß, daß er Karpin ermordet hat. Und ich weiß auch, wie.«

»Wie denn?«

»Er hat ihn mit deinem Zopf erdrosselt.«

»Ja, das hätte ich mir denken können.«

Wieder wurde es still. Diesmal war es Kristina, die das Schweigen brach.

»Was wirst du jetzt machen?«

»Das hängt von dir ab.«

»Von mir?«

»Ja. Du kannst mich einsperren lassen, ich bekenne mich zu meiner Verantwortung.«

Kristina suchte nach einer Zigarette, fand aber keine.

»Nein. Ich glaube, du bist genug gestraft. Ich hoffe nur, daß du etwas daraus gelernt hast. Außerdem habe ich keine Beweise. Dein Geständnis genügt nicht. Kein Staatsanwalt würde die Anklage übernehmen.«

»Dann kannst du etwas anderes für mich tun.«

»Was denn?«

»Mir ins Bett helfen.«

Gegen zehn brach Kristina auf. Obwohl sie todmüde war, wollte sie noch nicht nach Hause. Sie fuhr zum Polizeirevier, wo Maria Nachtdienst hatte. Es würde ihr guttun, einen Menschen in ihrer Nähe zu haben. In dieser Nacht wollte sie nicht allein sein.

Aber Maria war gerade unterwegs zu einem Wohnungseinbruch in Segeltorp.

Nur ein junger Polizeianwärter war noch da. Er hielt Kristina einen Strauß entgegen.

»Sie haben Blumen bekommen, Chefin«, sagte er fröhlich.

Es waren zehn Sonnenblumen. Eine kleine Karte war dabei, auf der stand:

»Tu me manque deja. Ton C.«

Da endlich konnte sie weinen.

59

Fünf Wochen später

In den Zeitungen stand nicht viel. Fast gar nichts. Auf die Nobelpreisfeierlichkeiten ließ man ungern einen Schatten fallen. Cemal wurde als psychotischer, verwirrter Gewalttäter dargestellt. Pia Gerberau erkannte ihn aus dieser Beschreibung nicht wieder, aber sie hatte keine Veranlassung, ihre Sicht der Dinge an die große Glocke zu hängen.

Kristina Vendel und Arne Svedling wurden in einer anspruchslosen, beinahe intimen Zeremonie im Polizeihaus geehrt. Es war seltsam genug, aber man hatte aus ihnen so etwas wie Helden in Klammern gemacht.

Kristina und Maria waren dabei, als die sterblichen Überreste von Gabriella Larsson unter die Erde kamen.

Kristina und Assine waren dabei, als Cemal auf dem muslimischen Teil des Waldfriedhofs beerdigt wurde. Sonst war niemand anwesend.

Man bot Kristina psychologischen Beistand an, um ihre Erlebnisse zu verarbeiten, aber sie lehnte ab. Viel hilfreicher waren die Gespräche mit Assine, deren Beherrschung sie nur bewundern konnte.

Cemals Tod war für Assine auch eine Befreiung. Vieles, was zu seinen Lebzeiten undenkbar gewesen wäre, war nun möglich geworden. Es kam die Nacht, in der Charles nicht nach Hause fuhr, sondern blieb. Daß Assine ihre Beine nicht bewegen konnte, kümmerte ihn nicht. Er war stark genug, um sie durchs Leben zu tragen.

Kristina reiste mit ihrem Vater und Angelika nach Deutschland. Angelika steuerte ihren großen Mercedes mit staunenswertem Geschick. Karl Vendel war glücklich. Es war seine erste Reise in die Heimat seit fünfunddreißig Jahren. Sobald er Deutsch hörte und Deutsch sprach, fand er seine richtige Stimme wieder, und das Leben gewann seine Selbstverständlichkeit zurück. Es war, als ob man sich auf den Rücken legte und sich vom größten aller Meere wiegen ließ: von der eigenen Sprache.

Kristina war nicht glücklich, aber das Leben ging weiter. Angelikas Freiburger Wohnung lag in der Mariannenstraße. Alte, schmalbrüstige Häuser, Weinstuben, Brauereien, italienische Restaurants. Düfte von Pizza und Bratwurst, Bier und Wein.

Das Leben ist eine Gewohnheit, die man nur sehr schwer aufgibt. Sie genoß es, früh aufzustehen, eine Tasse Kaffee zu trinken und dann in den milden Wintertag hinauszugehen. Gegen halb zehn setzte sie sich in ein altes Café, das Angelika ihr gezeigt hatte und das sich schon seit der vorigen Jahrhundertwende am selben Platz befand. Sie bestellte ihr Frühstück, ein großes, buttertriefendes Croissant und einen riesigen Cappuccino, und las die Tageszeitungen, umgeben von älteren deutschen Herrschaften und jungen Studenten, sowohl deutschen als auch ausländischen, und einer von ihnen hatte eine merkwürdige Ähnlichkeit mit Cemal.

Sie warf sich nicht vor, daß sie ihn getötet hatte, und auch nicht, daß sie ihn geliebt hatte. Oft fragte sie sich, ob er damals tatsächlich auf sie geschossen hätte. War sie einfach nur schneller gewesen, oder hatte er sie bewußt verschont? Sie würde es nie erfahren.

Daß er ein Mörder war, ließ sich nicht verdrängen, aber auch sie war eine Mörderin. Und für sie war er vor allem der Mann, mit dem sie die Lust wiederentdeckt hatte, das Begehren, die stumme Sprache der Zärtlichkeit.

Mitten in dem strömenden Fluß, der die Stadt teilte, sah sie eines Morgens ein Krokodil. Es war aus Bronze. Auf einem Schild las sie, wie es dort hingeraten war. Aus einem Zufall war ein Dauerzustand geworden.

Sie war kein Krokodil und auch nicht aus Bronze, aber sie konnte den Zufällen, die ihr Leben ausmachten, nicht entfliehen.

Sie vermißte Thomas, Östen und Maria, dachte viel an Assine und sehnte sich nach Hause zurück. Dort hatte sie ein Leben, das gelebt werden wollte.